Karoline Psenner
What If
Novemberliebe

KAROLINE PSENNER

WHAT IF

Novemberliebe

♡

Bibliografische Information der Deutschen Nationalbibliothek: Die Deutsche Nationalbibliothek verzeichnet diese Publikation in der Deutschen Nationalbibliografie; detaillierte bibliografische Daten sind im Internet über dnb.de abrufbar.

© 2025 Karoline Psenner

Bildmaterial und Schrift auf dem Cover: Canva

Verlag: BoD · Books on Demand GmbH,

In de Tarpen 42, 22848 Norderstedt, bod@bod.de

Druck: Libri Plureos GmbH, Friedensallee 273,

22763 Hamburg

ISBN: 978-3-7693-0956-0

Liebe Leser:innen,

dieses Buch enthält potenziell triggernde Inhalte.
Deshalb befindet sich auf der letzten Seite eine Inhaltswarnung.

Achtung: Diese enthält Spoiler!

Für Nora,

die beste Freindin überhaupt.

Die bestigste, wo gib <3

Playlist

The Night We Met – Lord Huron
Falling – Harry Styles
we made it. – david hugo
Eye Of The Untold Her – Lindsey Stirling
Guardian – Lindsey Stirling
Fight Song – Rachel Platten
Cry You a River – LUMRY
we fell in love in october – girl in red
It Is What It Is – Jenna Raine
It'll be okay – Shawn Mendes
Peter Pan was right – Anson Seabra
You're on your own, kid – Taylor Swift
I made it – Tones and I
Little bit better – Caleb Hearn
If you only knew – Alexander Steward
To build a home – The Cinematic Orchestra, Patrick Watson
I Hate It Here – Taylor Swift
cardigan – Taylor Swift
Let Me Breath – Georgia Cavallo
Dancing With Your Ghost – Sasha Alex Sloan
Call Your Mom – Noah Kahan

Prolog

Es ist der 29. November. Sie steht vor dem Abgrund. Ein kühler Wind weht ihre Haare aus dem Gesicht. Eine Träne kullert über ihre Wange. Sie ist am Ende, sie kann einfach nicht mehr. Es ist einfach alles zu viel. Sie schaut nach unten. Steine bröckeln vom Felsen und fallen in die Tiefe. Sie erschrickt, es ist doch ziemlich tief. Das Mädchen schaut wieder in die Ferne und konzentriert sich auf den hell leuchtenden Mond. Es ist eine kühle Novembernacht, der Himmel ist klar und die Sterne leuchten. Noch eine Träne kullert über ihre Wange, sie wartet noch kurz, schließt die Augen und plötzlich verschwindet der Boden unter ihren Füßen.

Kapitel 1
- Amelia -

Ich packe gerade meine Schultasche.

»Vergiss deine Geige nicht, Amelia!«, ruft eine Stimme aus dem Wohnzimmer, mein Vater.

»Ja, Dad!« Wie könnte ich die nur vergessen, ich nehme meine Violine überall mit hin. Ich liebe das Geige spielen, aber ich hasse es, wenn mein Vater mich immer wieder daran erinnert, jeden Tag zu üben. Er will unbedingt, dass ich Profigeigerin werde und es bis an die Spitze schaffe. Doch ich spiele einfach gerne für mich, weil ich dann alles vergessen kann und an nichts mehr denken muss. Wenn ich Geige spiele, werden all die Gedanken in meinem Kopf endlich leiser.

Ich würde schon gerne einmal auf einer großen Bühne stehen, aber ich will nicht irgendetwas von Mozart oder Bach spielen, ich will meine eigenen Lieder schreiben. Aber das interessiert meinen Vater nicht. Aber was soll's.

Seufzend nehme ich meinen Geigenkoffer in die Hand und verlasse das Haus.

Ich gehe nicht wirklich gerne zur Schule, ich habe nicht viele Freunde. Meistens verbringe ich die Pausen in einen der Musikräume und spiele vor mich hin. Wenn es nach mir ginge, würde ich das den ganzen Tag tun und einfach zu Hause bleiben.

Ich betrete das Klassenzimmer, setzte mich an meinen Platz und öffne mein Buch. Ms Smith redet vor sich hin, ich denke nicht, dass ihr irgendjemand zuhört. Ich kritzle

Muster auf meinen Block und schaue immer wieder und wieder auf die Uhr, doch es scheint so als würden sich die Zeiger in Zeitlupe bewegen. Es fühlt sich an, als würde die Stunde nie mehr enden. Verträumt schaue ich aus dem Fenster und beobachte, wie sich Blätter im Wind bewegen.

Plötzlich höre ich, wie Bücher zugeschlagen werden und schaue auf die Uhr, die Stunde ist um. Endlich klingelt es, nur noch zwei Stunden bis zur ersten Pause.

Es hat sich angefühlt wie eine Ewigkeit, aber die erste Hälfte des Schultages ist geschafft. Ich schnappe mein Instrument und bewege mich Richtung Musikräume.

Dort angekommen, packe ich meine Geige aus und bewundere dieses wunderschöne Instrument. Meine Finger gleiten über die Seiten und meine Lippen formen sich zu einem kleinen Lächeln. Mir wird jedes Mal warm ums Herz, wenn ich meine Geige in den Händen halte. Ich bin immer wieder beeindruckt davon, dass man aus Holz so etwas wunderbares machen kann.

Ich habe mit drei angefangen zu spielen. Mein Vater ist sehr musikalisch, er spielt Klavier, seit er drei ist und Cello, seit er fünf ist. Er war auf einer der besten Musikschulen der Welt und durfte mit 14 Jahren schon in der Carnegie Hall in New York spielen. Meine Mutter ist nicht so musikalisch, aber mein Vater wollte unbedingt, dass meine Schwester Annalie und ich mindestens ein Instrument lernen. Meine Schwester spielt Cello und Klavier.

Eigentlich bin ich wirklich froh darüber, dass Dad unbedingt wollte, dass ich mit Violine anfange, ich wüsste nämlich nicht, was ich ohne meine Geige tun würde, sie bedeutet alles für mich, aber manchmal ist Dad wirklich nervig. Er versteht nicht, dass ich einfach nur gerne für mich spiele und nicht unbedingt ganz nach oben will. Es ist nicht mein größter Traum berühmt zu werden, es ist seiner. Ich lege den Bogen auf die Saiten und beginne zu spielen. Meine Finger fliegen über die Saiten und meine Gedanken verstummen endlich. Ein unbeschreibliches Glüchsgefühl breitet sich in meinem Körper aus. Plötzlich werde ich von einem Klingeln unterbrochen. Wenn ich Musik mache, vergeht die Zeit wie im Flug. Ich muss schon wieder ins Klassenzimmer. Schnell packe ich meine Violine zurück in den Koffer und gehe wieder nach oben. Wir haben Mathe.

Ich verstehe Mathe eigentlich und finde es nicht schwierig, aber es ist so langweilig. Während Mr. Brown über irgendwelche Formeln redet, die ich sowieso nie wieder in meinem Leben brauchen werde, bin ich gedanklich schon ganz woanders. Ich freue mich schon darauf, am Nachmittag einfach in meinem Zimmer alleine zu sein und das zu tun, was ich am liebsten tu, Geige spielen. Vielleicht arbeite ich auch weiter an meinem neuen Stück.

Endlich höre ich die Töne der Klingel. In Windeseile packe ich meine Tasche und mach mich auf den Weg zum Bus.

Ich hole meinen Schlüssel aus der Tasche, um die Tür aufzusperren. Ich sehe den Schlüsselanhänger und muss schmunzeln. Es ist eine kleine Geige aus Papier ausgeschnitten, mit ganz viel Glitzer. Meine Schwester Annalie hat ihn mir als Glücksbringer für meinen ersten Wettbewerb geschenkt. Ich war damals acht Jahre alt, Annalie war zehn. Ich stecke ihn zurück in die Tasche und betrete das Haus.

»Hallo Amelia, wie war's in der Schule?«, fragt meine Mutter aus der Küche.

»Gut, denke ich.«

Ich hasse diese Frage. Ich glaube, jede Person, die zur Schule geht, hasst diese Frage. Ich frag mich, ob ich meine Kinder auch irgendwann mit dieser Frage nerven werde. Hoffentlich nicht.

»Wie geht es Aiden?«, fragt meine Mutter, als ich gerade durch den Flur gehe. Meine Schulten sacken ab und ich seufze. Aiden ist mein Freund, na ja es ist kompliziert und ich weiß nicht wirklich, ob ich glücklich bin, ich habe aber irgendwie Angst, die Beziehung zu beenden. Wie gesagt, es ist kompliziert.

»Keine Ahnung, gut, glaube ich.« Ich habe jetzt nicht gerade Lust, über Aiden zu reden.

Ich gehe nach oben und höre Annalie Cello üben, sie hat nächste Woche einen wichtigen Auftritt. Ich öffne die Tür zu meinem Zimmer und packe meine Geige aus.

Zuerst spiele ich ein paar Tonleitern und öffne dann meine Mappe. Ich hasse das Stück, das meine Lehrerin mir gegeben hat. Viel lieber würde ich an meinem Stück weiterarbeiten oder einfach nur so vor mich hin spielen. Aber an dem Stück führt leider kein Weg vorbei. Ich habe es schon letzte Woche nicht gespielt.

Manchmal würde ich am liebsten einfach aufhören, in die Musikschule zu gehen und nur noch das spielen, was mir Spaß macht, aber ich bin mir sicher, dass mein Vater das nicht verkraften würde. Ich versuche mir dann immer einzureden, dass es viele Vorteile hat, in die Musikschule zu gehen, hat es wahrscheinlich auch, aber ist auch egal. Ich mach mich jetzt mal an das Stück.

Ich habe gerade angefangen zu spielen und schon höre ich Schritte. Ich hasse es, wenn mein Vater mir beim Üben zuhört, er hat immer irgendetwas auszusetzen. Und so ist es natürlich auch heute.

»Amelia! Was machst du da? Siehst du nicht, dass da *piano* steht, ist das denn so schwer?«

»Mensch, was soll ich denn tun, ich habe gerade erst mit dem Stück angefangen. Und überhaupt hasse ich Mozart!«

»Das ist der Punkt, Amelia. Du hättest schon letzte Woche damit anfangen sollen. So schaffst du es nie!«

Fest umklammere ich den Bogen, Wut durchströmt meinen Körper. »Vielleicht will ich es gar nicht schaffen. Wer hat denn gesagt, dass mir das alles Spaß macht?«

»Nicht schon wieder diese Diskussion. Wie oft hatten wir das schon? Du wirst mir für das alles hier irgendwann danken.«

Er dreht sich um und geht. Mir steigen die Tränen in die Augen. Dad und ich streiten uns andauernd. Auf einer Seite denk ich mir immer, dass er es nur gut meint, auf der anderen Seite sollte es ihm doch viel wichtiger sein, dass es mir gut geht und nicht, dass ich Karriere mache, oder?

Ich sitze auf meinem Bett und starre an die Wand. Dann klopft es an meiner Tür.

»Hey!« Meine Schwester Annalie steht im Türrahmen.

»Darf ich reinkommen?«

»Ja«, schluchze ich.

»Dad hat das vorhin bestimmt nicht so gemeint.«

»Klar hat er das, wie soll er es denn sonst meinen? Du kennst ihn doch.«

Annalie setzt sich an mein Bett und streicht über meine Hand.

»Ich habe einfach das Gefühl, nicht gut genug für ihn zu sein.«

»Komm her.« Sie nimmt mich in den Arm. »Du *bist* gut und das weißt du.«

Kapitel 2

Ich bin nach dem Abendessen sofort zurück in mein Zimmer gerannt. Dad und ich haben während des Essens kein einziges Wort miteinander gewechselt. So ist das immer nach einem Streit mit meinem Vater, meistens kommt er danach in mein Zimmer und entschuldigt sich und am nächsten Tag hat er wieder irgendetwas auszusetzen, während ich übe, so ist es fast jedes Mal. Ich werfe mich auf mein Bett und glotze auf mein Handy. Mal wieder schaffe ich es nicht, einzuschlafen.
  Manchmal wäre ich am liebsten irgendwo anders, egal wo, Hauptsache weg. Irgendwohin, wo niemand ist, der etwas gegen mich sagen könnte oder mir sonst irgendwie auf die Nerven geht. Den ganzen Tag nur Geige spielen oder lesen, das wäre auch okay. Ach, wäre das schön, wenn man an nichts mehr denken müsste.
  Meine Tagträumerei (kann man es überhaupt noch Tagträumen nennen, wenn es stockdunkel und schon fast Mitternacht ist?) wurde von einer Nachricht von Aiden unterbrochen. Ich seufze. Ich weiß gar nicht so richtig, warum ich mit ihm zusammen bin, es ist einfach passiert oder so.
  Aiden und ich kennen uns schon ziemlich lange. Meine Mutter war mal ziemlich gut mit seiner befreundet, und so haben wir uns auch kennengelernt. Ich fand ihn immer schon irgendwie total sympathisch und irgendwann sind wir zusammengekommen. Anfangs war es auch noch total schön, aber Aiden hat sich irgendwann ziemlich verändert.

In der Schule ignoriert er mich meistens, als würde er sich für mich schämen. Aber dann will er plötzlich wissen, wo ich bin, was ich mache und sagt, wie wichtig ich ihm doch sei. Aber ich trau mich irgendwie nicht, ihn darauf anzusprechen, weil ich das Gefühl habe, dass er dann ziemlich ausrasten würde. Wir verbringen deshalb auch nicht sonderlich viel Zeit miteinander. Ich weiß wirklich nicht, ob man das eine glückliche Beziehung nennen kann. Aber ich habe Angst, mich von ihm zu trennen.

Tja, willkommen in meinem Leben. Ich bin wahrscheinlich die introvertierteste Person, die es gibt und kann nie einfach mal nein sagen. Ich bin immer zu gut zu allen und will niemanden verletzen und leide dann meistens selbst darunter. Ganz schön doof, wenn man so genauer darüber nachdenkt.

Ich habe mir früher immer vorgestellt, wie das ist, wenn man einen Freund hat, dass man sich jeden Abend »Gute Nacht« mit Herzchenemoji schreibt und solche Dinge. Na ja, jetzt bin ich 16 und Aiden hat natürlich nicht »Gute Nacht« mit Herzchenemoji geschrieben, sondern einfach nur gefragt, ob ich zufällig sein Geschichtebuch zu Hause habe. Und ich bin jetzt ernsthaft wegen dieser Nachricht aus meinem kuscheligen Bett aufgestanden, um nach seinem Buch zu suchen und Überraschung, ich hab's natürlich nicht.

Ich wollte gerade mein Handy beiseitelegen und endlich versuchen zu schlafen, da höre ich ein Klopfen an meiner Tür.

»Darf ich reinkommen?«, fragt mein Vater.
»Ja.«
»Ich wollte mich nur wegen vorhin entschuldigen.«
»Schon gut. Nacht.«

»Nacht.«

Wow, das war mit Abstand eines der emotionslosesten Gespräche, das ich je geführt habe. Aber was soll ich machen, diese tollen, emotionslosen Gespräche bin ich ja sowieso schon gewohnt.

Ich schiebe meine Decke beiseite und stehe auf. Schlafen kann ich jetzt eh vergessen. Ich gehe Richtung Fenster und ziehe die Vorhänge auf. Die Straßenlaternen tauchen Snowmass Village in ein gelbliches Licht. Eigentlich liebe ich diese Stadt und ich könnte nie irgendwo anders leben und trotzdem will ich manchmal einfach nur weg.

Mein Blick fällt auf Lauries Café. Die Weihnachtsdeko steht bei ihr schon seit September. Die ganze Fassade des Hauses ist voller Lichter. Vor den meisten anderen Häusern stehen schon Kürbisse für Halloween. Nur bei Laurie weihnachtet es schon, aber dafür liebe ich sie.

Außerdem macht sie die besten Weihnachtskekse überhaupt und das schon ab September. Und sie ist eine der wenigen, die mir beim Geige spielen einfach nur zuhört, ohne irgendwas zu sagen. Samstags, wenn sie in ihrer Küche neue Kekse bäckt, sitze ich oft auf einem der bunten Schränke und spiele vor mich hin. Ich mache das schon so, seit ich sechs oder sieben bin, Laurie hat früher oft auf Annalie und mich aufgepasst. Lauries Café ist wie ein zweites Zuhause für uns. Vor allem für mich, Annalie war schon lange nicht mehr da, aber ich gehe fast jedes Wochenende zu Laurie. Eine angenehme Wärme durchflutet meinen Körper, wenn ich an die Nachmittage bei Laurie denke. Ich könnte Annie fragen, ob sie am Samstag mitkommen möchte, ich vermisse das irgendwie. Genau das mach ich.

Aber jetzt versuch ich zu schlafen. Ich glaube zwar nicht,

dass ich noch viel Schlaf bekomme (mal abgesehen davon, dass es nach Mitternacht ist und ich um sieben Uhr aufstehen muss), aber versuchen kann ich es ja mal.

»Annie? Darf ich reinkommen?«
»Ja, klar.«
»Was ist?« Annalie packt gerade ihr Cello zurück in den Koffer und setzt sich aufs Bett. Sie klopft mit der rechten Hand neben sich, also setzte ich mich auch auf das kuschelige Bett.
»Ich wollte fragen, ob du morgen vielleicht Lust hast, mit mir zu Laurie ins Café zu gehen, so wie früher als wir noch klein waren. Du warst schon lange nicht mehr dort und sie würde sich bestimmt freuen. Und ich auch.«
Annalie grinst. »Es war immer so schön und gemütlich in Lauries Café. Es wäre wirklich schön, sie mal wieder zu besuchen. Ich muss morgen noch kurz nach Aspen in die Musikschule, aber dann hätte ich Zeit.«
»Echt? Wie schön« Ich lächle sie an. »Ich freue mich auf morgen.«
»Ich auch, Schwesterherz.« Sie lächelt zurück.
Das wird morgen bestimmt toll und Laurie ist sicher überglücklich, Annalie wieder einmal zu sehen. Snowmass Village ist eine sehr kleine Stadt, man läuft sich deshalb ständig über den Weg. Aber morgen können wir drei wieder zusammen Kekse backen oder einfach nur reden, so wie früher.

Kapitel 3

Ich habe Annalie gerade geschrieben, dass ich schonmal vor gehe. Ich ziehe meine warme Winterjacke an, schlüpfe in meine Stiefel und mache mich auf den Weg.

»Wohin gehst du?«, ruft meine Mutter aus dem Wohnzimmer.

»Ich gehe mit Annalie zu Laurie.«

»Das ist ja schön. Viel Spaß!«

»Danke, Mama.«

Eine Glocke erklingt, als ich die Tür zum Café öffne.

»Hi Laurie!«

»Hallo Amelia! Bin in der Küche.«

Ich liebe die bunten Schränke in der Küche, keiner sieht aus wie der andere und sie passen so gut zu Laurie. Sie sind genauso bunt und lebensfroh wie Laurie. Cathrin läuft mir über den Weg, als ich meine Jacke auf einen der Stühle werfe. Sie bringt gerade ein paar Kekse aus der Küche zu den Gästen.

»Hi Cathrin!«

»Hey Lia!« Und schon ist sie wieder weg, sie ist ein richtiger Wirbelwind. Cathrin hilft seit etwa drei Jahren im Café und bringt richtig Schwung rein, ich mag Cathrin. Laurie rollt gerade Keksteig aus und ich setzte mich auf einen der bunten Schränke.

»Annalie kommt heute auch vorbei. Sie müsste gleich hier sein.«

»Oh, das freut mich, wir haben schon viel zu lange nicht

mehr so richtig miteinander geredet.«
Und da ist sie auch schon. Annie wirft ihre Jacke ebenfalls auf einen der Stühle, so haben wir es früher schon immer gemacht. Ich denke so gerne an all die Stunden, die wir hier gemeinsam verbracht haben zurück. Eine angenehme Wärme macht sich in mir breit.
»Hallo ihr Beiden.«
Laurie begrüßt Annalie mit einem Lächeln »Ihr könnt bei meinen Schokokeksen helfen, das Rezept liegt da drüben.«
»Rezept? Glaubst du wirklich, wir hätten vergessen, wie man deine berühmten Schokokekse macht?« Annalie lacht. Ich muss auch schmunzeln, ich habe das wirklich vermisst. Annie und ich krempeln die Ärmel hoch und legen los. Lauries Schokokeksrezept ist wirklich das Beste überhaupt. Annie und ich sind neben Laurie die Einzigen, die es kennen. Sie hat uns früher immer gesagt, dass wir es auf keinen Fall jemandem sagen dürfen, es ist unser kleines Geheimnis.
»Hey, du kleine Träumerin, jetzt wird gebacken!« Annalie bewirft mich mit einer Hand voll Mehl und holt mich aus meinen Gedanken.
»Was soll das?« Das lass ich natürlich nicht so stehen. Ich nehme mir ein bisschen Mehl aus der Packung und werfe es Annie ins Gesicht.
»Mädchen, das brauchen wir noch.« Laurie muss schmunzeln.
Meine Schwester und ich schauen uns an und fangen plötzlich an laut loszulachen. Ich kann mich gar nicht mehr daran erinnern, wann ich das letzte Mal so gelacht habe. Jetzt muss auch Laurie loslachen.
Cathrin steht plötzlich in der Tür. »Was ist denn mit euch los?«

»Nichts, wir... äh... wollten nur Kekse backen«, sagt Laurie und schaut uns mit einem breiten Lächeln an.
»Na dann ist ja gut.« Cathrin macht sich, mit einem immer noch ziemlich verwirrten Gesichtsausdruck, wieder auf den Weg zu den Gästen.

Annalie, Laurie und ich müssen bei dem verwirrten Gesicht von Cathrin schon wieder schmunzeln.

»So, jetzt müssen wir aber wirklich anfangen.«

Nach etwa einer halben Stunde sind wir fertig und die Kekse jetzt im Ofen. Annie und ich sitzen mit mehligen Gesichtern auf einem der bunten Schränke, Laurie sitzt uns gegenüber.

»Wow, das hat wirklich Spaß gemacht.«

»Ja, das stimmt. Du musst unbedingt öfter mitkommen, Annie.«

»Das würde mich auch freuen!«, sagt Laurie mit einem Lächeln auf den Lippen.

Das ist echt einer der schönsten Tage seit einer sehr langen Zeit. Endlich mal wieder ein Nachmittag, an dem ich den Druck von meinem Vater, die Gedanken über Aiden und den Schulstress vergessen kann und einfach nur Spaß habe. Das tut verdammt gut.

Die kleine gelbe Eieruhr, die auf dem Fensterbrett steht, klingelt.

»Oh, die Kekse sind fertig.« Laurie öffnet den Backofen und holt das Backblech mit den Keksen heraus.

»Wow, das duftet herrlich.«

»Das riecht ja gut.« Cathrin bringt gerade ein paar Teller in die Küche, die farblich perfekt zu den bunten Schränken passen.

Annie und ich helfen Laurie noch, die Kekse zu verpacken. Wir füllen sie in kleine Tütchen, die wir oben mit einer rosa Schleife verschließen.

Die meisten Gäste sind schon weg und draußen ist es schon dunkel. Jetzt sitzen Annie, Laurie, Cathrin und ich hier und essen ein paar Kekse.

»Die sind wirklich lecker geworden«, nuschelt Cathrin, ein paar Krümel fallen auf den Tisch. Annalie und ich müssen lächeln.

»Tschüss, Laurie!« Annie öffnet die Tür und Laurie winkt uns.

Draußen weht ein kühler Wind und Schneeflocken fallen vom Himmel. Die Stadt wird von den Straßenlaternen in ein warmes Licht getaucht. Annie hakt sich bei mir ein und ich lege meinen Kopf auf ihre Schulter.

»Das war wirklich ein schöner Nachmittag.«

»Ja, auch wenn ich deine Mehlattacke immer noch sehr gemein finde.«

Annie schubst mich und ich schubse sie natürlich zurück, so wie es sich für eine richtige Schwester gehört.

Wir biegen in unsere Straße ein, als mein Handy klingelt. Ich nehme es aus der Tasche, Aiden.

Aiden

Wo bist du? Wieso antwortest du nicht auf meine Nachrichten?

Ich

Ich war beschäftigt.

Aiden

Beschäftigt? Womit?

Ich

Ernsthaft, Aiden? Ich war bei Laurie im Café

Aiden

Den ganzen Nachmittag?

Ich

Ja. Und?

Aiden

Warum hast du nichts gesagt, ich dachte wir können uns alles sagen. Ich dachte du vertraust mir.

Ich

Du meldest dich auch oft nicht.

Aiden

Das ist was anderes

»Alles okay?«
»Ja, ja, war nur Aiden.«
»Ist wirklich alles klar bei euch?«, fragt Annie mit einem besorgtem Unterton in der Stimme.
»Ja, schon gut.«
»Willst du reden?«
»Es ist alles gut, okay?« Ich öffne unsere Haustür und gehe in mein Zimmer. Was für eine Lüge, nichts, absolut nichts ist gut. Wirklich überhaupt nichts. Der Nachmittag war so wunderschön. Ich war endlich wieder einmal einfach nur glücklich, ohne an irgendwas anderes zu denken. Ich habe seit langem wieder richtig gelacht und er muss jetzt alles kaputt machen. Wie ist das überhaupt möglich, dass eine einzige Person so einen schönen Tag einfach so kaputt

machen kann? Ist das normal in einer Beziehung? Ist das immer so? Es gibt so viel, dass ich ihm sagen will. Wie scheiße ich es finde, wenn er sich nicht meldet oder unsere Treffen absagt oder in der Schule immer so tut, als würde er mich gar nicht kennen. Wie dreckig es mir eigentlich geht und wie weh es tut, wenn er sich nicht mal ein bisschen für mich interessiert. Aber wenn ich dann kurz davor bin, mit ihm zu reden, werde ich wahrscheinlich kein Wort herausbekommen, so wie immer. Ich traue mich auch nicht, mich von ihm zu trennen, weil ich Angst davor habe, was danach passiert, vor seiner Reaktion. Ach, ich weiß es ja selbst nicht. Lieber warte ich, bis er sich trennt und versinke dann im Selbstmitleid. Oh Gott, wie sehr ich mich dafür hasse, wie gerne wäre ich manchmal einfach etwas selbstbewusster. Warum kann ich nicht wenigstens ein bisschen so sein wie andere?

Kapitel 4

Montag, schon wieder, oh wie ich Montage hasse. Schon wieder muss ich in die Schule und dort sechs Stunden meiner wertvollen Zeit verschwenden, nur um Dinge zu lernen, die ich wahrscheinlich nie wieder brauchen werde. Ich glaube nämlich nicht, dass ich irgendwann denken werde: »Oh bin ich jetzt froh, dass ich weiß, was der Satz des Pythagoras ist, das hilft mir jetzt wirklich weiter.« Zumindest hoffe ich, dass ich in meinem zukünftigen Leben nicht in eine Situation gerate, wo ich den Satz des Pythagoras brauche, das muss ja wirklich eine schreckliche Situation sein. Aber was soll's, da muss ich wohl oder übel durch.

Ich betrete das Klassenzimmer, Aiden sitzt in der letzten Reihe. Ich schaue ihn an und er blickt kurz auf, dann ignoriert er mich und widmet sich wieder Oliver, der neben ihm sitzt, über irgendetwas redet und nebenbei die Hausaufgaben abschreibt. Aiden grüßt mich nicht einmal. Ich gehe zu meiner Bank und öffne mein Buch. Da kommt auch schon Mr. Brown und ich hoffe einfach, dass diese Stunde schnell vergeht.

Als endlich die Pausenglocke läutet, mache ich mich sofort auf den Weg zu den Musikräumen. Ich überlege kurz, ob ich vielleicht doch besser zu Aiden gehen und mit ihm reden sollte, verwerfe den Gedanken aber wieder.

Im Musikraum angekommen, spiele ich einfach so vor mich hin. Es würde natürlich mehr Sinn machen, wenn ich das Stück von Mozart üben würde, aber dafür habe ich jetzt nicht die Nerven. Ich höre meinen Vater zwar schon, wie er heute Nachmittag wieder in mein Zimmer kommt und mir sagt, wie wichtig es ist zu üben und, dass ich ihm später dankbar sein werde, aber das ist mir ziemlich egal.

Wenn ich Geige spiele, ist es, als wäre ich in einer anderen Welt, als wäre ich in einer Blase. Es ist mein Ausweg von der Realität, wenn mal wieder alles zu viel wird. Dann gibt es nämlich nur meine Geige und mich.

Na ja, bis jemand die Tür aufreißt. Schon mal was von Klopfen gehört? Ich drehe mich um, Aiden. Ganz ehrlich, er ist jetzt echt die letzte Person, die ich sehen will, auch wenn ich weiß, dass wir dringend reden müssten.

»Hey«, sage ich.

»Hey.«

»Was ist?«

»Am Samstag, warum hast du mir nicht gesagt, wo du warst? Wir haben doch vereinbart, dass wir uns immer sagen, wo wir hingehen.«

Es kotzt mich so an, wenn er wieder so tut, als hätten wir das alles gemeinsam entschieden. Wir haben gar nichts vereinbart, *er* hat vereinbart, außerdem sagt *er* mir nie, wo er ist.

»Ich muss dir nicht immer sagen, was ich mache. Du meldest dich auch oft nicht.«

»Das hatten wir doch schon. Das ist was anderes.«

»Warum ist das anders, Aiden?«

»Ach, du verstehst das nicht.«

»Was gibt's da nicht zu verstehen?«

»Vergiss es einfach, Amelia. Ich meine es doch nur gut. Ich liebe dich doch.«

Ich zwinge mich zu lächeln, obwohl ich eigentlich gerade

nur heulen will, warum weiß ich selbst nicht so genau. Aiden wirft mir sein falsches Lächeln zu und geht.

Ich setze mich auf einen der Stühle und vergrabe mein Gesicht in meinen Händen. Mein Magen verkrampft sich. Was ist nur los mit mir, mit uns? Auf einer Seite mag ich ihn wirklich. Doch da ist auch diese Stimme in mir, die mir sagt, dass das alles hier nicht richtig ist. Worauf soll ich jetzt hören?

Auf diese Stimme, die wahrscheinlich recht hat oder auf mein Herz, das irgendjemanden sucht, das Halt braucht, das *irgendwas* braucht. Aber was?

Ach, wenn ich das nur wüsste. Warum ist es so schwer, älter zu werden? Warum kann man nicht für immer acht sein und im Hello Kitty Schlafanzug schlafen oder sich über die Zahnfee freuen?

Mit all diesen unbeantworteten Fragen im Kopf mache mich auf den Weg zurück in die Klasse und versuche nicht mehr über das Gespräch nachzudenken. Was total dumm ist, weil es sowieso so gut wie unmöglich ist.

»Wie wars in der Schule?«, fragt meine Mutter. Ich weiche ihrem Blick aus und antworte kurz.
»War okay.« Dann gehe ich die Treppe hoch und verkrieche mich in mein Bett. Ich habe beschlossen, heute den ganzen Nachmittag im Bett zu verbringen. Eigentlich glaube ich zwar nicht, dass ich mich dann irgendwie besser fühle, aber mein Bett ist gemütlich. Und das ist ja auch was.

Okay, ich gebe zu, den ganzen Nachmittag im Bett zu liegen, war nicht eine meiner besten Ideen. Dort habe ich viel zu viel Zeit, über alles und jeden nachzudenken. Ich überdenke sowieso schon alles viel zu oft. Um diese ganzen

Gedanken wenigstens für einen Moment verstummen zu lassen, habe ich beschlossen, meine Geige rauszuholen. Mein Vater ist heute den ganzen Tag im Hotel, deshalb kann er mich nicht damit nerven, dass ich mich besser mit Mozart beschäftigen sollten.

Dad gehört eines der Hotels in Aspen. Früher war ich oft dort, nachdem Annalie und mich von der Schule abgeholt hatte. Da war das Verhältnis zwischen mir und meinem Vater noch besser. Jetzt habe ich irgendwie das Gefühl, dass es ihm jetzt nur noch um Leistung geht und da Annie schon immer besser in Sachen Musik war und im Gegensatz zu mir wirklich Profimusikerin werden will, reden Dad und ich kaum noch miteinander. Und, dass man auch Geige spielen kann, ohne Profiviolinistin werden zu wollen und dass Geige noch viel mehr sein kann als klassische Musik, versteht er natürlich nicht.

Nachdem ich mein Instrument gestimmt habe, führe ich es zu meiner Schulter und beginne zu spielen. Der Bogen gleitet in langsamen Bewegungen über die Saiten und ich genieße die Töne, die dieses wundervolle Instrument von sich gibt.

Ich habe gerade beschlossen, noch kurz zu Laurie zu gehen und ein paar Schokokekse zu holen.

»Hi Laurie! Hast du noch ein paar Schokokekse für mich?«

»Für dich doch immer, Lia.«

Laurie kommt mit einem Teller Keksen auf mich zu und wir machen es uns an einem der Tische gemütlich.

»Alles klar bei dir? Du siehst traurig aus.« War vielleicht doch keine so gute Idee zu Laurie zu gehen, sie merkt immer, wenn es mir nicht so gut geht und ich habe jetzt

wirklich nicht so viel Lust zu reden.
»Alles gut.« Schon wieder diese Lüge.
»Okay.« Laurie schaut mich sehr misstrauisch an, sie weiß, dass ich gelogen habe, sie fragt aber nicht weiter nach. Dafür bin ich ihr echt sehr dankbar.
Wir sitzen noch ein wenig da und reden. Plötzlich springt Laurie auf. »Das hätte ich jetzt fast vergessen. Ich muss dir etwas zeigen.« Nach ein paar Minuten kommt Laurie mit einem Teller Keksen zurück. »Ich habe ein neues Rezept ausprobiert« Ich nehme mir einen Keks vom Teller.
»Sie sind sehr lecker, aber nichts kommt an deine Schokokekse ran.« Laurie schmunzelt.
Und jetzt gehe ich auch schon nach Hause und hoffe einfach, dass Dad nichts sagt, weil ich nicht geübt habe, oder dass Aiden mir nicht geschrieben hat. Mein Handy habe ich nämlich bewusst zu Hause gelassen, um einfach mal kurz abschalten zu können. Hoffentlich werde ich jetzt nicht von Nachrichten überrumpelt, die ich gar nicht sehen will.

Kapitel 5

»Weißt du, wie viel Lust ich habe, jetzt dorthin zu gehen?«
»Ja Lia, ich weiß, dass du keine Lust hast.«
   Meine Schwester steckt sich ihre Haare in einen Dutt, ich sitze auf ihrem Bett und beobachte sie im Spiegel.
   »Ach, jetzt komm schon, es ist nur eine Stunde und so schlimm wird es doch nicht sein.«
   »Aber Mrs. Zhang ist so nervig, und streng und alt, sehr alt.« Mrs. Zhang war schon von Anfang an meine Geigenlehrerin und ich habe sie noch nie wirklich gemocht. Sie ist unglaublich streng und hat im Gegensatz zu mir eine Vorliebe für Mozart.
   »Jetzt komm, Amelia, wir müssen los!« Ich nehme meinen Geigenkoffer und folge Annalie nach unten, wobei man nicht sehr viel von ihr sieht, da ist mehr Cello als Mensch.
   Wir müssen beide nach Aspen. Ich habe meine Geigenstunde und Annie unterrichtet dort ein Mädchen. Als ich ins Auto einsteige, sitzt Annalie bereits am Steuer.
»Na endlich.«
   »Sorry, ich bin eben nicht die Schnellste.« Annie rollt mit den Augen und fährt los.
   Die Fahrt nach Aspen dauert etwa 20 Minuten. Während der Fahrt schaue ich die ganze Zeit aus dem Fenster. Ich kenne die Landschaft in- und auswendig. Seit meinem dritten Lebensjahr fahren wir jede Woche zu Mrs. Zhang nach Aspen. Damals hat Mama uns noch gefahren. Aber seit Annie ihren Führerschein hat, fährt sie uns meistens.

»Ist wirklich alles okay bei dir, Amelia? Du bist in letzter Zeit so… anders.«
»Ja, Annalie, wirklich! Es ist nur etwas viel gerade.«
»Du kannst immer mit mir reden, das weißt du.«
»Ja. Danke!« Ich hole mein Handy aus der Tasche, da ich mich entschieden habe, Aiden zu schreiben. Er weiß zwar, dass ich mittwochs Geige habe, aber sonst streiten wir morgen nur wieder und das will ich nicht. Ich tippe auf meinem Handy herum und sehe, wie Annie zu mir rüberschielt. Ich drehe mein Telefon weg. Meine Schwester weiß, dass irgendwas nicht stimmt, und ich bin mir ziemlich sicher, dass sie auch weiß, dass es bei Aiden und mir nicht so gut läuft.

»Guten Tag, Amelia! Vergiss nicht, die Tür zuzumachen.« Mrs. Zhang steht am Schreibtisch und sortiert irgendwelche Noten. Ich packe meine Geige aus, lege mein Heft auf den Notenständer und hole dieses grässliche Stück von Mozart heraus. Ich beginne ein paar Tonleitern zu spielen und starre dabei aus dem Fenster.
»Du bist unkonzentriert!«
»Ähm…« Ich hasse diese direkte Art und gleichzeitig mag ich sie auch irgendwie, so weiß man wenigstens, woran man ist.
»Beginn mit dem Stück!«
Ich beginne zu spielen, zumindest versuche ich es. Na ja dafür, dass ich es so gut wie gar nicht geübt habe, ist es eigentlich ganz gut.
»Schon mal, was von Dynamik gehört? Spiel es nochmal!«
Also spiele ich es nochmal und nicht nur einmal, sondern wieder und wieder. Immer wieder dieselbe Stelle. Frustriert

und ziemlich genervt starre ich auf die Noten.

»Du verstehst den Rhythmus einfach nicht, hast du es zuhause mit Metronom geübt, so wie ich es gesagt habe?« Mrs. Zhang schreit schon fast und ich bin den Tränen nahe. Ein Kloß bildet sich in meinem Hals.

»Ja, habe ich«, sage ich mit leiser Stimme. Das war gelogen, ich hasse das Metronom. Wer hat sich das überhaupt ausgedacht?

Mrs. Zhang macht das Metronom an und ich versuche dieselbe Stelle nochmal.

»Schon wieder falsch. Du musst auf das Metronom achten! Wie oft denn noch?« Okay, jetzt bin ich wirklich kurz vorm Heulen. Ich hoffe einfach nur, dass diese Stunde schnell um ist. Mrs. Zhang wirft einen Blick auf die Uhr. »Noch einmal, dann machen wir Schluss.« Guter Witz, ich wette, dass aus einmal noch ungefähr fünfmal wird. Jap, ich hatte Recht, es wurden sogar sechsmal.

»Du übst das Stück bis nächste Woche mit Metronom, und diesmal wirklich!«

Ich habe das Haus verlassen und warte jetzt auf Annalie. Ach, wie ich diese Geigenstunden hasse. Wie gerne hätte ich den Mut, meinem Vater endlich zu sagen, dass ich das alles nicht will. Wie gerne hätte ich den Mut, ihm eines meiner eigenen Stücke vorzuspielen. Aber das bringt doch eh nichts. Er hat eine ganz andere Vorstellung von meiner Zukunft als ich. Aber es geht hier um mein Leben und nicht um seins. Aber sowas versteht er nicht…

Da kommt auch schon meine Schwester. Ich steig ein und wir fahren los.

»Und, wie wars?«

»So wie immer. Mrs. Zhang war mal wieder schlecht

gelaunt und ich habe das Stück nicht mit Metronom geübt. Wahrscheinlich war sie deswegen so schlecht drauf.«

Kapitel 6

»Amelia! Ich habe Neuigkeiten für dich.« Mein Vater setzt sich neben mich an den Tisch. »Ich war heute in der Musikschule in Aspen und in etwa einem Monat ist dort ein wichtiger Geigenwettbewerb. Ich möchte, dass du dort teilnimmst. Wenn du gewinnst, hat das später viele Vorteile, wenn du dich an der Juilliard für dein Musikstudium bewirbst.«

There we go again. Dad redet wieder über meine Zukunft, als wäre es seine.

Will ich an diesem Wettbewerb teilnehmen? Nein. Will ich mich an der Juilliard bewerben? Nein. Interessiert es ihn? Nochmal nein.

»Ich weiß nicht… Ich habe gerade viel um die Ohren, keine Ahnung, ob ich das alles schaffe.«

»Ach was, viel um die Ohren. Ich wäre gerne noch mal so jung und hätte keine Probleme. Und ich sag ja immer, wo ein Wille ist, ist auch ein Weg.«

»Aber vielleicht will ich ja gar nicht!« Wieder versuche ich, gegen ihn anzukommen, obwohl ich weiß, dass es sinnlos ist. Bei jedem Streit mit meinem Vater, fühlt es sich an, als würde etwas in mir zerspringen. Es ist so verdammt anstrengend und es tut so scheiße weh, weil ich weiß, dass er mich nie verstehen wird.

»Du liebst das Geigespielen. Und du wirst mir für all das später dankbar sein. Irgendwann, wenn du es bis an die Spitze geschafft hast. Du hast ja so viele Möglichkeiten, Amelia. Ich musste mir alles hart erarbeiten!«

Ach, und ich nicht? Bei mir passiert das alles von allein, oder wie? Oh Gott, wie ich ihn manchmal hasse.

»Aber Geige kann so viel mehr sein als nur klassische Musik und diese blöden Wettbewerbe! Du siehst all das nur nicht.« Meine Stimme bricht ab. »Oder willst es nicht sehen!« Ich senke meinen Kopf, um meine Tränen zu verstecken.

»Schluss damit, Amelia! Du nimmst am Wettbewerb teil, fertig, ich werde nicht schon wieder mit dir diskutieren!« Ich springe auf, wodurch mein Stuhl mit einem lauten Geräusch nach hinten rutscht, und renne hoch in mein Zimmer. Oh, wie ich ihn manchmal hasse. Er hört mir nie zu. Es ist ihm egal, wie es mir geht oder was ich will. Es ist ihm einfach egal. Eine Träne kullert über meine Wange. Wann wird er mich endlich verstehen?

Ich liege in meinem Bett, als meine Mutter reinkommt. »Liebling, jetzt mach nicht so ein Gesicht. Dad meint das alles nur gut. Er liebt dich, das weißt du.« Innerlich rolle ich mit den Augen. »Warum interessiert es ihn dann nicht, was *ich* will?«

»Er hat eben eine ganz andere Vorstellung als du. Aber nur, weil du klassische Geige spielst, heißt das nicht, dass du nicht mehr eigene Lieder schreiben kannst. Denk einfach nochmal über den Wettbewerb nach.« Sie steht auf und geht wieder.

Nochmal darüber nachdenken, als ob ich eine Wahl hätte. Dad hat sich das jetzt in den Kopf gesetzt, also ist es schon entschieden. Und Mom ist auch noch auf seiner Seite, na ja sie versucht sich immer irgendwie auf beide Seiten zu stellen. Sie ist immer für mich da, aber wenn es um Sachen Musik und meine perfekt geplante Zukunft geht, entscheidet immer mein Vater. Mom redet ihm da aus irgendeinem Grund nie rein, und ich werde ja sowieso nicht gefragt. Ich wünschte, Mom würde sich einmal auf meine Seite stellen und ich wünschte, Dad würde mich manchmal besser verstehen. Interessiert es ihn wirklich nicht, was ich will, ist es ihm total egal, ob ich glücklich bin oder nicht? Das kann ihm doch nicht komplett egal sein. Es ist doch nicht möglich, dass er sich nur für meine Leistung und meine gottverdammte Karriere interessiert. Warum ist das so? Warum passiert *mir* so etwas? Warum kann ich mich nicht einfach trauen, endlich zu tun, was *ich* will? Warum, warum warum...

Noch immer sitze ich auf meinem Bett. Ich starre aus dem Fenster, halte mein Handy in der Hand und überlege, ob ich Aiden anrufen soll. Ich muss mit jemandem reden. Keine Ahnung, ob er mich versteht, aber ich habe auch keine Ahnung, mit wem ich sonst reden könnte. Annalie würde mich zwar verstehen, da bin ich mir sicher, aber sie ist gerade nicht hier.
Also wähle ich Aidens Nummer und warte, bis er ran geht.
»Hallo?«
»Hi, wie geht's?«, frage ich. »Ähm gut. Warum rufst du an?«
»Ich brauche jemanden zum Reden. Hatte Streit mit meinem Vater.«
»Ähm, okay. Ich habe gerade viel zu tun. Aber ja. Worum geht's?« Okay, wow, sehr aufbauend und motivierend, Aiden. »Er will, dass ich bei einem Wettbewerb mitmache. In einem Monat. Keine Ahnung, wie ich das schaffen soll und ich will das alles nicht. Aber das interessiert meinen Vater natürlich nicht. Außerdem will er, dass ich mich

irgendwann an der Juilliard bewerbe, aber er hat nie gefragt, ob ich das überhaupt will! Und es ist alles einfach viel gerade.«

»Jetzt stell dich doch nicht so an. Was ist denn so schlimm an einem Wettbewerb?«

»Echt jetzt, Aiden? Der Druck, den mir mein Vater macht, *das* ist schlimm. Ich halt das nicht mehr aus! Ich habe wirklich gehofft, dass du mich vielleicht ein bisschen verstehen würdest!« Ich bin den Tränen nahe und wieder fühlt es sich an, als würde etwas in mir zerspringen.

»Tut mir leid, Amelia. Aber ich bin echt nicht der Typ für sowas. Hast du keine Freundinnen, mit denen du sowas besprichst?"« Mein Herz zieht sich zusammen, als ich diese Worte höre.

»Für sowas muss man doch nicht *der* Typ sein. Du könntest doch einfach mal für mich da sein. Einmal, nur einmal!«, schluchze ich.

»Es tut mir leid. Ich liebe dich, aber ich bin echt schlecht in sowas. Und ich habe auch oft Stress mit meinen Eltern und heul deshalb nicht gleich rum. Aber ich muss jetzt echt los.« Er legt auf.

Ich liebe dich. Ich liebe dich? Wenn er das wirklich tun würde, wenn ich ihm wirklich wichtig wäre, würde er sich dann so verhalten?

Kapitel 7

Ich habe gestern Nacht so gut wie gar nicht geschlafen. Nach dem Gespräch mit Aiden ging es mir nämlich nicht gerade besser als vorher. Ich wollte dann eigentlich noch zu Annalie ins Zimmer und ihr alles erzählen. Wie es mir wirklich geht, was da zwischen Aiden und mir ist (wobei ich das eigentlich selbst nicht so genau weiß). Ich habe es dann aber doch nicht getan, weil sie schon geschlafen hat und ich sie nicht wecken wollte. Wir ignorieren jetzt einfach, dass das eigentlich nur eine Ausrede in meinem Kopf ist, um einen Grund zu haben, warum ich nicht mit ihr darüber geredet habe.

Mein Geschichtslehrer ist gerade gekommen. Ich sitze an meinem Tisch, Aiden sitzt mit Oliver am Fenster. Er hat mich, so wie immer, nicht einmal begrüßt. Immer wenn einer von seinen Freunden in der Nähe ist, ignoriert er mich und dann, wenn wir allein sind, tut er wieder so, als würde ich ihm alles bedeuten. *Ich lieb dich doch, Amelia.*

Ich wette, wenn ich nachher wieder im Musikraum bin, kommt er und entschuldigt sich, weil er mich doch liebt.

Er sagt das immer so, als wäre das ein ganz normaler Satz, als hätte er genau die gleiche Bedeutung wie andere Sätze. Aber das hat er nicht, hinter diesem einen Satz steckt doch so viel mehr. Wenn ich ihm wirklich wichtig wäre, würde er mich nicht vor anderen verstecken, er würde sich um mich sorgen und nicht kontrollieren wollen, er würde zu unseren Treffen kommen und nicht kurz davor absagen, er würde nicht nur mit mir reden, wenn er etwas von mir will oder wissen möchte, wo ich bin, oder? *Oder?*

Ms. Smith ist gerade ins Lehrerzimmer, um etwas zu kopieren. Als er den Raum verlassen hat, ist Aiden sofort aufgesprungen und zu mir gekommen. Das ist das erste Mal, dass er in der Schule vor anderen mit mir redet.

»Amelia?« Aus irgendeinem Grund macht mein Herz einen kleinen Freudensprung, auch wenn mein Kopf genau weiß, dass es absolut keinen Grund dazu hat. Aber irgendwo in mir gibt es doch noch ein wenig Hoffnung, dass er sich entschuldigt.

»Das wegen gestern, ich hatte echt viel zu tun und ich kann auch nicht immer…« Meine Schultern sacken ab und ich seufze. »Lass gut sein, Aiden. Du hättest doch einfach nur einmal irgendetwas Aufmunterndes sagen können und nicht immer ›Ich liebe dich doch‹. Du sagst das immer, als wäre es das Normalste der Welt. Aber vegiss es, vergiss es einfach.«

»Amelia…«

»Hey, Aid. Kommst du?« Das war Oliver von der anderen Seite der Klasse. Aiden dreht sich um und geht einfach.

Schnell springe ich auf und laufe ins Badezimmer. Jetzt sitz ich da, den Kopf an die Wand gelehnt und starre an die Decke. Die Tränen laufen nur so über meine Wangen. Vielleicht bin ich dramatisch oder reagiere über, aber ich kann das nicht mehr. Dieses Gefühl, wenn alles zu viel wird und es nur die harmloseste Situation braucht und alles läuft über. Diese Situation hat das Fass zum Überlaufen gebracht. Bis jetzt konnte ich die Tränen in der Schule immer zurückhalten, aber jetzt ging es nicht mehr. Diese Beziehung zerstört mich, sie macht mich kaputt und ich sollte sie wirklich beenden. Aber ich habe Angst, ich habe solche Angst. Ich weiß nicht, warum und wovor, aber ich will diese Beziehung nicht beenden, ich habe Angst, was danach kommt. Das hört sich echt total dumm an, ist es wahrscheinlich auch. Vielleicht will ich deshalb mit niemandem reden, weil ich Angst davor habe, was andere über diese scheiß Situation denken, was sie über mich denken. Gäbe es einen Preis fürs zu viele Nachdenken, ich würde ihn gewinnen. Ich schluchze, da höre ich eine Stimme: »Alles klar da drin?« Nein, nichts ist klar, ich würde am liebsten einfach weglaufen. »Ja, alles klar«, schluchze ich.

»Sicher?«

»Ja.« Ich höre, wie der Wasserhahn zugedreht wird. Das Mädchen wartet noch kurz, dann höre ich die Tür, sie ist wieder gegangen.

Ich muss mit jemandem darüber reden, ernsthaft. So kann es nicht weitergehen, ich will nicht, dass es so weitergeht.

Kapitel 8

»Annie, darf ich reinkommen?«

»Ja klar. Was gibt's denn?«

»Darf ich mit dir sprechen, über... über Aiden und mich. Ich muss mit jemanden reden.«

»Ja, komm her. Du weißt doch, dass du immer mit mir reden kannst, immer.« Was würde ich nur ohne Annalie tun?

Ich habe Annalie alles erzählt, wirklich alles. Dass er mich in der Schule immer ignoriert, dass er immer wissen will, wo ich bin, das mit dem Gespräch und von unserem Telefonat. Zwischendrin bin ich immer wieder in Tränen ausgebrochen, aber es hat gutgetan, alles rauszulassen.

»Aiden ist ein riesiges Arschloch und du hast viel mehr verdient als das, okay!« Ich nicke und Annalie nimmt mich in den Arm. Wir umarmen uns richtig lang, Tränen laufen immer noch über meine Wangen wie zwei Flüsse.

»Und was soll ich jetzt tun?«

»Trenn dich von ihm!«

»Okay, das war sehr direkt.« Annalie lächelt, als wäre sie sehr stolz auf ihren Ratschlag.

»Ernsthaft, Amelia. Diese Beziehung macht dich kaputt, das kann nicht gesund sein. Und glaub mir, er wird sich bestimmt nicht ändern. Solche Leute ändern sich nicht.« Wahrscheinlich hat sie recht. »Ich habe Angst, Annie. Ich weiß nicht warum, aber ich habe Angst, was danach passiert. Ich hasse Veränderungen, aber ich will das alles nicht mehr. Und ich hasse mich selbst für all das. Annie, ich will wieder an die Zahnfee und den Weihnachtsmann glauben!«

»Amelia, hör mir zu! Du hast hier absolut nichts falsch gemacht. Ich verstehe, dass du Angst hast, das ist normal, aber so kann es nicht weitergehen. Du hast so viel mehr verdient als dieses Arschloch, okay! Älter werden ist scheiße, aber du schaffst das. Lass dich doch nicht von so einem Typen unterkriegen, du bist so viel stärker als du denkst. Du musst mir versprechen, dass du mit ihm redest, Lia. Du schaffst das!«

»Okay...« Ich beginne wieder zu weinen und Annalie drückt mich an sich. »Egal was passiert, ich bin immer für dich da.«

»Danke«, schluchze ich. »Und weißt du was? Wir gehen jetzt rüber ins Laurie's, trinken einen Kakao und essen Kekse.«

Wir lösen uns aus der Umarmung und stehen auf. Meine Schwester und ich verlassen das Haus, ein kühler Wind weht mir um die Nase. Annalie hakt sich bei mir ein, so wie sie es immer macht und wir überqueren die Straße. Annie öffnet die Tür und die Glocke erklingt. Ich liebe diesen Ton, für mich bedeutet er zuhause und er erinnert mich an meine Kindheit und an Kekse, natürlich.

Annie hat sich schon an einen der Tische gesetzt, an unseren Stammplatz am Fenster. Dort kann man nämlich am besten Menschen beobachten. »Kommst du, Lia?«
»Jaha, ich komm ja schon.«

Ich setze mich gegenüber von Annalie und da kommt auch schon Cathrin. »Was darf ich euch denn bringen?«
»Eine heiße Schokolade mit viel Sahne, bitte.«
»Ja, für mich auch und bring ein paar Schokokekse.«

Cathrin schmunzelt: »Kommt sofort!«

Durch das Fenster fällt mein Blick nach draußen, ein paar Touristen gehen vorbei und machen Fotos von den süßen Häusern in Snowmass Village. »Denk nicht zu viel nach, Lia! Jetzt konzentrierst du dich lieber auf deine Schokokekse. Aiden ist es nicht wert, dass du so viele Gedanken an ihn verschwendest.« Sie hat recht, ich sollte nicht zu viel nachdenken.

Da kommt auch schon Cathrin. Manchmal habe ich echt Angst, dass ihr das Tablett runterfällt, so schnell wie sie um die Tische wirbelt, hat man nämlich jedes Recht dazu Angst, um seine Kekse zu haben. Es grenzt an ein Wunder, dass ihr noch nie ein Tablett runtergefallen ist. »Hier eure heiße Schokolade und die Kekse.«

»Danke.« Und schon ist sie wieder weg.

»Oh Gott, wie ich diese Kekse liebe!«

»Und ich erst.«

»Lass uns über irgendetwas Tolles reden.« Sie denkt kurz nach. »Hast du Outer Banks eigentlich fertig geschaut?«

»Jap, hab ich.«

»Ich bin immer noch mächtig enttäuscht von dir, dass du es nicht im Sommer schon geschaut hast. Wer sieht sich sowas denn im Winter an?«

»Sorry!« Ich werfe ein paar Kekskrümel nach ihr.

»Und? JJ oder John B?«

»100% JJ!« Annalie schaut mich entsetzt an. »Was? Niemals!«

Cathrin kommt an unseren Tisch und da muss ich sie natürlich fragen: »Hast du Outer Banks gesehen?«

»Ja klar. Ist aber schon länger her, sowas schaut man doch nicht im Winter.« Annie ist kurz davor, laut loszulachen und ich werfe ihr einen ermahnenden Blick zu.

»JJ oder John B?«

»Puhh, also ich finde ja Rafe echt hübsch.«

»Was?«, sagen Annalie und ich im Chor.

»Wow, das kann ich jetzt ja gar nicht nachvollziehen, ich weiß nicht, ob wir jetzt noch Freundinnen sein können, Cathrin.«

Wir müssen lachen.

Kapitel 9
- Elaine -

Ich schaue gerade aus dem Fenster, es sieht aus, als ob es heute noch schneien würde. Ich liebe Schnee und hier in Snowmass Village gibt es jede Menge davon.

Meine kleine Schwester Lola stellt sich auf Zehenspitzen neben mich. »Glaubst du, es schneit heute noch?«

»Das ist gut möglich.«

»Jaa! Hilfst du mir dann nach der Schule einen Schneemann zu bauen?«

»Ja klar. Ich muss jetzt aber los. Und du solltest dich auch langsam fertig machen.« Lola macht sich auf den Weg in ihr Zimmer, um sich umzuziehen. Und ich sollte mich jetzt wirklich auf den Weg machen.

»Tschüss Mom, tschüss Dad!«

»Tschüss, mein Schatz, viel Spaß in der Schule!«

»Ich weiß zwar nicht, was an Schule spaßig sein sollte, aber danke!« Mom schmunzelt.

Ich betrete den Schulhof und da sehe ich auch schon Lily und Sienna.

»Hiii! Ich habe im Wetterbericht gehört, dass es heute noch schneien soll! Ach, ich freue mich so! Ich liebe Schnee!« Lily ist wahrscheinlich einer der liebevollsten Menschen, die ich kenne. Sie ist total witzig, für jeden Blödsinn zu haben, etwas tollpatschig, aber immer da, wenn man sie braucht. Sienna hingegen ist das totale Gegenteil, zumindest was das positive Denken und die Tollpatschigkeit angeht, aber ich liebe sie beide. Und ich bin froh, dass Sienna seit etwa drei Jahren auch zu unserer Freundesgruppe gehört. Und ich habe sie noch nie etwas anderes als ein T-Shirt von irgendeiner Band tragen sehen. Lily und ich sind beide gleich optimistisch und na ja, Sienna ist etwas zwischen Realist und Pessimist. Und zusammen sind wir die perfekte Mischung.

»Laut Wetterbericht hätte es letzte Woche schon schneien sollen, also mach dir nicht zu viele Hoffnungen. Wir sollten sowieso lieber reingehen sonst kommen wir zu spät und ich erfriere.«

»Du hättest dir auch einfach eine dickere Jacke anziehen können, Lederjacken sind nicht wirklich für den Winter gemacht.«

»Die hat aber besser zur Hose gepasst«, antwortet Sienna. Lily rollt mit den Augen und wir machen uns auf den Weg nach drinnen.

Ich schaue aus dem Fenster, während mein Lehrer über das antike Griechenland redet und muss lächeln. Ein warmes Gefühl breitet sich in mir aus, als ich die ersten Flocken fallen sehe.

»Es schneit!«, ruft Jack aus der letzten Reihe und alle springen auf und schauen aus dem Fenster. Das ist etwas, das sich nie ändern wird. Egal wie alt wir sind und egal wie normal Schnee hier in den Rocky Mountains eigentlich ist, immer wenn die ersten Flocken fallen und wir gerade in der Schule sitzen, schauen wir alle wie kleine Kinder aus dem Fenster und freuen uns darüber. Es war in der Grundschule so und jetzt in der Highschool ist es immer noch so. Auch wenn Schnee bei und hier wirklich das Normalste der Welt ist. Und ich liebe es!

»So, das reicht jetzt auch, setzt euch wieder! Es wird noch oft genug schneien.«

Wir setzen uns alle wieder hin und stecken unsere Nase wieder in das Geschichtsbuch, auch wenn wir jetzt alle lieber nach draußen laufen würden.

Endlich klingelt es zur Pause und alle rennen entweder an eines der großen Fenster im Flur oder in den Hof, um die Schneeflocken zu beobachten, und ich mache mich auf die Suche nach Lily und Sienna.

Lily steht neben Sienna und winkt mir zu. »Hier sind wir!«

Ich gehe auf sie zu. »Und wie war Spanisch?«

»Ach, frag nicht. Ich weiß immer noch nicht, warum ich mich für diesen Kurs entschieden habe.« Sienna lehnt den Kopf gegen die Wand. »Ich habe echt keine Lust mehr darauf.« Wir gehen langsam den Gang entlang. »Und, hast du gesehen? Lilys Wetterbericht hatte recht.«

»Jap, hab ich. Das ändert aber nichts an der Tatsache, dass ich dem Wetterbericht nicht vertraue.«

»Ach komm schon. Jetzt freu dich doch wenigstens über den Schnee. Für mich.«

»Okayy, aber nur weil du es bist.«

»Aww, wie nett. Da bin ich jetzt aber froh, dass ich ich bin.« Lily und Sienna grinsen sich blöd an. Wenn man uns manchmal zuhören würde, könnte man echt denken, wir sind im Kopf noch sechs oder so. Sind wir vielleicht auch, aber das ist mir egal. Solange wir unseren Spaß haben, ist ja sowieso egal, was die anderen denken. Und in der Schule sind wir drei, vor allem Lily und ich, sowieso schon bekannt als die Kindischen. Aber damit kann ich echt leben und irgendwie ist es ja auch witzig.

Wir haben es uns in einer der Sitzecken gemütlich gemacht, um dort unsere Pause zu verbringen.

»Was ist euer Plan für heute Nachmittag?«

»Ich muss noch für den Chemietest lernen. Das wird lustig. Vielleicht schreib ich mir auch einfach Spickzettel.«
»Bei Mr. Jones würde ich das nicht machen.«
»Ach was, das letzte Mal hat es auch geklappt.«
»Wie du meinst.« Ich glaube, es geht schneller aufzuzählen, bei wie vielen Tests Sienna *nicht* gespickt hat, als bei wie vielen sie sich Spicker geschrieben hat. Aber bis jetzt hat es wirklich immer funktioniert und das ist irgendwie ja auch beeindruckend.
»Und was machst du so am Nachmittag, Ellie?«
»Ich habe Lola versprochen, mit ihr einen Schneemann zu bauen.« Darauf freue ich mich schon. Meine kleine Schwester kann manchmal zwar echt nerven, aber ich kann ihr irgendwie nie böse sein. Und wenn ich mit Lola spiele und in ihrem Zimmer Playmobilwelten erschaffe, ist es so, als wäre ich selbst wieder neun und manchmal ist die Playmobilwelt wirklich eine gute Möglichkeit, um abzuschalten und die reale Welt zu vergessen. Dann geht es nämlich nur darum, welche Figur in welchem Haus wohnt und wer auf welchem Pferd reiten darf und das tut verdammt gut.

Kapitel 10

»Endlich bist du da! Komm schnell, sonst schmilzt noch der ganze Schnee!«

»Ach Lola, der Schnee schmilzt bestimmt nicht so schnell, so kalt wie es heute ist.« Ich schmunzle. »Geh schon mal nach draußen. Ich bringe schnell meine Schultasche rein.« Lola läuft nach draußen. Sie dreht sich ein paar Mal im Kreis, wirft sich auf den Boden und macht einen Schneeengel. Ein Lächeln breitet sich auf meinen Lippen aus, während ich sie beobachte.

»Hallo Mom! Ich gehe in den Garten. Lola hat sonst Angst, dass der ganze Schnee schmilzt, bevor wir einen Schneemann gebaut haben.« Mom lacht. »Okay, viel Spaß!« Lola hat schon angefangen, eine Kugel aus Schnee zu rollen. Ich beginne auch einen Schneeball zu machen. Wir stapeln die Kugeln übereinander, als Mrs. Woods an unserem Vorgarten vorbeikommt. »Hallo Mrs. Woods!«

»Hallo Elaine und Lola! Wie geht's euch?« Mrs. Woods hat eine kleine Eisdiele in der Main Street. Im Winter ist sie natürlich geschlossen, aber im Sommer gibt es dort das beste Eis überhaupt. »Uns geht's gut! Wir bauen gerade einen Schneemann!«

»Na dann viel Spaß noch. Tschüss!«

»Tschüss Mrs. Woods.« Lola winkt ihr noch, danach widmet sie sich wieder dem Schneemann. »Ich gehe rein, eine Karotte holen, für die Nase.« Als ich wieder zurückkomme, hat unser Schneemann schon Augen, Arme und einen Mund. Ich gebe Lola die Karotte und sie steckt sie in den Kopf des Schneemanns. »Er braucht noch einen Schal. Ich hol den von Mama!« Da freut sich Mama bestimmt, wenn sie erfährt, dass ihr Schal jetzt einem Schneemann in unserem Garten gehört.

Lola kommt mit dem Schal angelaufen und legt ihn unseren Schneemann um den Hals. »Hallo Dad!« Unser Vater ist gerade durchs Gartentor gekommen. Er läuft zu Lola und hebt sie hoch. »Hallo meine Kleine, hey Ellie!« Er wirft mir ein Lächeln zu und geht zusammen mit Lola nach drinnen. Ich folge ihnen. In der Küche setzt er Lola ab und drückt Mom einen Kuss auf die Wange. »Hat jemand Lust auf Kakao?«

»Ja!«, rufen wir im Chor. Mom holt Tassen aus dem Schrank und füllt sie mit Kakao. Auf den Tassen sind Rosen abgebildet, sie haben einmal meiner Uroma gehört, diese Tassen sind heilig für meine Mutter.

Wir sitzen alle vier am Tisch. Ich liebe das. Manchmal sitzen wir stundenlang dort und spielen Spiele oder reden einfach nur. Wobei das Spiele spielen nicht immer so entspannend ist, wir sind nämlich alle sehr ehrgeizig und vor allem bei Monopoly verstehen wir keinen Spaß. Da verteidigen wir unsere Straßen und Hotels, als ginge es um Leben oder Tod.

Kapitel 11

Heute ist Samstag und deshalb hab ich mich dazu entschieden, mal wieder in den Buchladen zu gehen. In den Buchladen gehe ich nicht nur, um Bücher zu kaufen, sondern auch um ein paar Neuigkeiten zu erfahren. Der Laden gehört Henry, er ist Mitte 60 und hat schon immer in diesem Laden gearbeitet. Er hat früher seinem Vater gehört, Henry hat ihn dann übernommen. Und Henry verkauft nicht nur Bücher, er weiß alles über alle. Wenn irgendetwas passiert, weiß er es als Erster, dann geht es meistens weiter an Mrs. Woods und irgendwann weiß es die ganze Stadt. Wer braucht schon so etwas wie Instagram, wenn man jemanden wie Henry hat?

Ich spaziere durch die verschneiten Straßen von Snowmass Village, ab und zu läuft mir jemand über den Weg und wir unterhalten uns kurz.

Ich betrete den Buchladen, Henry unterhält sich gerade mit Mrs. Woods. »Ja, wirklich schrecklich. Sie hätten doch so gut zusammengepasst.«

»Es ist echt schade. Aber hast du gehört, Max und Tessa haben sich letzte Woche verlobt.«

»Nein, wirklich? Das ist aber schön. Das muss ich sofort Laurie erzählen. Tschüss Henry!« Ich muss schmunzeln. Mrs. Woods lächelt mir kurz zu und verlässt dann den Buchladen.

»Hi Henry! Alles klar?«

»Ja, was kann ich für dich tun?«

»Ach, ich wollte mich nur mal umschauen, vielleicht finde ich ja was Neues.«

»Na dann, viel Spaß!« Ich gehe rüber zu den Regalen und stöbere ein bisschen durch die Bücher. Von ein paar Büchern lese ich den Klappentext durch und überlege kurz, ob ich sie kaufen soll oder nicht. Ich liebe die Atmosphäre hier im Buchladen. Im Hintergrund läuft leise Musik und beim Anblick der ganzen Bücher, wird mir richtig warm ums Herz.

Plötzlich höre ich die Klingel und drehe mich in Richtung Tür, Lily ist da. Ich habe sie noch nie im Buchladen gesehen. Ich habe Lily auch noch nie mit einem Buch in der Hand gesehen, außer es war für die Schule. »Lily? Was machst du denn hier?«

Schneeflocken liegen noch auf ihren roten Wellen, es muss angefangen haben zu schneien. »Mein Bruder hat nächste Woche Geburtstag und ich brauche noch eine Karte« Lily schaut genervt aus. »Was für eine Karte schenkt man denn seinem Bruder zum Geburtstag? Ich finde ja meine Existenz ist definitiv Geschenk genug.« Ich lache. »Komm, ich helfe dir, wir finden bestimmt etwas.« Wir gehen zum Regal mit den ganzen Geburtstagskarten. Nach ein bisschen Stöbern zieht Lily eine Karte mit einem Lama drauf heraus. »Hier! Da schreib ich dann noch sowas wie ›Alles Gute zum Geburtstag, von der besten kleinen Schwester überhaupt‹ rein oder so.«

»Ernsthaft?«

»Jap, die nehme ich. Da kleb ich noch ein Foto rein und das passt dann schon.«

»Okay, wie du meinst.« Wir gehen zur Kasse, ich habe auch noch ein neues Buch gefunden. Wir bezahlen, wünschen Henry einen schönen Tag und gehen nach draußen. Es schneit immer noch. Kurz beobachten wir, wie die tanzenden Flocken auf den Boden fallen. Dann werfe ich einen Blick auf die Uhr, es ist fast Mittag. »Hast du Lust, etwas zu essen, wir könnten rüber ins Diner gehen?«

»Ja, warum nicht.« Ich rufe noch schnell meine Mutter an und sage ihr Bescheid, dann gehen wir Richtung Diner. Das Diner gehört Jacob. Er hat es vor etwa einem Jahr übernommen, als sein Vater es aus gesundheitlichen Gründen nicht mehr geschafft hat, obwohl Jacob damals erst 20 war. Er hat ein paar neue Dinge eingeführt und die Speisekarte neu gemacht und das Diner läuft so gut wie noch nie.

»Hi Mädels!« Jacob steht hinterm Tresen. Wir begrüßen ihn und gehen zu einem der Tische. Nach wenigen Minuten kommt Jacob auch schon, wir bestellen und unterhalten uns kurz. »Richtet euren Eltern liebe Grüße aus!«

»Machen wir.« Jacob macht sich wieder auf den Weg zur Theke, da ein paar Leute reingekommen sind.

»Ich habe keine Lust, am Montag wieder in die Schule zu gehen, ich brauche wieder Ferien.«

»Oh ja, gegen Ferien hätte ich auch nichts. Aber nur noch dieses und nächstes Jahr, dann sind wir da raus.«

»Viel zu lange für meinen Geschmack.« Lily spielt mit ihren Haaren.

»Ja schon, aber ich glaube, dass wir die Schule auch vermissen werden. Manchmal zumindest.«

»Ja, vielleicht. Aber ich freue mich auf eine Zeit ohne Mr. Jones. Ich hasse ihn so. Gestern hat er wieder so ein Theater gemacht und dann… Ellie? Hallo, hörst du mir überhaupt noch zu? Elaine Evelina Evans!?«

Oha, mein ganzer Name. »Äh ja, sorry, war in Gedanken.« Manchmal bin ich mit den Gedanken total bei meinen Büchern. Ich denke dann an irgendwelche Bücher, die ich noch lesen will oder schon gelesen habe. Lily, Sienna und wahrscheinlich auch meine ganze Familie sind schon total genervt von mir, aber ich kann da gar nichts dafür. Manchmal schweifen meine Gedanken einfach ab.

»Du immer mit deinen Büchern. Das nervt.«

»Eyy! Du solltest auch mal was lesen, dann würdest du mich verstehen.«

»Niemals! Ich lege mich da lieber auf die Couch und schau Netflix, ist viel entspannter.«

»Na ja, wie du meinst.«

Wir haben gerade das Diner verlassen und Lily ist schon nach Hause. Ich gehe noch schnell zu Laurie und hole ein paar Kekse für Mom, Dad und Lola.

Als ich das Café betrete begrüßt Laurie mich mit einem Lächeln. Dann schaue ich mich ein bisschen um, es sind nicht viele Leute da. Ein paar Touristen und am Tisch am Fenster sitzt ein Mädchen, ich habe sie schon öfters hier gesehen, in so einer kleinen Stadt kennt sowieso jeder jeden, aber ich habe noch nie mit ihr gesprochen. Sie hat ein Notenblatt vor sich und kritzelt irgendwelche Noten darauf, von Musik hab ich noch nie viel verstanden. Mein Blick richtet sich wieder auf die Kekse in der Vitrine.

Cathrin wirbelt um die Ecke: »Was kann ich für dich tun, Elaine?«

»Ich hätte gerne ein paar von den Vanillekeksen.«

»Klar. Soll ich sie einpacken?« Ich nicke. Cathrin gibt mir die Packung, ich bezahle und verabschiede mich.

Kapitel 12

»Hast du am Samstag noch etwas gemacht?« Lily und ich sitzen in der Sitzecke und warten auf Sienna. »Nichts Besonderes. Ich war noch bei Laurie und hab ein paar Kekse geholt. Ich hab welche dabei, willst du einen?«
»Oh ja bitte, ich habe so Hunger.« Ich gebe Lily einen Keks. »Schau, da kommt Sienna.«
»Na endlich! Wie lief Chemie?«
»Gut, ich hatte mein Handy in der Griffelschachtel liegen.«
»Diese Nerven hätte ich gerne. Wie schaffst du das nur immer?« Sienna setzt sich auf einen Sitzsack neben uns.
»In Lauries Café habe ich am Samstag wieder dieses Mädchen gesehen. Sie war schon öfters dort.«
»Die mit den blonden Haaren, die immer auf irgendwelchen Noten rumkritzelt?«
»Ja genau. Ihrem Vater gehört eines der Hotels in Aspen, glaub ich.«
»Wirklich? Oh, mein Gott!« Lily spielt wieder mit ihren Haaren rum. »Wo wir gerade bei Noten waren, musst du nicht noch etwas in einen der Musikräume bringen, für Mrs. Davis?«
»Ach ja stimmt, das hätte ich jetzt fast vergessen. Ich mach mich dann mal auf den Weg, bis später.«
Ich gehe die Treppe runter zu den Musikräumen. Mrs. Davis' Raum ist der letzte im Flur. Ich trage schnell die Unterlagen hin, sie hat mich vorhin nämlich gebeten sie ihr zu bringen.

Als ich fertig bin, schließe ich die Tür ihres Raumes hinter mir und will wieder zurückgehen. Da höre ich plötzlich Geigenklänge. Sie kommen aus einem der Räume. Ich versuche herauszufinden, woher sie genau kommen. Ich liebe Geige. Wir hatten früher eine CD von Hilary Hahn, ich habe sie geliebt und in jeder freien Minute gehört. Ich hatte auch eine Phase, wo ich selbst Geige lernen wollte, aber die ist recht schnell wieder verflogen. Diese CD muss ich unbedingt wieder finden, vielleicht liegt sie ja noch bei den anderen alten CDs.

Ich bin an dem Raum angekommen, wo die Klänge herkommen. Die Tür ist einen Spalt offen und ich schaue hinein. Das ist das Mädchen, das gestern auch im Lauries war, sie spielt also Geige. Es klingt wunderschön. Gänsehaut bildet sich auf meinem Körper und das Gefühl von Wärme breitet sich in mir aus. Als sie mich sieht, hört sie sofort auf zu spielen.

»Das war wirklich großartig!«

»Danke«, murmelt sie schüchtern. Ich drücke die Tür einen Spalt weiter auf und wow. Sie ist wunderschön, noch schöner als gestern. Ich hab noch nie so blaue Augen gesehen. »Spielst du schon lange?«, stammle ich.

»Äh, ja. Ich hab mit drei angefangen, also seit 13 Jahren.«

»Okay wow, das ist wirklich lang.« Ich werfe einen Blick auf meine Uhr. »Oh, es klingelt gleich. Ich muss dann auch wieder hoch. Vielleicht sehen wir uns ja mal wieder. Tschüss.«

»Tschüss.« Ich schließe die Tür und gehe wieder nach oben. Und aus irgendeinen Grund kann ich gar nicht mehr aufhören zu lächeln.

Mir fällt gerade auf, dass ich sie gar nicht nach ihrem Namen gefragt habe. Ach egal, ich sehe sie bestimmt nochmal. Bei dem Gedanken sie nochmal zu treffen, wird mein Lächeln noch breiter.

Lily und Sienna sitzen immer noch gleich, wie vorher.
»Das hat aber ganz schön lange gedauert!« Sienna ruft mir entgegen. »Wisst ihr, wen ich unten in den Musikräumen getroffen habe?« Ich setze mich wieder auf einen der Sitzsäcke. »Keine Ahnung. Harry Styles?«

»Haha, du bist so lustig, Lily. Nein natürlich nicht.«

»Jetzt sag schon!«

»Das Mädchen, das ich am Samstag im Laurie's gesehen habe, war dort. Sie spielt Geige«, sage ich aufgeregt.

»Ah, ich dachte, du hast irgendetwas Weltbewegendes gesehen, so begeistert wie du warst.«

»Mensch Sienna!« Lily wendet sich wieder mir zu. »Du sprichst in letzter Zeit ganz schön oft von *diesem Mädchen*, findest du nicht?« Lily grinst mich an und ich werfe ihr einen bösen Blick zu. »Das stimmt doch gar nicht.« Lily und Sienna rollen mit den Augen. »Hast du sie denn wenigstens gefragt, wie sie heißt? Dann musst du nicht mehr von ›*diesem Mädchen*‹ sprechen.« Ich schaue nach unten und spiele mit meinen Ringen. »Du hast sie nicht gefragt? Ernsthaft? Du redest die ganze Zeit von ihr, dann sprichst du endlich mit ihr und fragst nicht mal, wie sie heißt?«, sagt Sienna entsetzt.

»Ja, sorry. Das war ja nur so ein kurzes Gespräch. Es wäre komisch gewesen, wenn ich plötzlich nach ihrem Namen gefragt hätte.«

Die Klingel läutet, zum Glück. Ich habe nämlich nicht Lust darauf, darüber zu sprechen, wie dumm ich war, weil ich sie nicht gefragt habe, wie sie heißt. Aber was solls, ich werde sie sicher nochmal sehen, dann kann ich sie fragen.

»Dann tschüss und bis morgen!«

»Tschüss Sienna!«, rufen Lily und ich im Chor. Sienna verlässt den Schulhof, ich winke ihr noch. Dann wende ich mich wieder Lily zu. »Machst du heute Nachmittag noch irgendetwas Spannendes?«, fragt sie.

»Nein, ich glaube nicht. Vielleicht gehe ich noch zu Laurie ins Café.«

»Ach ja, warum denn?« Sie sagt es mit einem ganz komischen Unterton und grinst blöd. »Lily! Ich will einfach nur schauen, ob sie schon weihnachtliche Kekse hat, ich freu mich so auf Weihnachten.«

»Ja genau, was für eine doofe Ausrede.« Ich stupse Lily gegen die Schulter. »Hey, ich freue mich wirklich auf Weihnachten.«

»Es ist erst Oktober, Elaine. Wir lassen den Teil, dass du eigentlich dort hingehst, um *das Mädchen* dort zu sehen, jetzt einfach mal weg.« Lily lächelt.

Kapitel 13
- Amelia -

Ich bin gerade nach Hause gekommen. Jetzt sitz ich in meinem Zimmer und sollte eigentlich üben. Ich höre Annalie von ihrem Zimmer aus spielen. Alles so wie immer. Aber heute in der Schule, dieses Mädchen, das in den Musikraum gekommen ist, das war irgendwie, ich weiß nicht… komisch? Sowas ist noch nie passiert, aber es hat mich total gefreut, dass sie gesagt hat, dass ich schön spiele. Keine Ahnung warum, aber das war irgendwie mein Highlight des Tages. Sie hat einfach nur »Das war wirklich großartig« gesagt. Nur drei Wörter und sie haben mich aus irgendeinem Grund total glücklich gemacht. Außerdem finde ich, dass sie wirklich nett aussieht, ich hoffe, ich sehe sie nochmal.

Ich höre Schritte, mein Vater. Er kommt in mein Zimmer und ich drehe mich zur Tür. »Amelia, wie wäre es, wenn du endlich mal mit dem Üben anfangen würdest. Du bist doch langsam alt genug, dass man nicht mehr darum betteln muss, da könntest du dir echt eine Scheibe von deiner Schwester abschneiden. Außerdem dauert es nicht mehr lange bis zum Wettbewerb.« Ich seufze, ich will irgendetwas sagen, aber ich weiß, dass es nichts bringen wird. Dad zieht einen Zettel aus seiner Hosentasche. »Ich habe diesen Plan für dich gemacht. Du wirst dich daran halten, dann schaffst du es auch beim Wettbewerb gut abzuschneiden.« Er reicht mir den Plan und ich schaue ihn genau an. »Mindestens drei Stunden am Tag? Am

Wochenende sogar fünf? Dad, das ist unmöglich! Wie soll ich das alles mit der Schule schaffen?«

»Amelia Eloise Hall! Nicht wieder dieses Ich-schaff-das-nicht-Gerede. Ich habe das auch trotz Schule geschafft und glaub mir, meine Eltern waren nicht so gnädig, du kannst dich glücklich schätzen für all diese Möglichkeiten, die du hast.«

»Aber Annalie hatte nie so einen absolut unmenschlichen Plan.«

»Erstens ist der Plan nicht unmenschlich, zweitens ist Annalie auch talentierter als du und schätzt all die Möglichkeiten und Chancen, die sie bekommt. Du wirst dich an diesen Plan halten, Punkt!«

»Dad…«

»Keine Widerrede!« Mein Vater verlässt den Raum und ich bin schon wieder den Tränen nahe, verdammt. Das tut so scheiße weh, wenn dich nicht mal dein eigener Vater unterstützt, im Gegenteil, er macht alles noch viel schlimmer. Warum kann er mir nicht auch einfach mal nur sagen, dass ich gut bin und das alles schaffen werde? So wie dieses Mädchen heute.

Das war wirklich großartig.

Ich habe bestimmt eine halbe Stunde nur Tonleitern gespielt, dann noch zwei Stunden Mozart. Ich kann nicht mehr. Und hab ich schon erwähnt, dass ich Mozart schrecklich finde?

Dad ist fast alle 20 Minuten in mein Zimmer gekommen, um zu sehen, ob ich noch spiele oder um mich zu korrigieren. Endlich lege ich meine Geige beiseite und hole den Ordner mit Noten von Popsongs raus, ich brauche ein bisschen Abwechslung. Ich blättere durch die Noten,

Beatles, Taylor Swift, Adele, Lindsey Stirling, alles dabei. Schließlich entscheide ich mich für »Guardian« von Lindsey Stirling. Es ist mein absolutes Lieblingslied, es hat irgendwie etwas Aufbauendes und das brauche ich jetzt. Ich beginne zu spielen. Während ich spiele, bin ich in meiner Bubble und vergesse alles um mich herum, ich bin frei. Meine Augen schließen sich, ich habe das Lied schon so oft gespielt, dass ich eigentlich gar keine Noten mehr brauche. Vorsichtig mache ich ein paar Schritte zurück und drehe mich im Kreis, meine blonden Haare wirbeln durch die Luft. Eine Strähne verhängt sich fast in meiner Geige, aber mir ist jetzt alles egal, ich spiele einfach weiter.

Ich schwebe.

Plötzlich werde ich unterbrochen. Mein Vater ist in mein Zimmer gekommen, war ja klar. »Amelia, was soll das werden? Du bist eine Hall, du wirst deine Zeit nicht für so lächerliche Musik verschwenden.« Er dreht sich um und geht zur Tür. »Dad! Ich habe jetzt fast drei Stunden geübt. Lass mich doch einmal das machen, was *mich* glücklich macht. Wo ist das Problem, wenn ich ab und zu auch etwas anderes spiele? Ich verstehe das nicht.« Tränen brennen in meinen Augen, schon wieder. *Fang jetzt bloß nicht an zu weinen, bitte.*

»Schluss damit! Dieses Thema hatten wir doch schon oft genug. Das ist reine Zeitverschwendung.«

Nicht weinen, nicht weinen, nicht weinen.

Mein Vater verlässt den Raum, er lässt die Tür offen.

Annalie betritt mein Zimmer, sie hat alles gehört.

»Ich finde, das war total schön. Wirklich.«

»Danke.« Annie schließt die Tür meines Zimmers. »Ich hasse ihn manchmal so. Warum kann er mich nicht lieben, auch wenn ich meine Zukunft nicht so haben will, wie er es will«

»Er liebt dich, Lia. Er kann es nur nicht so zeigen. Aber ja, manchmal übertreibt er.«

»Manchmal? Drei Stunden am Tag und am Wochenende fünf! Das sind 25 Stunden in der Woche. In diesen Stunden könnte ich so viel tun. Ich könnte an meinen eigenen Liedern arbeiten, ich könnte einfach nur so vor mich hin spielen. Ich könnte… keine Ahnung.« Meine Schultern sacken ab.

»Ich werde mit ihm reden, versprochen.« Annie nimmt mich in den Arm. »Danke«, murmle ich. Ich liebe meine Schwester. Sie war schon immer für mich da. Immer wenn etwas ist, weiß ich, dass ich zu ihr gehen kann. Sie hört mir immer zu. Ich weiß nicht, was ich tun würde, wenn ich sie nicht hätte.

Wir lösen uns wieder aus unserer Umarmung. Annie wirft mir noch ein Lächeln zu und geht.

Ich habe mich gerade dazu entschieden, rüber zu Laurie zu gehen. In meine Tasche packe ich schnell meine Notenblätter, meine Kopfhörer und ein paar Bleistifte. Ich hoffe jetzt einfach, dass Dad mich nicht sieht und gehe nach unten. Ich öffne die Haustür und will nach draußen. »Amelia, wo willst du hin, du…« *Fuck.* Ich bleibe im Türrahmen stehen, drehe mich aber nicht um. Mama unterbricht ihn: »Matthew, lass sie.« *Danke Mom.*

Dad versucht noch etwas zu sagen, aber ich ignoriere es und verlasse das Haus, es schneit. Ein Lächeln huscht über mein Gesicht. Aber der Plan und Dads Worte schwirren immer noch in meinem Kopf umher. Wie soll ich das denn alles schaffen? Die einzige Hoffnung, die ich jetzt noch habe, ist, dass Annie mit ihm reden wird.

Ich muss nur noch die Straße überqueren, schon bin ich

da. Eine Glocke erklingt als ich die Tür öffne. Laurie packt gerade Kekse ein und lächelt mir zu.

Ich mache mich auf den Weg zu meinem Stammplatz am Fenster. Es sind noch nicht einmal zwei Minuten vergangen, schon kommt Cathrin. Ich bestelle eine heiße Schokolade. Dann kritzle ich auf meinen Blättern herum. Die Glocke erklingt und ich schaue zur Tür. Das Mädchen vom Musikraum. Sie sieht mich und winkt, ich winke zurück und lächle. Sie erinnert sich an mich. Sie nimmt ihre Mütze ab und ihre braunen Locken kommen zum Vorschein. Ihre Haare reichen ihr knapp über die Schultern und im warmen Licht des Cafés leuchten sie goldbraun. Sie kommt auf mich zu. Warte was? Sie kommt auf mich zu? Mein introvertiertes Ich findet das nicht so toll. Aber der andere kleine Teil in mir, der nicht so introvertiert ist, will sie unbedingt kennenlernen. Aber was soll ich sagen? Wie begrüße ich sie? Hi, Hey, Hallo? Worüber soll ich mit ihr reden? Keine Zeit mehr zum Nachdenken. Sie ist da. »Hey! Darf ich mich zu dir setzen?«

»Ähm, ja klar.« Was ist bloß falsch mit meiner Stimme? Sie setzt sich gegenüber von mir. »Ich heiße übrigens Elaine.«

»Amelia.« Elaine bestellt bei Cathrin einen Tee. »Ich hab dich neulich schonmal hier gesehen.« Sie deutet auf meine Noten. »Du schreibst auch eigene Lieder?« Ich nicke. »Ja, aber ich habe es noch nie jemanden vorgespielt und ich habe auch absolut keine Ahnung, ob das Sinn macht, was ich hier schreibe.« Ich muss schmunzeln.

»Von Musik habe ich gar keine Ahnung. Ich hatte einmal eine Phase, da wollte ich auch Geige lernen, aber die war schnell wieder weg.« Elaine redet noch weiter und mein Blick bleibt an ihren Lippen hängen und geht dann weiter zu ihren Augen. Sie ist wirklich hübsch.

Wir unterhalten uns noch bestimmt eine Stunde. Und je länger wir reden, desto weiter breitet sich das warme Gefühl in mir aus und die Nervosität wird weniger. Es fühlt sich irgendwie an, als würden wir uns schon richtig lange kennen.

Wir sprechen über Schule, über Bücher und über Musik. »Ich würde so gerne mal auf ein Taylor Swift Konzert gehen«, sagt Elaine. Ich seufze. »Du bist also einen von denen.« Elaine runzelt die Stirn. »Ich bin ja davon überzeugt, dass Swifties irgendeine Sekte oder so sind. Mal ehrlich, manche übertreiben.«

»Hey!« Elaine stößt mir leicht gegen mein Schienbein. »Gibs zu, du hörst nachts heimlich ihre Lieder.«

»Ja, okay, manche Lieder sind toll.« Wir lachen. Elaine und ich verstehen uns richtig gut. Es fühlt sich total gut an, mit ihr zu reden. Ich habe das Gefühl, wir sind auf einer Wellenlänge. Das ist das erste Mal seit Langem, dass ich mich mit einer Person auf Anhieb schon so gut verstehe. Schon wieder ertönt die Glocke und jemand betritt das Café. Ich schaue zur Tür und erstarre. Aiden. Was macht er denn hier? »Amelia? Hallo? Alles okay?«

»Ähm... was? Ja, Ja, alles okay.« Ich bete, dass er mich nicht sieht. Ich will nicht mit ihm sprechen. Nicht jetzt. Ich weiß, dass ich es irgendwann tun muss. Aber nicht jetzt. Es ist gerade alles so schön. Und ich weiß, dass ich, nachdem ich mit Aiden gesprochen habe, wieder in ein ganz tiefes Loch fallen werde. Vielleicht ist es auch befreiend, aber im Moment glaube ich eher an das tiefe Loch, um ganz ehrlich zu sein.

Aiden kommt zu unserem Tisch. *Neinneinneinnein.*
»Hi!«

Elaine schaut von mir zu Aiden und wieder zurück.
»Ähm. Ich glaube, ich gehe dann besser. Wir sehen uns dann ja morgen in der Schule.« *Nein, Elaine, bitte nicht.*
»Ja. Tschüss!« Aiden setzt sich auf Elaines Platz gegenüber von mir. »Wer war das denn?«
»Nur jemand aus der Schule.«
»Aha. Warum hast du mir nicht gesagt, dass du hier bist?« Jetzt geht das wieder los. *Let's go!*
»Nicht wieder das. Ich hab keine Lust mehr, Aiden! Was machst *du* überhaupt hier? Spionierst du mir nach, du bist sonst nie im Lauries?«
»Hör auf mit dem Scheiß! Ich war einfach nur in der Nähe, okay?« Das ist jetzt wahrscheinlich nicht der beste Moment, aber egal. Ich versuch es trotzdem.
»Aiden, wir müssen reden. Ich…« Da kommt Cathrin und fragt Aiden, ob er etwas bestellen möchte. Na toll. Aiden bestellt und wendet sich wieder mir zu. »Du wolltest reden? Na schön, was gibt's?« Ich senke den Kopf. »Ach nichts.« Stille, niemand von uns sagt etwas. Es fühlt sich wie eine Ewigkeit an, auch wenn es wahrscheinlich nur 15 Sekunden sind.
Plötzlich nimmt Aiden meine Hand »Hey, Amelia. Ich will dir doch nichts Böses. Ich mach mir bloß Sorgen. Lass uns einfach noch einen Erdbeerkuchen oder so bestellen und all das vergessen, okay?« Ich hasse Erdbeeren und das habe ich ihm eigentlich auch schon öfters gesagt, aber er hört mir ja nie zu oder es ist ihm egal, ich weiß es nicht.
Aiden hat seinen verdammten Kuchen gegessen und auch noch blöd gefragt, warum ich nicht auch ein Stück will. Danach haben wir bezahlt und sind nach draußen gegangen. Wir stehen vor dem Café. Es ist schon dunkel, die Straßenlaternen werfen ein gelbes Licht auf die Stadt. Vor

dem Lauries steht schon ein kleiner Weihnachtsbaum mit bunten Lichtern. Total kitschig, aber süß. Aiden schaut mich an. Dann küsst er mich. Nur kurz, aber sanft und zärtlich. Eine Welle von Gefühlen, die ich alle nicht zuordnen kann, überrollt mich. Es fühlt sich irgendwie alles so verdammt falsch an.

Er löst sich von mir, lächelt und geht. Warum kann er das so gut? Mich doch immer wieder davon überzeugen, dass ich ihn immer noch irgendwie mag. Trotz all den Dingen, die mich immer wieder so zerstören. *Warum?*

Kapitel 14
- Elaine -

»Schaut, da drüben ist sie. Ich war gestern mit ihr im Lauries.« Ich wende mich zu Sienna. »Und sie heißt Amelia.«

»Wow, du hast sie tatsächlich gefragt«, sagt Sienna mit einem sarkastischen Unterton. »Ich frag sie, ob sie zu uns kommen will. Wartet hier!« Siennas Gesichtsausdruck sagt mir, dass sie nicht sonderlich begeistert von der Idee ist, aber egal. Ein wenig nervös laufe ich zu ihr rüber. Amelia steht mit dem Rücken zu mir gedreht, ich tippe ihr auf die Schulter. »Hi Amelia!« Sie dreht sich um. »Oh hi.« Mit ihren wunderschönen blauen Augen schaut sie mich an und ein Kribbeln durchfährt meinen Körper.

»Ich wollte fragen, ob du Lust hast in der Pause zu uns zu kommen.« Ich deute mit der Hand Richtung Lily und Sienna. Amelia sieht etwas skeptisch aus. Und ich denke darüber nach, ob es vielleicht doch nicht eine so gute Idee war. Ich meine, wir haben erst zweimal miteinander geredet. »Ja, ok, wieso nicht.« *Yessssss.* Glücksgefühle breiten sich in mir aus und ein Lächeln huscht über mein Gesicht.

»Du bist also diese Amelia?« Sienna mustert sie von oben bis unten und ich schaue Sienna, die gerade ein Schokocroissant aus der Cafeteria isst, böse an. »Ähm ja, die bin ich.« Amelia wirkt etwas unsicher. Lily hebt ihre Hand zur Begrüßung. »Hi, ich bin Lily und du bist also

Amelia.«

»Hi, ja. Schaut aus, als hättet ihr schon viel über mich gehört.« Wir lachen. Die restliche Pause verbringen wir zusammen und ich habe Amelia gefragt, ob sie Lust hat, mit mir am Nachmittag ins Lauries oder ins Diner zu gehen und sie hat ja gesagt! Jaaa! Ich freue mich.

»Hi Mom! Ich bin wieder zuhause.«
»Hi Liebling!« Ich stelle meine Schultasche ab, dann werde ich auch schon von Lola begrüßt und wir helfen Mama den Tisch zu decken. »Daddy kommt!« Lola rennt zur Tür, Dad nimmt sie in den Arm und wirbelt sie durch die Luft, Lola kichert.

Wir sitzen alle am Tisch.
»Guten Appetit!«
»Du siehst so glücklich aus, Schatz. Wie war's in der Schule?« Mir fällt erst jetzt auf, dass ich schon die ganze Zeit am Lächeln bin und ich spüre, dass ich ein wenig rot werde. »Ich hab mich mit Amelia verabredet. Das Mädchen, von dem ich dir erzählt habe.«
»Aha…«
»Mom, bitte!« Mama wirft mir einen Du-musst-mir-später-alles-erzählen-Blick zu und ich rolle mit den Augen. Dad und Lola scheinen absolut keine Ahnung zu haben, was gerade passiert und was unsere Blicke bedeuten.

Ich liebe meine Eltern, ich kann mit ihnen über alles reden und sie sind immer für mich da. Auch nach meinem Outing haben sie mich total unterstützt und waren immer da.

Nach dem Essen verabschiede ich mich und mache mich gleich auf den Weg zum Diner. Ich freue mich so, Amelia wiederzusehen. Je näher ich dem Diner komme, desto schneller schlägt mein Herz.

Als ich ankomme, ist Amelia schon da. Soll ich sie umarmen? Oder ist das komisch? Soll ich einfach nur hallo sagen? Was, wenn so eine komische Stille zwischen uns ist und wir nicht wissen, worüber wir reden sollen?

Denk nicht so viel, geh einfach hin! Okay, los geht's.
»Hi! Wie geht's?« Geht doch, war gar nicht so schwer.
»Gut, und dir?«

»Auch gut! Wollen wir reingehen?« Amelia nickt, wir betreten das Diner und begrüßen Jacob. Wir setzen uns an einen Tisch in der Ecke und bestellen. Die peinliche Stille, vor der ich so Angst hatte, da ist sie. Mist. Ich denke nach, wie man sie irgendwie durchbrechen könnte. »Was hast du gestern Nachmittag so gemacht?« Ganz toll, Elaine, ganz toll. »Nicht viel, eigentlich nur Geige gespielt.«

»Du übst viel, oder?«

»Ja schon. Mein Vater will das.« Amelia seufzt. »Oh, spielst du eigentlich nicht gerne?« Ich bin etwas verwirrt, als ich sie spielen gehört habe, hat es sich so angehört, als würde sie nichts lieber tun als das. »Doch schon, ich liebe Geige, ohne könnte ich nicht. Aber mein Vater hat eben eine ganz andere Vorstellung von Geige als ich. Er findet es zum Beispiel nicht so toll, dass ich viel lieber eigen Lieder schreibe, als mich mit Mozart zu beschäftigen. Sagen wir so, es ist kompliziert.« Ich nicke. »Kann ich mal was von dir hören?« Amelia schaut etwas skeptisch aus. »Ich weiß nicht. Ich habe, außer meiner Schwester noch nie jemandem was Eigenes vorgespielt.«

»Ich verstehe. Aber wenn du mal eine Testhörerin brauchst, ich bin hier.« Amelia schmunzelt.

»Hast du eigentlich Geschwister?«

»Ja, eine kleine Schwester, sie heißt Lola. Sie ist

manchmal ganz schön nervig, aber ich liebe sie. Hast du noch andere Geschwister?«

»Nein, nur eine große Schwester, Annalie, sie ist zwei Jahre älter als ich.«

Amelia und ich sitzen noch lange im Diner und reden über alles Mögliche. »Wer war eigentlich dieser Typ, neulich bei Laurie?« Vielleicht hätte ich diese Frage nicht stellen sollen, es geht mich ja eigentlich nichts an. Aber egal, jetzt ist es zu spät. »Äh, das war Aiden. Er ist… mein… mein Freund.«

Sie hat einen Freund. Warte was, sie hat einen Freund? »Es ist etwas komplizierter. Aber ist auch egal.« Wir gehen nicht weiter auf das Thema ein. Ich will nicht, dass sie sich unwohl fühlt. Und ich habe das Gefühl, sie spricht nicht sonderlich gerne über ihn.

Stattdessen unterhalten wir uns noch ein wenig über die Schule und bestellen noch was zum Trinken.

Schließlich verlassen wir das Diner, das war ein echt toller Nachmittag. »Das war echt schön heute.« Amelia lächelt. »Ja.« Wir umarmen uns zum Abschied und ich mache mich, mit einem Dauerlächeln auf den Lippen, auf den Weg nach Hause.

Kapitel 15
- Amelia -

Das war so ein schöner Nachmittag heute. Ich mag Elaine. Bis jetzt habe ich mich noch nie getraut jemandem, außer meiner Schwester so wirklich von meinen eigenen Liedern zu erzählen. Bei Elaine hab ich es einfach gemacht. Wenn ich mit ihr spreche, kann ich reden, ohne lange nachzudenken, ich rede einfach.

Ich gehe durch die Straßen von Snowmass Village. An manchen Häusern hängen schon Weihnachtsbeleuchtungen. An unserem Haus nicht. Dad sagt, es sei Schwachsinn und verbraucht nur zu viel Strom. Deshalb hängen wir meistens erst einen Tag vor Weihnachten eine kurze Lichterkette an unsere Tür. Ich finde es irgendwie traurig, aber von meinem Zimmer aus sehe ich ja immer Lauries bunt geschmücktes Café. Ich laufe gerade Richtung Lauries, aus dem Café hört man sogar schon Weihnachtslieder. Ich muss schmunzeln. Ich bin gerade irgendwie total glücklich. Es ist echt schön, dass ich Elaine kennengelernt habe.

Ich öffne unsere Haustür. »Hallo, ich bin wieder hier.«
»Hallo Schatz.« Mom sitzt im Wohnzimmer und liest. Ich setze mich neben sie. Mom legt ihr Buch beiseite. »Wie wars?«
»Toll, Elaine ist echt nett.«
»Das ist schön. Woher kennt ihr euch eigentlich?«
»Aus der Schule. Sie ist eine Klasse über mir.« Wir reden

noch eine Weile über unseren Tag, bis Dad von der Arbeit nach Hause kommt. »Hallo.«

Oh nein, ich glaube nicht, dass Dad es toll finden wird, wenn er herausfindet, dass ich den ganzen Nachmittag nicht zuhause war. Ich sehe den Plan, den er mir gemacht hat vor mir und dieses glückliche Gefühl von vorhin ist wie weggeblasen. Dad setzt sich zu Mom und mir aufs Sofa. »Annalie war heute Nachmittag bei mir im Hotel. Wirf den Plan weg. Das war blöd, aber du wirst an dem Wettbewerb trotzdem mitmachen, verstanden!« Meine Mundwinkl haben sich leicht. »Echt jetzt? Danke!«

Annalie steht im Türrahmen und lächelt. Ich lächle zurück und forme ein »Danke« mit den Lippen.

Ich liege in meinem Bett, starre an die Decke und lächle. Die ganze Zeit denke ich an heute Nachmittag und wie schön es war. Ich denke, dass Elaine und ich noch richtig gute Freundinnen werden. Lily ist auch total nett. Sienna sah irgendwie genervt aus, aber vielleicht hatte sie einfach nur einen schlechten Tag.

Ich hatte jedenfalls seit langem wieder einmal einen richtig schönen Tag.

Kapitel 16

Ich sitze im Auto neben meiner Schwester. Wir sind auf dem Weg nach Aspen. Wir wollen schon ein paar Weihnachtsgeschenke kaufen und auf den Weihnachtsmarkt dort gehen. Im Radio läuft »Last Christmas«. Ich drehe das Radio lauter und Annie und ich beginnen zu singen.

Nach etwa 20 Minuten sind wir auch schon da und steigen aus. »Wohin sollen wir denn als Erstes gehen?« Ich hake mich bei Annalie ein und führe sie in Richtung Hauptplatz. »Zum Weihnachtsmarkt.« Annie nickt.

Der Weihnachtsmarkt in Aspen ist wunderschön. Und obwohl es erst Ende Oktober ist, ist er schon aufgebaut. Wahrscheinlich wegen der ganzen Touristen.

Der Weihnachtsmarkt ist zwar nur recht klein, aber echt süß. Alles ist bunt geschmückt und in der Mitte des Platzes steht ein Weihnachtsbaum. Es ist zwar erst Ende Oktober, aber ich bin schon voll in Weihnachtsstimmung, von Halloween halte ich nämlich nicht sonderlich viel.

Annalie und ich schlendern durch den Weihnachtsmarkt, wir bleiben immer wieder an einem Stand stehen und schauen uns die Sachen dort an. »Schau mal, wie süß.« Ich habe Weihnachtsbaumschmuck in Form einer Geige gefunden und zeige ihn meiner Schwester. »Aww, die ist wirklich süß.«

Nach einer Weile auf dem Weihnachtsmarkt machen wir uns auf den Weg zu den Geschäften, um uns weiter nach

Weihnachtsgeschenken umzusehen. Wir betreten einen kleinen Laden und schauen uns dort ein wenig um. Annie hält eine Kette in der Hand. »Glaubst du, Mom würde die gefallen?«

»Ja, ich glaube schon. Oder warte, was hältst du von diesen Ohrringen?« Annie schaut sich die Ohrringe an. »Oh ja, die sind auch schön.« Wir haben uns noch ein bisschen umgesehen und uns dann schließlich für die Ohrringe entschieden. Wir verlassen den Laden, es schneit. Ich schaue in den Himmel. Eine Flocke landet auf meiner Stirn. »Wollen wir in dieses Café da drüben gehen? Es ist ganz schön kalt hier draußen«, sagt Annie und ich nicke.

Wir haben uns an einen Tisch ganz hinten in der Ecke gesetzt und eine heiße Schokolade bestellt.

»Erzähl mir was. Gibt es irgendwas Neues?« Annalie kommt mit dieser Frage immer so aus dem Nichts, ich hasse es. »Geht das nicht etwas genauer, was willst du denn wissen?«

»Na ja, keine Ahnung, irgendwas.« Ich seufze. »Na gut. Ich habe vor kurzem ein Mädchen kennengelernt.«

»Elaine?«

»Ja, genau. Sie ist ein Jahr älter als ich und sie hat mich neulich in einem der Musikräume angesprochen. Und ja, seitdem haben wir uns schon ein paarmal getroffen. Da gibt's nicht viel zu erzählen. Sonst ist in letzter Zeit nicht wirklich viel passiert.«

»Vielleicht ist genau das das Problem. Was ist mit Aiden? Da muss endlich mal was passieren, sonst übernehme ich das.«

»Annie, bitte! In letzter Zeit ist es gar nicht mehr *so* schlimm. Wirklich.«

»Er ist total toxisch. Zuerst will er dich kontrollieren und dann ist er plötzlich wieder total nett. Er manipuliert dich, Amelia.«

Ich schau in mein Glas und spiele mit dem Strohhalm. Ich weiß, dass sie recht hat, aber ich will es irgendwie nicht. »Lia, schau mich an. Du musst mit ihm reden. Sonst muss ich das leider tun.«

»Und was soll ich dann sagen? Sorry, ich hab keinen Bock mehr auf dich, ich trenne mich jetzt?«

»Na ja, vielleicht nicht genau so, aber es geht in die Richtung.« Annie schmunzelt. »Ich hab einfach Angst, dass ich dann da stehe und nicht weiß, was sagen. Oder noch schlimmer, ich weiß ganz genau, was sagen, aber bringe es irgendwie nicht raus.«

»Das wird nicht passieren!«

»Und was, wenn doch? Dann steh ich wieder da, wie der größte Vollidiot überhaupt und alles geht gleich weiter wie vorher.« Eine Träne rollt über meine Wange. Annie nimmt meine Hand. »Hey, nicht weinen. Alles wird gut, vertrau mir. Am Ende wird alles gut und wenn es nicht gut ist, ist es noch nicht das Ende.«

»Bitte nicht wieder deine schrecklichen Kalendersprüche. Das halt ich nicht aus.« Ich schmunzle. »Hallo? Sag nichts gegen meine Kalendersprüche. Ich find die super.« Wir lachen.

»Du sprichst mit ihm, okay?« Ich nicke. »Aber lass uns jetzt über etwas Positiveres sprechen. Erzähl mir mehr über Elaine.«

»Was soll ich sagen? Ich mag sie und ich glaube, dass wir wirklich gute Freundinnen werden könnten. Sie liest gerne und ist verrückt nach Taylor Swift.« Wir unterhalten uns noch ein bisschen über irgendwelche Bücher und über Taylor Swift.

»Ach und Annie? Danke nochmal, dass du mit Dad geredet hast.«

»Kein Problem. Der Plan war wirklich etwas übertrieben, aber er will eben, dass du es ganz nach oben schaffst.«

»Genau das ist das Problem. *Er* will das, ich nicht. Aber immer, wenn ich ihm etwas über meine eigenen Lieder erzählen will, hört er nicht zu. Ja, ich will irgendwann auf einer großen Bühne stehen, aber nicht in der Carnegie Hall mit Mozart. Ich will meine eigene Musik machen.«

»Irgendwann wirst du auf einer großen Bühne stehen, mit *deinen* Liedern. Ganz egal, ob Dad das will oder nicht. Irgendwann wird er vielleicht auch verstehen, wie viel du Talent hast und dass es mehr als nur klassische Musik gibt.« Ich hoffe wirklich, dass sie recht hat. Dass ich eines Tages auf einer großen Bühne stehen kann und dass Dad mich endlich unterstützt, auch wenn ich mir meine Zukunft anders vorstelle als er.

Wir sitzen wieder im Auto auf dem Weg zurück nach Snowmass Village. Ich kann diesen Tag irgendwie nicht einordnen, ob er gut oder schlecht war. Auf einer Seite hat es echt gut getan, nochmal mit Annie zu reden. Sie kann total gut zuhören und weiß irgendwie immer was sagen. Auf der anderen Seite realisiere ich immer mehr, dass ich wirklich mit Aiden reden muss. Vielleicht klingt es albern, aber ich hab echt Angst davor. Ich weiß nicht genau, wovor. Seine Reaktion kann ich mir nämlich schon ziemlich gut vorstellen. Und ich meine, was kann schon passieren?

Oh, da ist ziemlich viel, was passieren könnte, zum Beispiel... Halt stopp, ich muss echt aufhören, so viel nachzudenken, ich sollte endlich mal was tun.

Kapitel 17

Elaine hat mich heute in der Schule gefragt, ob ich Lust habe, am Nachmittag zu ihr zu kommen. Sie hat mir ihre Adresse gegeben und ich mach mich jetzt mal auf den Weg. Ich bin ein bisschen aufgeregt, aber ich freu mich.

Ich stehe vor ihrer Haustür und zögere kurz, aber dann klingle ich. Elaine öffnet mir die Tür. »Hi! Wie geht's? Komm rein.«
»Mir geht's gut, danke.« Ein Mädchen kommt auf mich zu gerannt, das muss ihre kleine Schwester sein. »Hallo! Bist du Amelia?«
»Ja, die bin ich.«
»Das ist meine kleine Schwester, Lola.« Wir gehen in die Küche, dort sitzt ihre Mutter. »Hallo Mrs. Evans«, begrüße ich sie. Sie steht auf und legt eine Hand auf meine Schulter.
»Du musst Amelia sein. Es freut mich, dich kennenzulernen. Du kannst mich ruhig Amber nennen.« Ich lächle. Ihre Mutter ist echt nett.
»Willst du mein Zimmer sehen?« Ich nicke und wir gehen hoch. Ihr Zimmer sieht richtig gemütlich aus. Überall sind Lichterketten, das Bett steht direkt am Fenster und hinter dem Bett ist ein Regal voller Bücher. Ober dem Schreibtisch hängen Schallplatten von Taylor Swift an der Wand. Mein Blick wandert neben den Schreibtisch. Dort steht ein beiger Plattenspieler. »Ich hab denselben Plattenspieler, nur meiner ist rosa.«

»Echt? Willst du Musik hören?«

»Ja, warum nicht.« Sie legt eine Platte auf. *You're on your own, kid*, eines der wenigen Taylor Swift Lieder, das ich mag. »Ich hab leider nur Taylor Swift Platten.«

»Kein Problem, ich mag das Lied.« Elaine lächelt zufrieden. Wir setzen uns auf ihr Bett und unterhalten uns ein bisschen, bis plötzlich Lola ins Zimmer stürmt.

»Kommt ihr in mein Zimmer und spielt Playmobil mit mir?« Elaine wirft mir einen entschuldigenden Blick zu. »Schon okay.« Elaines Mutter ruft von unten: »Lola, komm wieder runter. Ich hab doch gesagt, du sollst die Mädels in Ruhe lassen.«

»Schon okay, Mom!« Wir folgen Lola in ihr Zimmer. Auf dem Boden ist eine riesige Playmobilwelt aufgebaut. Wir setzen uns auf den Boden und Lola teilt jedem eine Figur zu. Ich hab schon ewig nicht mehr Playmobil gespielt, aber es hat echt Spaß gemacht.

Nach etwa einer halben Stunde gehen wir dann aber doch wieder in Elaines Zimmer zurück. »Hast du vielleicht Lust, einen Kuchen zu backen?«, fragt sie.

»Ähm, ja, total gerne, ich liebe Kuchen.« Elaine lacht und wir gehen in die Küche.

Sie sucht ein Rezept raus und wir legen los. Elaine reicht mir einen Behälter mit Mehl. »Wir brauchen 200 g. Da drüben steht eine Waage.« Ich hole die Waage und versuche, sie anzuschalten. Ohne wirklich zu wissen, was ich mach, drücke ich auf den Knöpfen herum. »Wie macht man die an?«

»Warte, ich helfe dir.« Elaine dreht sich zu mir und als sie versucht, die Waage anzuschalten, berühren sich unsere Hände. Ein Schauder durchfährt meinen Körper. Ich schaue Elaine an, sie schaut mich an, wir schauen uns direkt in die

Augen. Mir fällt erst jetzt auf, wie schön ihre Augen sind. Ihre Augen sind braun, sie passen gut zu ihren Haaren, sie strahlen irgendwie Wärme aus.

Unser Blickkontakt dauert bestimmt nur fünf Sekunden, aber es fühlt sich ewig an und irgendwie schön. Elaine räuspert sich und die Stille wird unterbrochen. Ich frage mich, ob es ihr genauso ging.

»So, jetzt müsste sie funktionieren.« Ich wiege das Mehl ab und stelle die Schüssel zur Seite. Wir bereiten die restlichen Zutaten vor und mixen sie. Mit einem kleinen Löffel hole ich ein bisschen Teig aus der Schüssel. »Ich liebe Kuchenteig!« Elaine schlägt meine Hand zur Seite.

»Hey! Was soll das?« Ich lache. »Was? Du solltest ihn auch mal probieren, er schmeckt hervorragend.«

»Okay, ja, du hast recht. Aber wir sollten den jetzt besser in die Form und in den Ofen geben.« Wir geben den Kuchen in den Ofen und nun heißt es warten.

Elaine setzt sich auf das Regal in der Küche. Stille breitet sich aus. Ich zupfe an meinen Nägeln. Das mach ich immer, wenn ich nicht weiß, was sagen oder was tun. Ich muss mir das unbedingt abgewöhnen, sonst ist irgendwann nichts mehr von meinen Nägeln übrig. Sie sind sowieso schon kurz, weil lange Nägel beim Geige spielen sehr unpraktisch sind. Ich unterbreche die Stille. »Wie lange muss der Kuchen im Ofen bleiben?« Was Gesprächsthemen angeht, bin ich echt kreativ, unglaublich.

»Noch etwa 30 Minuten.« Ich nicke. »Was sollen wir in der Zwischenzeit tun? Wozu hast du Lust?« Ich zucke mit den Schultern. Oh, was würde ich dafür tun, manchmal ein bisschen extrovertierter zu sein? Es würde so vieles im Leben einfacher machen. »Lass uns zurück in mein Zimmer gehen, dann schauen wir weiter, okay?« Ich nicke und folge ihr. Im Zimmer setzen wir uns auf den flauschigen Teppich auf dem Boden. Elaine lehnt sich mit dem Rücken gegen ihr Bett. »Wie lange bist du eigentlich schon mit deinem Freund zusammen?« Okay, auf dieses Gesprächsthema war ich definitiv nicht vorbereitet. »Ähm... seit etwa fünf Monaten oder so, glaub ich.«

»Ich habe euch in der Schule gar nie zusammen gesehen.«

»Na ja, wir verbringen auch nicht soo viel Zeit miteinander.« Ich gehe in meinem Kopf alle möglichen Gesprächsthemen durch, um irgendwie auf ein anderes Thema zu lenken. »Du hast ganz schön viele Bücher«, ich deute auf das Regal hinter ihrem Bett. »Liest du viel?« Elaine strahlt, als hätte sie nur darauf gewartet, bis sie endlich über ihre Bücher sprechen kann. »Ja, ich liiiiebe lesen. Ich wohne praktisch schon fast im Bücherladen von Henry. Kennst du ihn?« Ich nicke, natürlich kenne ich ihn, ich war aber noch so gut wie nie dort. »Ich könnte die ganze Zeit nur über Bücher reden. Liest du viel?«

»Nicht wirklich, mir fehlt die Zeit dazu.«

»Wir müssen unbedingt mal zusammen in den Bücherladen gehen. Natürlich nur, wenn du Lust hast.«

»Ja, das wär echt toll. Vielleicht finde ich ja ein Buch für mich.« Wir reden eine Weile nicht mehr. Aber dieses Mal ist es keine unangenehme Stille, wir sitzen einfach nur da.

»Wo ist denn bei euch die Toilette?«

»Im Flur erste Tür links.« Ich nicke. »Okay, bin gleich wieder da.«

Als ich vom Badezimmer zurückkomme, sitzt Elaine immer noch gleich da wie vorher. Aber sie muss kurz aufgestanden sein, es läuft nämlich wieder die Platte von vorhin. *You're on your own, kid*.

Elaine klopft mit der Hand neben sich auf den Boden, ich

setze mich neben sie und lehne mich ebenfalls ans Bett.
Plötzlich legt Elaine ihren Kopf auf meine Schulter. Bei der
Berührung durchzuckt ein Stromschlag meinen Körper. Sie
schaut mit einem Blick, als ob sie fragen möchte, ob das
okay ist, zu mir hoch. Ich nicke und sie legt ihren Kopf
wieder auf meine Schulter. Und jetzt sitzen wir da, keiner
sagt was, aber das ist auch nicht nötig. Wir sitzen einfach
nur da und es fühlt sich richtig gut an. Es ist mir bis jetzt
noch nie passiert, dass ich mich mit einer Person in so
kurzer Zeit schon so gut verstanden habe. Klar, ich habe
schon öfters Menschen kennengelernt, mit denen ich mich
gut verstanden habe, aber mit Elaine ist das irgendwie…
anders. Aber nicht schlecht anderes, irgendwie total gut
anders.

Plötzlich wird die Stille von einem Klingeln
durchbrochen. »Oh Gott, den Kuchen habe ich jetzt ja total
vergessen.« Elaine springt auf. Ist es komisch, wenn ich mir
denke, dass ich den Kuchen am liebsten verbrennen lassen
würde, um noch ein wenig länger mit Elaine hier zu sitzen?

Wir gehen runter in die Küche, es riecht fantastisch. Okay
war vielleicht doch besser ihn *nicht* verbrennen zu lassen.
Elaine holt den Kuchen aus dem Ofen. »Wow, der riecht
echt gut!«

Wir lassen den Kuchen etwas abkühlen. In der
Zwischenzeit setzen wir uns bei Elaine ins Wohnzimmer.
An der Wand entdecke ich ein Klavier. »Spielt jemand bei
euch in der Familie Klavier?«

»Nein, leider nicht. Wir sind alle total unmusikalisch.«
Sie lacht. »Es ist das alte Klavier von meiner Oma. Kannst
du spielen?«

»Ich hatte etwa sechs Jahre Unterricht. Jetzt spiel ich nur
noch selten.«

»Kannst du mir was vorspielen? Ist total egal was.«

»Ich weiß nicht.« Ich spiele nicht so gerne vor anderen Leuten Klavier, ich bin da irgendwie immer so unsicher.

»Ich könnte dir aber was Einfaches beibringen.« Elaines Augen strahlen. »Oh ja, das wär toll. Es ist so schade, dass niemand mehr auf diesem Klavier spielt.«

Elaine setzt sich ans Klavier und ich mich neben sie. Ich entscheide mich, ihr den Flohwalzer beizubringen. Es ist wahrscheinlich eines der einfachsten und auch langweiligsten Stücke, das ich kenne. Aber ich mag es irgendwie, weil ich damit immer meine Kindheit verbinde. Ich kann mich noch daran erinnern, wie es mir meine Schwester gelernt hat. Ich war fünf, sie war sieben. Wir haben beide am Flügel in unserem Esszimmer gesessen und Annie versuchte mir irgendwie zu erklären, wo ich meine Finger hintun musste.

Ich spiele ihr einen Teil des Stücks zuerst vor, dabei verspiele ich mich ungefähr 523 Mal, obwohl es ein total einfaches Stück ist. Am liebsten würde ich im Boden versinken. »Okay, jetzt du. Du musst deine rechte Hand hierhin tun und die linke so.« Ich nehme Elaines Hand und lege sie auf die Tasten. Bei der Berührung durchfährt mich schon wieder ein Schauder. Die Frage, warum das schon wieder passiert, geht durch meinen Kopf. Was ist bei Elaine und mir anders, als bei anderen Freundschaften, die ich hatte? Plötzlich dreht sie sich mit dem Kopf zu mir und wir schauen uns an. Ihr *muss* es einfach genauso gehen wie mir.

Elaine bricht den Blickkontakt und ich erkläre weiter.

»Warte nein! Was machst du denn da?« Ich lache. Elaine schaut verwirrt aus. »Hä, was ist denn?« Sie schubst mich ein wenig zur Seite. »Lachst du mich etwa aus?«

»Das würde ich doch nie tun, Ellie.«

»Ich mag es, wenn du mich Ellie nennst, Millie.« Elaine schmunzelt. »Millie. So hat mich noch nie jemand genannt. Mich haben sonst immer alle nur mit Lia abgekürzt.«
»Ist es okay, wenn ich dich Millie nenne?«
»Ja klar, ich mag den Namen.« Vor allem, weil er von dir ist, würde ich am liebsten noch sagen.
Jetzt schmunzeln wir beide. »So, nochmal von vorne. Du beginnst mit dem dritten Finger der linken Hand. Und zwar hier.«
Nach etwa einer viertel Stunde schafft sie es schon fast ohne Hilfe, das Stück zu spielen. Es hat echt Spaß gemacht, Ellie ein bisschen was am Klavier beizubringen.
»Ich bin für eine Pause. Wir müssen unbedingt den Kuchen probieren.«
»Oh ja.« Wir stehen auf und gehen in die Küche. Als wir den Kuchen aus der Form holen, kommen Amber und Lola zur Tür herein. »Der riecht ja lecker.«
»Gibt's jetzt Kuchen?« Lola springt um den Tisch herum und Elaine legt vier Stück Kuchen auf Teller. Wir setzen uns alle zusammen an den Tisch und probieren. »Der riecht nicht nur gut, der schmeckt auch gut. Das habt ihr echt toll gemacht, Mädels.«
»Danke, Mom.«
Wir bleiben noch eine Weile sitzen, reden und essen Kuchen. Ich fühle mich hier echt wohl. Wir sitzen zuhause fast nie einfach nur am Tisch und reden oder spielen Spiele oder solche Sachen. Irgendwie finde ich das total schade. Ich schaue auf die Uhr. »Ich glaube, ich muss langsam los. Danke, dass ich kommen durfte.«
Amber steht auf und lächelt. »Du bist hier immer willkommen, Amelia.« Ich bedanke mich nochmal, dann bringt Elaine mich zur Tür. »Danke, dass du mich

eingeladen hast. Ich hatte echt lange nicht mehr so einen tollen Nachmittag.«

»Danke, dass du gekommen bist, es war wirklich toll. Wir müssen uns unbedingt öfter sehen, nach der Schule.«

»Ja, unbedingt. Tschüss Ellie.«

»Tschüss Millie.«

Millie. Ich mag diesen Spitznamen. Vor allem, weil er von Elaine ist.

Kapitel 18
- Elaine -

Amelia ist gerade gegangen und ich mache mich wieder auf den Weg zurück in die Küche. Meine Mutter sitzt immer noch am Tisch, Lola ist wahrscheinlich schon wieder zurück in ihr Zimmer. Ich setze mich neben Mom. »Das war ein toller Nachmittag.«
»Du magst sie wirklich, hm?«
»Oh ja.« Ich seufze. »Versteh mich nicht falsch, aber bitte pass auf, dass dir nicht wieder dasselbe passiert. Du weißt, was ich meine, oder?«
»Mom! Sie hat einen Freund, okay?« Etwas in mir zieht sich zusammen, als ich das ausspreche. »Ich glaube, dass wir einfach nur gute Freundinnen werden können.«
»Schon gut. Ich will nur nicht, dass dir wieder dasselbe passiert, wie vor einem Jahr.«
»Amelia ist nicht Ophelia! Sie ist total anders. Und überhaupt ist sie in einer Beziehung. Wir sind bloß Freundinnen!«, rufe ich etwas lauter, als ich eigentlich wollte.
»Schon gut. Ich mach mir doch nur Sorgen, Elaine. Ich bin deine Mutter, ich muss das tun.« Sie schmunzelt und nimmt mich in den Arm. »Ich will nur, dass du weißt, dass ich immer für dich da bin, wenn du mich brauchst.«
»Danke, Mom!«
»Aber jetzt erzähl mir doch von eurem Nachmittag. Wie wars?« Ich erzählte ihr, was wir heute so gemacht haben.

Ein paar Details habe ich ausgelassen, weil ich nicht wirklich Lust hatte, mit ihr darüber zu sprechen. Zum Beispiel vom Schauer, der durch meinen Körper jagte, als Amelia meine Hand beim Klavierspielen nahm. Ich frage mich, ob es ihr auch so ging. Oder vom warmen Gefühl in meinem Bauch, als sie mich Ellie nannte. Millie und ich kennen uns zwar erst seit ein paar Tagen so richtig, aber wir sind uns irgendwie schon so vertraut. Ich weiß auch nicht, wie ich das erklären soll, aber das mit Amelia ist etwas Besonderes, ich weiß auch nicht wieso. Ich will irgendwie, dass mehr daraus wird und irgendwie auch nicht. Ich meine, sie hat einen Freund, ich will auf keinen Fall eine Beziehung zerstören und überhaupt weiß ich gar nicht, ob es Amelia auch so geht wie mir. Eigentlich ein total dummer Gedanke. Wieso sollte sie Interesse an mir haben, wenn sie in einer Beziehung ist? Ich mache mir hier unnötige Hoffnungen auf etwas, das eh nicht passieren wird. Wir sind gute Freundinnen geworden, mehr nicht.

»Das klingt, als hattet ihr einen schönen Nachmittag. Du kannst sie gerne öfters einladen.«

»Ja, das wäre toll.« Ich gehe zurück in mein Zimmer, lege eine Platte auf und setze mich mit einem Buch dorthin, wo ich mit Amelia gesessen habe. Im Hintergrund höre ich wieder *You're on your own, kid*, wie heute Nachmittag. Ich liebe dieses Lied und es freut mich irgendwie, dass Amelia es auch mag, obwohl sie gesagt hat, dass sie nicht so viel von Taylor Swift hält.

Ich schlage mein Buch auf und beginne zu lesen.

Seit bestimmt fünf Minuten lese ich denselben Satz. Meine Gedanken schweifen nämlich die ganze Zeit wieder ab. Dauernd denke ich daran, wie ich vor ein paar Stunden mit Amelia hier war. Kein unangenehmer Smalltalk, nur

Stille. Aber auch keine unangenehme Stille, einfach nur schön. Was sie wohl gerade macht? Ob sie auch noch an heute Nachmittag denkt? Ich stelle mir zu viele Fragen. Am besten, ich konzentriere mich jetzt endlich aufs Lesen.

    Kaum zu glauben, aber ich habe es tatsächlich noch geschafft, zu lesen. Draußen ist es schon lange dunkel und ich bin im Buch bis über die Hälfte gekommen. Ich sollte jetzt besser schlafen gehen.

Alos lege ich mich ins Bett und hoffe, dass ich von heute Nachmittag träume, soweit ich es irgendwie schaffe einzuschlafen.

Kapitel 19
- Amelia -

Gleich, nachdem ich nach Hause gekommen bin, hab ich mich ins Bett gelegt, um nochmal über den Nachmittag heute nachzudenken. Es war echt herrlich und ich hatte wirklich Spaß, aber ich frage mich immer noch, was dieses Gefühl in mir, als sich unsere Hände berührten, bedeutet.

Was war das? Sind wir einfach nur sehr schnell sehr gute Freundinnen geworden? Was, wenn zwischen Elaine und mir doch irgendwie mehr ist?

Mit Aiden war es anfangs auch so. Alles in mir hat gekribbelt, wenn ich auch nur an ihn dachte, dann hat er sich langsam immer mehr verändert. Und anfangs hat sich mit ihm auch alles total richtig angefühlt. Aber wenn ich mit Elaine zusammen bin, fühlt sich das auch total richtig an. Ach, woher soll ich denn wissen was richtig ist? Ob es Elaine wohl auch so geht? Ich bin doch noch mit Aiden zusammen. Und was würden meine Eltern sagen, wenn ich eine Freundin und keinen Freund hätte?

So viele Fragen in meinem Kopf und keine Antworten. Warum denke ich überhaupt schon darüber nach? Ich weiß doch gar nicht, was Elaine denkt. Ach, ich weiß ja nicht einmal, was *ich* denke oder fühle. Es hat sich mit Ellie einfach alles total schnell richtig vertraut angefühlt. Das ging mir noch nie so. Und ich kann sie ja nicht einfach so fragen. Das könnte total schiefgehen. Ich weiß ja nicht mal, ob sie auf Mädchen steht. Ich weiß ja nicht mal, ob *ich* auf Mädchen stehe.

Oh Gott, das ist alles so verwirrend und so viel. Ich weiß wirklich gar nichts mehr. In letzter Zeit ist so viel passiert. Und wahrscheinlich denke ich schon wieder viel zu viel nach. Und wahrscheinlich denke ich viel zu weit. Wir verstehen uns gut und unsere Hände haben sich kurz berührt und wir haben uns in die Augen gesehen. Wow. Ich muss aufhören so viel hineinzuinterpretieren. Am besten ich warte noch ein paar Tage und schaue, was passiert. Dann sehen wir weiter. Und ich brauche auf jeden Fall Ablenkung. Am besten ich versuche jetzt zu schlafen.
Ich kuschle mich in meine Decke als mein Handy einen Ton von sich gibt. Schnell schaue ich nach. Eine Nachricht von Aiden. Auf diese Ablenkung könnte ich echt verzichten.

Aiden

Wollen wir uns morgen treffen?

Ich

Ich weiß nicht, ob ich das morgen schaffe. Geige und so

Aiden

Du immer und deine Geige. Du hast gefühlt nie Zeit.

Ich

Tut mir echt leid.

Warum entschuldige ich mich überhaupt, *er* hat doch nie Zeit. Es ist immer das Gleiche. Er macht mir die ganze Zeit Vorwürfe für alles Mögliche, dabei hat er selbst fast nie Zeit.

Aiden

Ja diese Entschuldigung bringt jetzt auch nichts mehr.

Ich

Ich schaue mal, was sich machen lässt. Ich schreib dir.

Noch auf seine Antwort zu warten, habe ich jetzt keine Lust mehr. Ich schalte das Handy aus und lege es weg.

Morgen Dad zu überreden, ob ich nochmal einen Nachmittag Geige sausen lassen darf, wird noch lustig. Ein Teil von mir hofft, dass ich es schaffe, ihn zu überreden, weil ich dann vielleicht endlich mit Aiden über alles reden könnte. Betonung auf *könnte*, nur weil ich es kann, heißt noch lange nicht, dass ich es auch tue.

Ein anderer Teil in mir hofft, dass ich es nicht schaffe, weil ich nach wie vor extrem Angst vor diesem Gespräch habe und auch nicht wirklich Lust darauf habe, mich mit ihm zu treffen. Aber was solls. Morgen werden wir sehen, was passiert. Ich versuche jetzt endlich zu schlafen. Vielleicht träume ich ja von dem schönen Nachmittag mit Ellie.

»Bitte Dad! Ich habe in der letzten Zeit sowieso schon so viel geübt. Wenn ich noch einen Nachmittag Pause mache, macht das doch keinen Unterschied mehr.«

»Amelia, Schluss damit! Du weißt ganz genau, wie wichtig der Geigenwettbewerb ist und du weißt auch ganz genau, wie viel Arbeit du noch vor dir hast!«

»Aber das heute Nachmittag ist auch wirklich wichtig! Ich habe auch noch ein anderes Leben neben Geige. Ja, ich

liebe Geige und nein, ich könnte ohne Musik nicht leben.
Aber weißt du was? Ich scheiß auf den Wettbewerb!«
»Amelia Eloise Hall! Was erlaubst du dir so, mit mir zu
sprechen? Du bleibst heute Nachmittag hier, Ende der
Diskussion!« Ich renne aus der Küche und knalle die Tür
zu. Ich höre noch, wie mein Vater mir etwas hinterher
brüllt, aber ich ignoriere es. Schnell laufe ich in mein
Zimmer und werfe mich auf mein Bett. Die Tränen laufen
nur so über mein Gesicht. Der Grund, warum ich weine, ist
nicht unbedingt, dass ich mich nicht mit Aiden treffen darf,
sondern dass mein Vater wieder mein komplettes Leben,
das nicht mit Geige zu tun hat, eiskalt ignoriert und das tut
so weh. Es tut mehr weh als alles andere, zu wissen, dass
mein eigener Vater sich kein bisschen für mein Leben
interessiert.

Schließlich entscheide ich mich dann doch meine Geige
rauszuholen. Was bleibt mir auch anderes übrig.

Nach einer halben Stunde Tonleitern, einer Stunde
irgendwelche langweiligen Etüden spielen und einer
weiteren Stunde das beschissene Stück von Mozart üben,
(ja, ich hab immer noch ein Problem mit Mozart und ich
glaube nicht, dass sich das jemals ändern wird) bin ich fix
und fertig. Ich spüre meine Finger kaum noch.

Ich will aber trotzdem noch etwas tun, das mir wirklich
Spaß macht. Deshalb hole ich meine Notenblätter und einen
Bleistift, setze mich mit meiner Geige auf den Boden und
versuche an meinem Stück weiterzuarbeiten.

Ich spiele ein bisschen vor mich hin und probiere
verschiedene Melodien aus und schreibe sie auf.

»Hast du das geschrieben?« Annalie hat sich in mein
Zimmer geschlichen. »Ähm, ja.«

»Klingt gut.« Annie setzt sich zu mir auf den Boden.

»Danke, aber ich bin mir bei diesem Teil noch nicht ganz sicher.« Ich spiele ihr einen Teil von meinem Stück vor.

»Ich finde es klingt gut, aber vielleicht solltest du es eine Oktave tiefer spielen, ich denke, das passt besser zu der Melodie und zum Rest des Stückes.« Sofort probiere ich es aus. »Okay, ja, das klingt wirklich besser.« Mit einem Bleistift notiere ich es mir gleich in meinen Noten, sonst würde ich es wahrscheinlich vergessen, so wie ich mich kenne.

»Du hast mir gestern gar nichts mehr von deinem Nachmittag erzählt. Wie wars?«

»Es war echt toll, wir hatten total viel Spaß.« Ein Lächeln huscht über mein Gesicht, als ich an den Nachmittag mit Elaine denke. Ich erzähle Annie noch ein bisschen mehr von gestern. »Das klingt, als würdet ihr euch richtig gut verstehe, du und Elaine.«

»Ja, das tun wir wirklich.«

»Ich weiß, dass du mit Aiden zusammen bist, aber ich weiß auch, dass das nicht sonderlich gut läuft.« Oh Gott, worauf will sie hier hinaus. »Aber wenn du von Elaine sprichst, leuchten deine Augen irgendwie immer so und du siehst total glücklich aus, also versteh mich nicht falsch, aber...«

»Annie! Wir sind Freundinnen.« Ich schaue auf meine Finger und zupfe schon wieder an meinen Nägeln, weil ich genau weiß, was Annalie meint und, weil ich genau weiß, dass sie wahrscheinlich recht hat.

»Na ja, also... ach ich weiß ja selber nicht, was mit mir los ist und was das zwischen uns ist. Ich hab das Gefühl, ich weiß gar nichts.«

»Vielleicht ist da zwischen euch doch mehr als du glaubst. Und wer weiß, vielleicht geht es Elaine ja genauso und sie weiß auch nicht was tun. Vielleicht solltet ihr einfach miteinander reden«

»Warum sollte es ihr genauso gehen, wir kennen uns noch nicht wirklich lange. Und einfach miteinander reden? Das sagst du so. Das ist überhaupt nicht einfach. Was, wenn es ihr nicht so geht? Dann würde das zwischen uns total komisch werden. Und überhaupt bin ich immer noch mit Aiden zusammen.«

»Aiden? Kannst du dich noch an unser Gespräch erinnern? Du wolltest dich von diesem Arsch trennen!« Stille. Ich kann mich noch gut daran erinnern und ich weiß, dass sie schon wieder recht hat. »Ich wollte heute mit Aiden sprechen. Aber Dad fand es nicht so toll, dass ich wieder einen Nachmittag Geige schwänze.«

»Na ja, du hast heute schon fast drei Stunden geübt und der Nachmittag ist noch nicht um. Du musst endlich mit diesem Arschloch reden.«

»Er ist nicht immer so und überhaupt kennst du ihn gar nicht«, versuche ich zu erklären.

»Das ist ja das Problem, dass er nicht immer so ist, er manipuliert dich. Und glaub mir, ich bin froh, dass ich diesen Typen nicht kenne. Jetzt pack deine Geige weg und geh. Ich spreche mit Dad.«

Kurz denke ich nach, ich bin ein wenig skeptisch, entscheide mich dann aber doch es zu tun. Annie hat recht, irgendwann muss ich es tun. »Okay. Und danke.«

Ich packe meine Geige in den Koffer, gehe nach unten, um mir eine Jacke anzuziehen und öffne die Haustür. Als ich mich nochmal umdrehe, steht meine Schwester hinter mir. Sie hält beide Daumen nach oben. »Zeig's ihm!« Ich überdrehe die Augen und gehe nach draußen. Wenn meine Schwester nicht wäre, würde ich jetzt wahrscheinlich immer noch in meinem Zimmer hocken und nicht wissen, was ich tun soll.

Ich schlendere durch die Straßen von Snowmass Village. Die Laternen brennen schon, da es im Winter schon total früh dunkel wird.

In meinem Kopf habe ich mir schon ein paar Sätze zurechtgelegt, auch wenn ich genau weiß, dass das nichts bringen wird. Wenn ich dann vor ihm stehe, weiß ich wahrscheinlich keinen mehr von diesen Sätzen oder überhaupt irgendeinen grammatikalisch richtigen Satz.

Bis zu Aidens Haus ist es nicht mehr weit. Und ja, ich bin nervös, so richtig nervös sogar. Nur noch wenige Meter. Jetzt steh ich vor seiner Haustür. *Einfach klingeln, du kannst das Amelia.* Ich drücke auf die Klingel. Es dauert einen Moment, bis ich Schritte höre, die auf die Tür zu kommen. Jemand öffnet die Haustür. Aiden. »Was machst du denn hier?« Was für ne Begrüßung, wow. »Ich hab's doch noch geschafft. Kann ich rein?« Aiden geht nach drinnen, ich folge ihm und schließe hinter mir die Tür. Wir gehen in sein Zimmer. Er setzt sich auf sein Bett, ich werfe meine Jacke über den Schreibtischstuhl und setze mich dorthin. Als ich mich ein wenig in seinem Zimmer umschaue, kommen wieder so viele alte Erinnerungen hoch. Ich habe hier ziemlich viel Zeit verbracht, als meine und seine Mutter noch gut befreundet waren. Und als Aiden und ich ein Paar wurden, habe ich noch mehr Zeit hier verbracht. In diesem Bett haben wir gelegen und Filme geschaut oder einfach nur geredet. Doch dann haben meine und seine Mutter sich irgendwie auseinandergelebt und nicht mehr so oft gesehen und dann hat Aiden sich auch so verändert.

»Aiden, ich glaube, wir müssen mal miteinander reden.

Besser gesagt, ich muss mit dir reden.« Wow, ich bin überrascht von mir selbst, ich habe das Sprechen doch nicht komplett verlernt. »Ja, das glaub ich auch.«

»Ach ja?« Jetzt bin ich etwas verwirrt, muss ich zugeben.

»Ich hab dir den ganzen Nachmittag Nachrichten geschickt und du hast auf keine einzige reagiert. Außerdem triffst du dich in letzter Zeit ziemlich oft mit dieser… Elaine. Für die hast du also Zeit und wer ist die überhaupt?« Ein Schauder läuft durch meinen Körper, als ich ihren Namen höre.

»Erstens weißt du, dass ich mich zurzeit sehr viel mit Geige beschäftige, weil bald der Wettbewerb ist. So war es auch heute Nachmittag und das habe ich dir auch gesagt.« Dass ich das mit dem Wettbewerb nicht ganz so freiwillig mache, lass' ich lieber weg. »Und zweitens darf ich mich ja wohl noch treffen, mit wem ich will, oder?«

»Und wer ist jetzt diese Elaine, die anscheinend wichtiger ist als ich? Gib mir mal dein Handy!«

»Äh nein! Ganz bestimmt nicht!« *Lass jetzt ja nicht nach, Amelia.* »Genau deshalb wollte ich mit dir reden, Aiden. Ich will das alles nicht mehr, ich hab eigentlich schon lange genug. Das, was wir hier haben, ist definitiv keine glückliche Beziehung. Ich hab zwar nicht wirklich viel Erfahrung in Sachen Beziehungen, aber dass es absolut nicht okay ist, dass du dir einfach so mein Handy anschauen willst oder nicht willst, dass ich mich mit anderen Leuten treffe, versteh sogar ich.«

»Amelia, ich…«

»Unterbrich mich nicht, ich bin noch nicht fertig.« Oh mein Gott, so kenne ich mich gar nicht. »Mir reichts. Ich glaube nicht, nein, ich bin mir sicher, dass das mit uns nicht weitergehen kann. Ich habe absolut keinen Bock mehr darauf, dass du der Grund bist, warum ich abends im Bett liege und heule. Damit ist jetzt endlich Schluss.« Meine Stimme zittert vor Wut.

»Amelia! Du wirst dich jetzt nicht einfach so von mir trennen. Was zum Teufel ist los mit dir? Stehst du etwa auf diese Elaine? Du entscheidest dich für sie, anstatt für mich!?« Er lacht humorlos auf. »Komm schon, du weißt doch ganz genau, dass das die falsche Entscheidung ist, Amelia.«

»Was? Ich trenne mich doch nicht wegen ihr. Ich trenne mich, weil ich keine Lust mehr auf diese Sache, die wir Beziehung nennen, habe, in der es *immer* nur um dich geht und auch nicht nur einmal um mich!«

»Das wirst du noch bereuen, glaub mir!«

»Warum Aiden? Warum bist du so?«

»Das weißt du ganz genau. Meine Mutter hatte doch niemanden mehr außer Cara. Weißt du wie schlecht es ihr ging, als deine Mutter den Kontakt abgebrochen hat? Und weißt du wie schlecht es *mir* dadurch ging?«

»Meine Mutter hat den Kontakt nicht abgebrochen, sie haben sich einfach auseinandergelebt. Und das gibt dir nicht das Recht mich so zu behandeln. Und überhaupt kann *ich* da doch nichts dafür!«

»Ach nein? Ihr seid doch alle die Gleichen!«

»Du bist so ein Arsch, Aiden!« Schnell nehme ich meine Jacke und renne aus seinem Zimmer.

Ich verlasse sein Haus und laufe erstmal ein paar Straßen weiter, dann bleibe ich stehen und starre in die Dunkelheit. Wow, ist das gerade wirklich passiert? Ich habe mich gerade von Aiden getrennt. Ich setze mich auf eine Mauer am Straßenrand und starre noch ein wenig in die Dunkelheit. Wieder und wieder gehen mir die Sätze, die er vor etwa fünf Minuten zu mir gesgat hat durch den Kopf. In diesen paar Minuten ist ganz schön viel passiert.

Stehst du etwa auf diese Elaine? Ach, wenn ich das nur wüsste. Und wie kommt er darauf? Sieht man mir an, dass da vielleicht was ist? Ist da überhaupt was? Eine Träne läuft über meine Wange. Ich weiß nicht wirklich, wieso. Ganz bestimmt nicht, weil ich mich gerade von Aiden getrennt habe. Eher, weil ich Angst habe, wie es jetzt weitergeht. *Das wirst du noch bereuen!* Warum macht mir das Angst, warum sollte ich Angst vor ihm haben? Ich meine, was sollte er denn tun? Schon wieder so viele Fragen in meinem Kopf und keine Antworten, so wie immer.

Ich stehe wieder auf und mache mich auf den Weg nach Hause. Als ich das Haus betrete, sitzen Mom und Dad vorm Fernseher. Annalie kommt gerade die Treppe herunter.

»Und, wie wars? Willst du darüber sprechen?« Ich gehe an ihr vorbei. »Nein, glaub nicht, aber danke.«

Als ich in mein Zimmer komme, ziehe ich mein Pyjama an und werfe mich sofort ins Bett. Meine Gedanken halten mich noch lange wach, aber ich schaffe es dann doch noch irgendwie einzuschlafen.

Es ist Samstag, endlich Wochenende. Kurz nachdem ich aufgewacht bin, habe ich für einen kurzen Moment alles vergessen und an gar nichts gedacht. Aber jetzt ist alles zurückgekommen. Der Streit mit Dad, dann mit Aiden, ich habe mich getrennt und weiß nicht wirklich, wie es jetzt weitergeht. Und dann ist da noch das mit Elaine und mir. Was auch immer da ist. Ich stehe auf und gehe in die Küche, um zu frühstücken. Mein Vater ist schon im Hotel, ist vielleicht auch besser so. Mom sitzt am Küchentisch und liest Zeitung. »Morgen.«

»Guten Morgen, mein Schatz!« Wie kann man so früh schon so gut gelaunt sein? Ich hole mir mein Müsli und setze mich an den Tisch. »Annalie hat gesagt, dass du gestern noch bei Aiden warst. Wie wars denn? Ist bei euch alles okay?«

»Jetzt schon. Für mich zumindest. Ich habe mich von ihm getrennt.« Dass ich mir wahrscheinlich nur einrede, dass alles okay ist, ignorieren wir jetzt einfach ganz gekonnt. Ja okay, vielleicht funktioniert das doch nicht so gut. Ich bin schon wieder kurz vorm Heulen. »Sicher, dass alles gut ist?« Okay, zu spät, jetzt heule ich wirklich. »Nein, überhaupt nicht. Ich weiß absolut gar nichts mehr.« Meine Schultern sacken ab und ich schluchze. Mom steht auf und nimmt mich in den Arm. »Ach komm her, Schatz. Du bist erst 16, du musst noch nicht alles wissen, du hast dein ganzes Leben noch vor dir.« Eine weitere Träne kullert über meine Wange. »Am besten, du suchst dir irgendeine Ablenkung. Frag doch, wie hieß sie gleich… Elaine, ob sie heute Zeit hat.« An sich eine gute Idee, aber Mama weiß gar nichts von all dem, was zwischen mir und Ellie ist oder nicht ist. »Ich überleg es mir«, schluchze ich. Wir lösen uns wieder aus unserer Umarmung. Mom nickt und schenkt mir ein Lächeln und ich esse erstmal mein Müsli.

Nach dem Frühstück, bin ich sofort wieder zurück in mein Zimmer gegangen, um nochmal darüber nachzudenken, ob ich Elaine anrufen soll.

»Hey, darf ich reinkommen?« Annalie steht vor meinem Zimmer. Ich nicke. »Hast du jetzt Lust, mir von gestern zu erzählen?«

»Ja, okay.« Annie steht noch immer da vor meinem Zimmer. »Jetzt komm schon rein, du Schlafmütze.« Wir setzen uns auf mein Bett und ich erzähle ihr alles, was gestern bei Aiden passiert ist. »Whoa! Das hätt ich irgendwie nicht erwartet, dass es... so läuft. Und, dass du... na ja so viel redest?« Sie wirft mir einen entschuldigenden Blick zu. »Danke«, sage ich trocken, auch wenn ich gestern selbst überrascht von mir war.

»Na ja, sagen wir es so, ist nicht so wirklich deine Art.«
»Ich weiß.«
»Aber ich bin stolz auf dich, er hat es nicht anders verdient.« Ich sitze da und starre ins Leere. »Ist noch etwas?« Annie legt ihren Arm um meine Schulter.
»Ich habe ein bisschen Angst davor, wie es jetzt weitergeht. Glaubst du... er macht irgendetwas? Was, wenn er rumerzählt, dass ich auf Elaine stehe?« Annalie sagt zuerst nichts. »Ich würde dir jetzt gerne sagen, dass ich nicht glaube, dass er so etwas tun würde. Aber leider habe ich das Gefühl, dass er sowas wirklich tun könnte. Aber mach dir darüber jetzt keine Gedanken, du musst nach vorne schauen. Mach irgendwas, was dir Spaß macht. Triff dich mit Elaine, zum Beispiel.«

»Du hast recht.«
»Ich weiß.« Ich gebe Annie einen Klaps auf den Hinterkopf. »Hey, was soll das?« Sie hebt ihre Hand, aber ich fange sie ab und stehe auf. »So, ich ruf jetzt Ellie an.«
»Mach das.« Annie verlässt mein Zimmer und ich hole mein Handy.

»Hallo?«
»Hi Ellie, ich bin's, Amelia. Hab ich dich geweckt?«
»Äh nein, hi.«
»Ich wollte fragen, ob du heute Zeit hast. Wir könnten in den Buchladen gehen oder so.«
»Ja, klar. Da wollte ich heute sowieso hin. Wo treffen wir uns?«

»Ich kann dich in einer halben Stunde abholen.«
»Das wäre super, bis gleich.«
»Tschüss, bis später.« Ich lege auf und gehe gleich ins Bad, um mich fertig zu machen.

Kapitel 20

Ich stehe vor Ellies Haus und klingle. Es dauert nicht lange, bis jemand die Tür aufmacht. »Hallo, du musst Amelia sein, oder?« Der Mann, der im Türrahmen steht, reicht mir die Hand. »Ich bin Riley, Elaines Vater. Willst du noch kurz reinkommen?«

»Ja gerne« Ich betrete das Haus. Nachdem ich mir die Schuhe ausgezogen habe, gehe ich in die Küche. Mein Blick schweift über die Wand im Flur. Überall hängen Familiefotos und Bilder. Wahrscheinlich hat Lola sie gemalt.

Amber, Lola und Ellie sitzen am Tisch. Auf dem Tisch steht eine bunte Vase mit wunderschönen Blumen drin. Mein Blick wandert nun zu Elaine und sofort formt sich mein Mund zu einem Lächeln. Ellie trägt einen roten Pullover, der ihr unglaublich gut steht. Ihre braunen Locken kommen so unfassbar gut zur Geltung. Der Gedanke, wie ich mit meinen Fingern durch ihre Haare gleite und mit einer Haarsträhne spiele, blitzt in meinem Kopf auf. Whoa, war das denn? Etwas verwirrt wegen all diesen neuen Gefühlen, die die ganze Zeit in mir herum schwirren, wenn ich bei Elaine bin, schüttle ich den Kopf und schiebe den Gedanken wieder zur Seite.

»Hi Amelia. Ich hab die Zeit irgendwie total vergessen, tut mir leid. Willst du noch einen Kakao oder so?«

»Da sag ich nicht nein.« Ich setze mich neben Ellie und Amber reicht mir eine Tasse. Wir sitzen noch eine Weile da und reden. Bei den Evans fühl ich mich irgendwie richtig wohl, auch wenn ich sie noch nicht lange kenne. Vielleicht ist es, weil es bei mir zuhause nie so ist. Wir sitzen nie alle gemeinsam am Tisch und reden. Wir essen auch fast nie alle zusammen, weil Dad die ganze Zeit im Hotel in Aspen ist. Auf unserem Tisch stehen auch nie Blumen. Ich wünschte wir wären auch so eine Familie, eine Familie, die immer füreinander da ist.

»Wollen wir los?« Ellie reißt mich aus meinen Gedanken.

»Jep.« Wir machen uns fertig und gehen zur Tür. »Viel Spaß, Mädels!«

»Danke!«

Der Weg zum Buchladen ist nicht weit. Nach wenigen Minuten sind wir schon da.

»Hi Henry!«

»Hallo Elaine und oh, du hast jemanden mitgebracht.« Henry und ich begrüßen uns.

»Jap, das ist Amelia, wir wollen uns ein bisschen umschauen.«

»Ist gut. Wenn ihr was braucht, wisst ihr ja, wo ihr mich findet.«

Wir schlendern ein wenig durch den Laden. Hin und wieder ziehe ich ein Buch aus einem der Regale und lese mir den Klappentext durch. »Hast du schon was gefunden?«

»Noch nicht. Hast du irgendwelche Empfehlungen für mich?«

»Ich habe fast mein ganzes Leben darauf gewartet, endlich jemandem meine Buchempfehlungen weiterzugeben. Also…« Elaine geht mit einem breiten Lächeln und einem Strahlen im Gesicht durch den Laden und zieht immer wieder ein Buch heraus. Okay, sie brennt wirklich für dieses Thema. Ich glaube, Bücher sind für sie so wie Geige für mich. Ellie kommt mit einem Stapel Bücher auf mich zu und beginnt zu erzählen, worum es in den Büchern geht. Dabei leuchten ihre Augen so stark, dass ich bei den meisten Büchern gar nicht richtig zuhöre, sondern mit meinem Blick die ganze Zeit an ihren braunen Augen klebe.

»Unglaublich, wie du dir das alles merken kannst.«

»Tja, Matheformeln bleiben nicht in meinem Kopf, aber, was in einem Buch passiert, das ich vor drei Jahren mal gelesen habe, das merk ich mir natürlich.« Ich lache. »So geht es mir mit Liedern. Ich kann Stücke, die ich vor Jahren gespielt habe, immer noch auswendig. Aber Sachen für die Schule, die lerne ich für den Test, dann ist alles wieder weg.«

Ich ziehe ein Buch aus dem Stapel. »Das hört sich ganz spannend an.« Schnell überfliege ich den Klappentext. »Oh ja, dieses Buch habe ich *geliebt*.«

»Okay, ich glaube, ich nehme es. Hast du auch was gefunden?« Ellie hält mir ein Buch mit einem blau weißen Cover hin. »Meine Mutter hat gesagt, dass ich das unbedingt lesen soll. Sie meinte, es sei ein literarisches Meisterwerk.« Sie rollt mit den Augen und schmunzelt. Elaine und ich gehen zur Kasse und bezahlen. Ich öffne die Tür des Buchladens. »Schau, es schneit!«

»Ich liebe Schnee«, sagen Ellie und ich gleichzeitig. Wir schauen uns an und beginnen laut loszulachen.

Als wir uns wieder beruhigt haben, schlendern wir durch die verschneiten Straßen von Snowmass Village.

Ellie und ich gehen dicht nebeneinander und jedes Mal, wenn sich unsere Hände kurz berühren, ist es wie ein Stromschlag, als wären kleine Feuerwerke in mir. Schon wieder blitzt die Frage, ob es ihr auch so geht, in meinem

Kopf auf. Was Elaine wohl gerade denkt? Ob ihr auch so viele Fragen durch den Kopf gehen?

Ellie holt mich aus meinen Gedanken. »Hast du Lust, noch was trinken zu gehen?«

»Ja, warum nicht«, sage ich so gelassen wie nur möglich, obwohl ich innerlich gerade Luftsprünge mache. Ich will noch nicht nach Hause und vor allem will ich nicht, dass mein Tag mit Elaine schon vorbei ist.

Ellie und ich haben uns auf das Lauries geeinigt und machen uns auf den Weg dorthin.

»Na Mädels, was darf ich euch bringen?« Wir sagen Cathrin unsere Bestellung und sie macht sich auf den Weg zurück zur Theke. »Du verbringst viel Zeit hier im Café, oder? Ich hab dich schon oft hier gesehen.«

»Ja, ich liebe es hier. Als ich noch klein war, habe ich fast jede freie Minute hier verbracht und mit Laurie und meiner Schwester Kekse gebacken.«

»Das hört sich toll an.« Elaine lächelt und mir wird es richtig warm ums Herz.

»So, hier ist euer Tee und die Kekse.«

»Danke Cathrin.«

Wir haben Lauries berühmten Schokokekse bestellt, weil Ellie sie noch nie probiert hat. »Du musst jetzt diese Kekse probieren, sie sind himmlisch.« Elaine nimmt einen Keks vom Teller. »Wow, die sind echt gut!« Ich lächle zufrieden. »Sag ich doch.«

Wir sitzen noch ein bisschen da, schauen aus dem Fenster und beobachten Menschen. Hin und wieder lachen wir über ein paar Touristen, die versuchen ein Foto von irgendwelchen Häusern zu machen. Es ist so unglaublich schön und beruhigend an nichts denken zu müssen. Ich bin einfach nur hier mit Elaine, und ich bin ich selbst. Mit Ellie hatte ich noch nie das Gefühl mich irgendwie verstellen zu müssen. Das komplette Gegenteil zu Aiden. Bei ihm konnte ich nie wirklich ich selbst sein. Am Anfang unserer Beziehung war es noch besser, man kann fast sagen, dass ich mich wirklich wohl gefühlt habe mit ihm. Aber dann ist die Freundschaft zwischen meiner und seiner Mutter auseinander gegangen und Aiden ist langsam, aber sicher immer mehr zu einem Monster geworden. Die Trennung war definitiv die richtige Entscheidung. Auf einer Seite fühlt es sich auch wirklich gut an, aber auf der anderen Seite ist da immer noch diese Angst. Diese Angst, dass etwas passiert, diese Angst davor, wie es weiter geht. Und dann sind da auch noch all diese Fragen in meinem Kopf. Diese Fragen, was die Gefühle, die sich in mir ausbreiten, wenn ich Elaine sehe, bedeuten. Da ist einfach so viel, das gerade in meinem Kopf vor sich geht, aber wenn ich zusammen mit Ellie bin, wird all das aus irgendeinem Grund etwas leiser.

Der Vormittag vergeht wie im Flug. Als ich auf die Uhr schaue, merke ich, dass es schon fast Mittag ist. »Ich glaube, ich muss bald los, es ist schon bald zwölf.«

»Echt, schon so spät? Die Zeit ist so schnell verflogen.« Wir bezahlen und verlassen das Lauries. »Das war echt schön und nochmal danke für den Buchtipp.«

»Immer wieder gerne. Wir sehen uns.« Ellie und ich winken uns noch zum Abschied und ich gehe nach Hause.

Kapitel 21
- Elaine -

»Hi, kommt rein.« Lily und Sienna haben gerade geklingelt, wir haben uns für heute Nachmittag verabredet. Meine Freundinnen ziehen sich die Schuhe und Jacken aus und wir gehen in mein Zimmer.

»Wollen wir Musik hören?«

»Nur wenn ich aussuchen darf. Ich kann Taylor Swift nicht mehr hören.«

»Hey, sag nichts gegen Taylor!« Sienna rollt mit den Augen, holt ihr Handy heraus und lässt eine ihrer Playlists leise im Hintergrund laufen.

»Hat jemand von euch die Mathehausaufgabe schon gemacht?« Lily schüttelt den Kopf. »Schau ich so aus, als hätte ich damit schon angefangen?«, fragt Sienna.

»Nope, definitiv nicht.« Wir lachen.

»Was habt ihr am Wochenende so gemacht?«

»Geschlafen, ganz viel geschlafen. Und zwischendrin immer wieder etwas auf Netflix geschaut.«

»Typisch Sienna. Ich war mit meiner Mom in Aspen. Du?«

»Am Samstag war ich mit Amelia im Buchladen und im Lauries. Am Sonntag hat mich Lola gezwungen, mit ihr zusammen Weihnachtsdeko zu basteln.«

»Aha…«

»Was denn?«, frage ich, obwohl ich genau weiß, was sie meint und worauf sie hinaus will.

»Du hast dich mit Amelia getroffen?« Lily und Sienna

werfen sich Blicke zu. »Leute ernsthaft?«

»Erzähl uns ALLES!« Lily krempelt sich die Ärmel ihres rosa Pullovers hoch und auch Sienna sitzt gespannt da.

Ich überdrehe die Augen und seufze und zupfe an meinem blauen T-Shirt herum. »Da gibt's nichts zu erzählen. Wir waren bei Henry und ich habe ihr ein Buch empfohlen. Und dann sind wir noch ins Lauries, das wars.«

»Sicher?«

»Du weißt doch, dass du uns alles erzählen kannst.« Verdammt, sind die neugierig. »Ja okay…«

»Ich wusste es!«, sagt Lily triumphierend. »Als wir ins Café gegangen sind, haben sich unsere Hände die ganze Zeit berührt und jedes Mal hat es überall in mir gekribbelt. Und als sie zu mir gekommen ist, da…« Jetzt sprudelt alles nur so aus mir heraus. Ich erzähle ihnen auch von dem Nachmittag, als wir zusammen gebacken haben und dass ich meinen Kopf auf ihre Schulter gelegt habe und dann ganz viele kleine Feuerwerke in mir explodiert sind und davon, dass sie mir ein Stück auf dem Klavier beigebracht hat, von unserem Blickkontakt, einfach alles.

»Okay, wow. Das ist… irgendwie total süß.«

»Und kitschig, fast schon wie aus einem Film. Und versteh mich nicht falsch, aber Amelia sieht aus wie die straighteste Person überhaupt. Sie hat doch einen Freund, oder?«

»Halt die Klappe, Sienna. Schonmal was von bi gehört? Was, wenn es Amelia genauso geht wie dir und sie sich auch nicht traut, mit dir zu sprechen?«

»Sienna hat ja recht. Sie ist mit Aiden zusammen. Und ich will da nicht dazwischengeraten.« Obwohl ich mir ja eigentlich nicht sicher bin, ob es wirklich schlimm wäre, wenn ich dazwischengeraten würde.

»Aber jetzt mal ganz ehrlich. Findest du Amelia und Aiden schauen glücklich aus? Das ist doch keine normale Beziehung, die sie da haben. Sie sind zwar zusammen, aber ich hab sie in der Schule noch so gut wie nie miteinander reden sehen.«

»Nein find ich nicht. Als ich mit ihr einmal im Café war, ist Aiden gekommen und sie hat plötzlich ausgesehen, als würde sie sich total unwohl fühlen. Aber trotzdem, ich kann sie ja nicht einfach so darauf ansprechen.«

»Na siehst du, vielleicht tust du ihr sogar einen Gefallen damit. Und wenn du mit ihr sprichst und es ihr genauso geht, wie dir, wär das ja total schön und wenn nicht dann…«

»Dann wäre es total komisch, wir könnten nie mehr normal miteinander reden.«

Sienna meldet sich auch mal wieder zu Wort. »Da muss ich Ellie jetzt recht geben, wenn es dieser Amelia nicht so geht, könnten sie nie mehr einfach, wie normale Freundinnen miteinander sprechen.«

»Eben und ich will diese Freundschaft nicht kaputt machen. Ach, ich weiß einfach nicht, was ich machen soll«, seufze ich. »Und neben der ganzen Sache macht sich meine Mutter auch noch Sorgen, dass es wieder so geht, wie damals mit Ophelia, aber Amelia ist komplett anders.«

»Ja, da hast du recht. Ich glaube nicht, dass Amelia sowas tun würde. Und ich bin der Meinung, dass das noch ein Grund ist, der dafür spricht, mit ihr zu reden.«

»Ich weiß nicht. Ich muss da noch drüber nachdenken. Lass uns jetzt über was anderes reden.«

»Find ich gut. Was haltet ihr von dieser neuen Serie?«

»Ach Sienna, ich glaube, deine Netflixsucht wird langsam zum Problem. Das kann nicht gesund sein.«

»Halt die Klappe! Es wäre besser, wenn ihr endlich die Serien schauen würdet, die ich euch die ganze Zeit vorschlage.« Lily und ich lachen.

Lily und Sienna sind gerade gegangen und ich bin zurück in mein Zimmer, um das Buch, das ich mir mit Millie gekauft habe anzufangen. Ich hole es aus dem Regal und lege mich in mein Bett. Bevor ich das Buch aufschlage, denke ich nochmal darüber nach, was Lily und Sienna heute gesagt haben. Sollte ich vielleicht wirklich mit ihr reden? Aber was, wenn Sienna recht hat? Die Freundschaft zwischen Amelia und mir wäre wahrscheinlich weg, es würde bestimmt nicht mehr so werden wie es gerade ist. Und was, wenn Lily recht hat, was, wenn es uns beiden gleich geht? Das wäre total schön. Aber ich trau mich nicht, sie darauf anzusprechen. Ich will unsere Freundschaft und ihre Beziehung nicht kaputt machen. Wobei ich mir bei der Beziehung zwischen Amelia und Aiden nicht so sicher bin. Ich hab die beiden so gut wie nie miteinander gesehen. Und damals im Café hatte ich das Gefühl, dass sich Millie richtig unwohl fühlt...
Am besten ich schiebe diese Gedanken jetzt erstmal zur Seite und konzentriere mich auf das Buch. Morgen denk ich nochmal über die ganze Sache nach.

Kapitel 22

»Alles in Ordnung, Schatz?« Ich sitze im Wohnzimmer und meine Mom ist gerade reingekommen. »Ja... also nein, keine Ahnung.« Ich seufze und lasse meine Schultern hängen.

»Willst du darüber sprechen?« Ich nicke und Mom setzt sich neben mich. Ich erzähle ihr von gestern Nachmittag, als Lily und Sienna bei mir waren und was sie über das mit Amelia und mir denken.

»Und jetzt weiß ich nicht, was ich machen soll.«
»Ich denke, Lily hat recht. Du solltest wirklich mit ihr sprechen.«

»Aber was, wenn es schiefgeht?«

»Was soll denn schiefgehen? Das Schlimmste, was passieren könnte, ist, dass sie nein sagt und dann ist das halt so. Wenigstens hast du es versucht.«

»Aber ich will nicht, dass es zwischen uns dann so komisch wird, wir könnten nie mehr normal miteinander reden.«

»Das muss nicht sein. Klar, es könnte passieren, aber es muss nicht sein. Ich finde, du solltest es probieren, aber pass bitte auf. Du weißt, dass ich mir immer noch Sorgen machen, wegen der Sache vor einem Jahr.« Ich denke an meine Beziehung mit Ophelia und plötzlich kommt die Angst, dass so etwas nochmal passiert wieder hoch. Was, wenn das mit Amelia und mir auch so endet? Nein, so darf ich nicht denken. Millie ist kein bisschen wie Ophelia.

Schnell schiebe ich all diese Gedanken wieder zur Seite.
»Aber ich finde, dass ihr wirklich gut zusammen passen würdet.« Mom schmunzelt.
»Ach Mama.« Ich seufze. »Danke!« Sie schenkt mir ein Lächeln und ich habe mich dafür entschieden, noch ein bisschen nach draußen an die frische Luft zu gehen und da nochmal darüber nachzudenken.
Ich verlasse das Haus, ein kühler Wind weht mir die Haare aus dem Gesicht.

Hinter Snowmass Village ist ein kleiner Wald, wenn man ein Stückchen hineingeht, kommt man zu einer Lichtung. Von dort aus kann man richtig gut Sterne beobachten und nachdenken. Ich spaziere durch den Wald und kann die Lichtung schon sehen. In der Mitte ist eine Feuerstelle, die von kleinen Baumstämmen zum Sitzen umgeben ist. Die Bäume, die die Lichtung umgeben, habe ich vor ein paar Monaten mit Lichterketten geschmückt. Ich liebe diesen Ort. Im Sommer kommen Lily, Sienna und ich fast jeden Abend hierher. Jetzt im Winter ist es ziemlich kalt, aber ich komme trotzdem oft her, um Gedanken zu sortieren oder zum Lesen.

Ich setze mich auf einen der Baumstämme und wickle mich in die Decke, die ich mitgebracht habe.

Eine Weile sitze ich einfach nur da und ertappe mich dann, wie ich mir vorstelle, wie ich mit Amelia hier sitze und die Sterne beobachte. Wie wir uns in eine Decke kuscheln und Marshmallows über dem Feuer braten. Ich glaube, Mama und Lily haben recht. Was soll schon schiefgehen?

Kapitel 23
- Amelia -

Warum geht das Wochenende immer so viel schneller um als der Rest der Woche? Das Wochenende ist verflogen, wie im Flug und heute ist erst Dienstag. Es dauert noch ewig bis zum Freitag. Ich seufze und packe meine Geige in den Koffer.

»Viel Spaß in der Schule!«

»Danke, Mom.« Ich verlasse das Haus und mache mich auf den Weg in die Schule. Es ist jetzt schon ein paar Tage her, seit ich mit Aiden gesprochen habe. Bis jetzt hat er noch nichts gemacht, auch gestern in der Schule hat er nichts gesagt. Vielleicht ist er doch zu feige, irgendwas zu tun oder Gerüchte zu verbreiten. Wobei ich mir nicht wirklich sicher bin, ob die Sache, dass ich auf Elaine stehe, nur ein Gerücht wäre. Ich bin immer noch hin- und hergerissen, ob ich mit ihr sprechen soll oder nicht. Und ich bin hin- und hergerissen, was meine Gefühle angeht. Es ist einfach alles so unglaublich verwirrend und neu.

Ich meine, ich kann nicht komplett ignorieren, dass da irgendwas ist, da ist nämlich definitiv etwas zwischen uns. Jedoch will ich diese außergewöhnliche Freundschaft, die in dieser kurzen Zeit entstanden ist, nicht aufs Spiel setzen. Aber egal, es ist besser, wenn ich mich jetzt erstmal auf die Schule konzentriere. Heute Nachmittag hab ich definitiv genug Zeit, um über all das zum bestimmt tausendsten Mal nachzudenken.

Als ich den Klassenraum betrete, sind schon ein paar

Leute da. Manche schauen auf ihr Handy, lesen oder schreiben noch Hausaufgaben ab. Ich hole meine Noten heraus, um das Stück für den Wettbewerb nochmal im Kopf durchzugehen, morgen habe ich wieder meine Geigenstunde. Und seit der letzten Stunde bin ich nicht sonderlich oft zum Üben gekommen, es ist nämlich ganz schön viel anderer Kram passiert in den letzten paar Tagen. Mein Lehrer kommt rein und ich packe die Noten zurück in die Schultasche.

Während des Unterrichts rede ich nicht wirklich viel, ich versuche mich immer hinter der Person vor mir zu verstecken, das klappt auch meistens ganz gut. Wenn die Lehrperson eine Frage stellt, bete ich, dass sich jemand meldet und bin dann immer unendlich dankbar für die Person, die es tut. Denn ich hasse es, wenn mich alle anstarren und im Mittelpunkt zu stehen. Bei den Elternsprechtagen heißt es dann immer, dass ich mich zu selten melde, schon seit der Grundschule, aber damit kann ich recht gut leben.

Die ersten drei Stunden sind überstanden. Noch drei, dann habe ich auch diesen Tag geschafft. Ich kann es kaum erwarten, mich wieder in mein Bett fallen zu lassen und erstmal eine Pause zu machen, bevor ich mit Hausaufgaben und Geige anfange.

Ich nehme meine Geige und gehe runter in den Musikraum. Meine Noten lege ich auf einen der Notenständer. Dann stimme ich auch schon meine Geige.

Die E-Saite zu stimmen, ist echt der größte Albtraum. Ich habe jedes Mal Angst, dass die Saite gleich in meinem Augapfel stecken wird. Irgendwann wird es auch passieren, da bin ich mir sicher.

Mit ein paar Tonleitern spiele ich mich ein, dann widme ich mich dem Stück. Ich beginne zu spielen und es ist immer dieselbe Stelle, die nicht funktioniert. Es könnte eventuell daran liegen, dass ich diese Stelle meistens einfach überspringe, weil sie mich in den Wahnsinn treibt und ich jedes Mal einen Nervenzusammenbruch bekomme, wenn ich sie spiele. Jep, ich verdränge meine Probleme sehr gerne, wie man sieht. Ist vielleicht nicht gerade sinnvoll, aber egal.

Ich habe das Stück ein paarmal durchgespielt und mich dafür entschieden, mich doch mal an die Stelle des Grauens heranzuwagen. Zuerst spiele ich die Stelle langsam und versuche dann immer schneller zu werden. Wäre ganz sinnvoll, wenn ich ein Metronom benutzen würde für sowas. Aber ich verabscheue das Metronom, ich habe das Gefühl, dass es mich nur durcheinanderbringt. Mein Vater und meine Lehrerin sind da natürlich anderer Meinung. Sie vergöttern das Metronom schon fast. Wenn irgendwas nicht funktioniert: Versuchs mal mit Metronom. Metronom, die Antwort auf so gut wie alles.

Ich habe die Stelle jetzt bestimmt schon zwanzigmal gespielt und sagen wir so, es wird definitiv nicht schlechter, aber auch nicht wirklich besser. Ich hab noch ganz schön viel Arbeit vor mir. Ich werfe einen Blick auf die Uhr, in etwa fünf Minuten ist die Pause vorbei. Noch genug Zeit, um etwas zu spielen, das Spaß macht. *Guardian* von Lindsey Stirling, zum Beispiel. Ich bin mitten im Lied, als sich die Tür plötzlich einen Spalt öffnet. »Ich wusste, dass ich dich hier finden würde. Wir sollten nochmal reden.« Vorsichtig lege ich die Geige auf den Tisch. »Find ich nicht, Aiden. Ich bin mit dir durch, ich will das nicht mehr!« Aiden kommt in den Raum, die Tür ist immer noch einen Spalt offen. Aidens Blick verdunkelt sich. »Ich glaube, du weißt nicht, was du da getan hast. Du bist nichts ohne mich, nichts!« Mein Herz zieht sich zusammen, es tut weh so etwas zu hören, so unglaublich weh.

»Aiden, ich hab keinen Bock mehr auf den Scheiß! Lass mich endlich in Ruhe!« Meine Stimme zittert. Aiden kommt immer näher auf mich zu. »Du wirst mir später dankbar sein. Ohne mich existierst du praktisch nicht, du bist unsichtbar. Niemand redet mit dir. Du hast und bist nichts!« Seine Worte treffen mich wie ein Schlag.

»Hör auf mit dem Scheiß! Glaub mir, ich brauch deine Hilfe nicht!« Aiden umfasst mein Handgelenk. »Lass mich los!« Ich versuche mich loszureißen, doch es geht nicht. Er drückt mich gegen die Wand im Musikraum. »Amelia, ich weiß doch, dass du das auch willst!« Sein Gesicht kommt immer näher zu meinem, ich kann seinen Atem spüren und drehe meinen Kopf zur Seite. Eine Träne läuft über meine Wange und mein Brustkorb hebt und senkt sich immer schneller. Was passiert hier gerade? Panik steig in mir auf. Ich will hier weg, nur noch weg von hier, von ihm. Warum tut er das? Warum ist er so?

Warum lässt er mich nicht einfach in Ruhe?

Plötzlich höre ich, wie jemand die Tür aufstößt. Es ist Elaine. Was macht *sie* denn hier? Sie läuft zu uns und reißt Aiden von mir los. »Lass sie in Ruhe!«

»Ihr zwei also?« Er lacht. »Ich wusste doch, dass da was läuft. Das wirst du noch bereuen, glaub mir!« Aiden verlässt den Raum. Noch immer stehe ich wie erstarrt an der Wand. Langsam rutsche ich an der Mauer herunter. Ich sitze auf dem Boden, schlinge die Arme um meine Beine und weine. Elaine setzt sich neben mich. Sie legt den Arm um meine Schulter. »Alles gut, ich bin hier.« Das Gefühl von Sicherheit breitet plötzlich sich in mir aus, als ich Ellies Arm auf meinem Körper spüre. Was macht dieses Mädchen bloß mit mir?

»Es klingelt bald, wir sollten nach oben gehen«, sage ich unter Tränen. »Das ist jetzt egal, dann kommen wir eben fünf Minuten zu spät. Erzähl mir erstmal, was da zwischen dir und Aiden los ist.« Sie hat ihren Arm noch immer um meine Schulter gelegt. Ich weiß nicht so recht, was und wie viel ich ihr erzählen sollte. Aber jetzt kommt alles nur so aus mir heraus. Ich erzähle ihr alles, was zwischen Aiden und mir war, was er alles getan hat, wie ich mich getrennt habe und was er dann alles gesagt hat, einfach alles. Die Tränen laufen nur so über meine Wangen. »Das ist... wow, verdammte Scheiße, so ein Arschloch.« Elaine umarmt mich. »Komm her, alles wird gut, glaub mir.«

»Danke. Danke, dass du gekommen bist und dass du mir zugehört hast.«

»Wenn du Redebedarf hast, kannst du immer zu mir kommen, okay? Aber jetzt sollten wir vielleicht wirklich zurück in unsere Klassenzimmer.« Wir stehen auf, ich packe meine Geige ein und wir gehen wieder nach oben. »Ich muss da rüber.«

»Okay. Und bitte versprich mir, dass du mir sofort Bescheid gibst, wenn wieder etwas ist, okay?«
Sie will für mich da sein. Sie würde mir immer zuhören, wenn ich sie brauche. Das Gefühl das zu wissen, macht etwas in mir. Da zwischen Elaine und mir ist irgendetwas. Ich weiß nicht genau was, aber es ist etwas ganz besonderes.

Ich gehe zurück in meinen Klassenraum.
»Entschuldigung für die Verspätung.« Mrs. Gold wirft mir einen mitleidigen Blick zu. Wahrscheinlich hat sie mein

verheultes Gesicht gesehen. Ich hätte vorher ins Bad gehen sollen.

Stumm setze ich mich auf meinen Platz und schlage das Buch auf. Ich kann mich nicht wirklich konzentrieren und ich habe auch keine Ahnung, worüber Mrs. Gold gerade spricht. Die ganze Zeit muss ich daran denken, was gerade passiert ist, daran, was Aiden getan hätte, wenn Elaine nicht gekommen wäre. Daran, dass Elaine jetzt weiß, dass Aiden und ich getrennt sind und wie es mit uns jetzt weitergeht.

Was, wenn es ihr so geht wie mir und meine Beziehung mit Aiden das Einzige war, was sie aufgehalten hat, mit mir zu reden. Was würde Aiden tun, wenn Ellie und ich irgendwann wirklich ein Paar wären? Ist das überhaupt realistisch oder bilde ich mir das alles doch nur ein?

Ein weiterer Schultag ist überstanden. Ich sitze mit Mom und Annie am Esstisch. Dad ist natürlich nicht da. Und ich weiß gerade nicht so recht, wie ich mich fühle. Auf einer Seite bin ich total froh, dass Ellie jetzt alles weiß, auf der anderen Seite macht mich das von heute Vormittag ganz schön fertig. Ich muss wieder an Aiden und mich im Musikraum denken. Wie seine Hand mein Handgelenk umschloss und wie er… *nicht heulen, Amelia, nicht heulen.* Gerade noch so schaffe ich es, die Tränen zurückzuhalten, bis ich fertig gegessen habe. Dann springe ich auf und laufe nach oben. »Amelia, was ist…«

»Warte Mom, ich geh schon«, sagt Annie. Ich habe mich in mein Bett geworfen, den Kopf in ein Kissen vergraben. Annalie kommt in mein Zimmer. »Hey, alles okay? Hat er… ist in der Schule etwas passiert?« Meine Schwester setzt sich neben mich und streicht über meinen Rücken und ich schluchze. »Schhh, alles gut. Willst du darüber sprechen oder willst du lieber alleine sein?«

Ich richte mich in meinem Bett auf und Annie reicht mir ein Taschentuch. »Ich dachte, jetzt wäre es vorbei. Ich dachte, dass endlich alles vorbei ist, aber, aber dann heute in der Schule.« Ich schluchze und Annie nimmt meine Hand. »Du musst nicht darüber reden, wenn du nicht willst.« Doch, ich muss, auch wenn es schwerfällt. Ich kann nicht schon wieder alles in mich hineinfressen und so tun, als wäre nichts. Also erzähle ich es ihr.

»Amelia, das geht nicht, das kann er nicht tun. Du musst zum Direktor gehen oder keine Ahnung zu wem.«
»Nein, auf gar keinen Fall, das kann ich nicht tun. Das will ich nicht. Was, wenn dann alles noch schlimmer wird.«
»Du musst wenigstens Mom und Dad davon erzählen.«
»Dann geht Mom zum Direktor. Und Dad ist es doch sowieso total egal.« Annie nimmt mich in den Arm. Sie versucht mir nicht mal einzureden, dass es nicht stimmt, dass es Dad egal ist, weil sie weiß, dass ich recht habe. Ihm geht es nur um meine Karriere und sonst nichts.

Annalie drückt mich ganz fest. »Ach, Lia… Aber weißt du, was das Gute an der Sache ist? Elaine weiß jetzt, was zwischen dir und Aiden los ist und vielleicht wird das ja zwischen euch. Ich fände das total schön. Und ich glaube, Elaine tut dir gut, du strahlst immer so, wenn du von ihr sprichst.« Vielleicht hat sie recht, ich muss nach vorne schauen. Und ja, Elaine tut mir gut. Bei ihr kann ich so sein wie ich bin, ich muss mich nicht verstellen, ich bin einfach ich und sie akzeptiert es und mag mich so wie ich bin.

Es ist jetzt kurz nach zwei. Wenn ich jetzt etwa eineinhalb Stunden Geige übe, hab ich noch genug Zeit, um Elaine zu fragen, ob sie Zeit hat, zu mir zukommen.

Ich hole Geige und Noten heraus, spiele mich ein und wage mich dann wieder an *die* Stelle heran. Vielleicht klappt es ja jetzt. Ich spiele den Teil ein paarmal und na ja, zu meinem Erstaunen wird es definitiv besser.

Ich mache eine kurze Pause und schreibe Ellie.

Ich

Hi, ich wollte fragen, ob du Lust hast, heute zu mir zu kommen.

Elaine <3

Hi! Ja klar. Wie spät?

Ich

Supi! So gegen 4?

Elaine <3

Perfekt, dann bis später. Ich freu mich<3

Ich

Ich mich auch <3

Wenigstens eine positive Sache heute.

Ich mache mit dem Stück weiter. Die Stelle des Grauens ist langsam keine Stelle des Grauens mehr, es wird immer besser.

Kapitel 24
- Elaine -

Ich stehe vor Amelias Haus. Sie hat mir vorhin ihre Adresse geschickt. Ihr Haus ist direkt gegenüber von Lauries Café. Wahrscheinlich ist sie deshalb so oft hier, sie hat es ja nicht weit. Ich klingle und Millie macht mir die Tür auf. Sie trägt einen weißen Pullover und ihre blonden Haare fallen in Wellen über ihre Schultern. Sie ist wirklich wunderschön. Alles an ihr.
»Hi, komm rein.«
»Wie geht's dir?«
»Ganz okay, denke ich.« Ich ziehe meine Schuhe und meine Jacke aus und wir gehen in die Küche. »Das ist meine Mom. Das ist Elaine.« Amelias Mom drückt mir die Hand und lächelt. »Ich bin Cara. Freut mich, dich kennenzulernen. Willst du etwas trinken? Wenn ihr wollt kann ich euch auch etwas hoch ins Zimmer bringen.«
»Das wär lieb, danke Mom.« Auch ich bedanke mich und wir gehen hoch in Millies Zimmer. »Wow, das ist echt schön.« Ihr Zimmer ist in weiß und rosa Tönen eingerichtet, alles passt farblich zusammen. Auf ihrem Bett liegen unendlich viele Kissen. Hinter dem Bett sind lauter Lichterketten angebracht. Ich schaue mich noch ein wenig um und entdecke den rosa Plattenspieler, von dem sie mir erzählt hat. »Du hast den Plattenspieler entdeckt? Wir können Musik hören, wenn du willst.«
»Find ich gut.«
»Taylor Swift hab ich leider nicht zu bieten.« Wir lachen.

»Kein Problem, ich bin für alles offen.« Amelia holt eine Platte von Lindsey Stirling heraus und legt sie auf, Geigenmusik füllt den Raum. Millie dreht die Lautstärke ein wenig runter.

Ich habe mich in der Zwischenzeit auf den flauschigen Teppich gesetzt. Amelia setzt sich zu mir. »Wegen heute in der Schule, es tut mir leid, dass ich dich aufgehalten habe und... danke nochmal.«

»Das muss dir nicht leid tun, Millie. Ich bin froh, dass es dir halbwegs gut geht.«

»Warum warst du eigentlich in der Pause in den Musikräumen?«

»Mrs. Davis hat mich schon wieder angestellt, etwas runterzubringen und dann hab ich euch gehört.« Amelia nickt.

Dass ich mich freiwillig gemeldet habe, die Unterlagen runterzubringen, in der Hoffnung, dass ich Amelia sehen würde, hab ich nicht gesagt. »Wenn er wieder etwas macht, sagst du es mir, okay. Ich bin immer da, du kannst mich auch mitten in der Nacht anrufen.«

»Danke!«

Die Tür des Zimmers öffnet sich, Cara kommt mit zwei Gläsern Saft herein. »Ich hoffe, du magst Himbeersaft.« Ich nicke und nehme das Glas entgegen. »Danke.«

»Danke, Mom.«

»Gerne! Wenn ihr was braucht, ruft mich, okay?« Wir nicken und Amelias Mom verlässt das Zimmer. Cara ist echt nett.

»Was sollen wir machen? Worauf hast du Lust?«

»Ich weiß nicht.« Ich denke kurz nach und mein Blick wandert zum Geigenkoffer. »Hast du Lust, mir was vorzuspielen? Ich würde dich total gerne nochmal spielen

hören.« Millie sieht skeptisch aus. »Ich weiß nicht...«
Plötzlich fühle ich mich irgendwie schlecht, weil ich Angst habe, dass sie sich irgendwie unwohl oder in die Enge getrieben fühlt. »Du musst natürlich nicht, wenn du nicht willst.« Sie denkt nochmal kurz nach. »Na gut.« Sie steht auf, macht den Plattenspieler aus und geht zum Geigenkoffer. Ich klatsche in die Hände, wie ein kleines Kind, das sich über ein Eis am Stiel freut. »Yaaaay!« Millie kramt in ihren Noten und holt schließlich ein Stück heraus und legt es auf den Notenständer. Amelia dreht an ihrem Bogen herum (keine Ahnung wozu, von Geigen habe ich keine Ahnung) und beginnt zu spielen. Meine Mundwinkel heben sich, als Amelias Geigenklänge durch den Raum klingen.

Nach den ersten paar Takten schließt sie die Augen und bewegt sich im Rhythmus des Stücks hin und her. Ihre goldenen Ohrringe glitzern im Sonnenlicht, das durchs Fenster strahlt. Es muss ein Stück sein, das sie mag, das sieht man ihr an. Es ist bewundernswert, wie unglaublich gefühlvoll sie spielt. Es sieht aus, als wäre sie in einer Bubble und würde alles andere um sich herum vergessen, es ist wie Magie und wunderschön. Als das Stück zu Ende ist, öffnet sie ihre Augen wieder und lächelt etwas unsicher. Ich klatsche. »Wow, das war... keine Ahnung, das war großartig, wow!«

»Danke«, murmelt sie und ihre blauen Augen strahlen richtig. Dann legt sie ihre Geige wieder zurück in den Koffer. »Das Stück ist auch nicht sonderlich schwer, ich habe es vor Jahren schon mal gespielt und...«

»Hör auf! Das war wunderschön. Vielleicht war das Stück nicht so schwer, aber als du den Bogen auf die Saiten gelegt hast, war das wie Magie.« Millies Wangen laufen leicht rot an. »Danke! Sowas hat noch nie jemand zu mir gesagt. Das gerade war wahrscheinlich das schönste Kompliment, das ich je bekommen habe.« Ich lächle und Amelia setzt sich wieder zu mir auf den Boden. »Ich wünschte nur, mein Dad würde das auch so sehen.« Amelia sieht plötzlich total traurig aus. »Was meinst du?«

»Na ja, ihm geht es nur um Leistung. Immer höher, schneller, weiter. Er will, dass ich bis ganz an die Spitze komme und als Sologeigerin durchstarte.« Das Strahlen ist plötzlich aus Amelias Gesicht verschwunden.

»Und du willst das nicht.«

»Nein, also ja. Ich will weiter Geige spielen, aber ich will eigene Lieder schreiben und nicht klassische Musik spielen. Ich hasse Mozart. Und wenn ich schon Karriere machen soll, dann will ich mit meiner eigenen Musik durchstarten. Aber für meinen Vater gibt es nur das eine und da ist kein Platz mehr für Freizeit und eigene Lieder schreiben.«

»Aber du schreibst doch eigene Lieder, oder?«

»Ja, schon, aber das interessiert ihn nicht.«

»Hast du schon mal jemandem was von dir vorgespielt?«

»Nee, nur meiner Schwester.«

»Ich bin mir sicher, deine Lieder klingen großartig.« Ich trau mich nicht zu fragen, ob sie mir was vorspielen will, weil ich nicht sicher bin, ob sie das will und ich möchte nicht, dass sie sich zu etwas gedrängt fühlt.

»Hast du schon mal über Straßenmusik nachgedacht? In der Main Street in Aspen gibt es total viele Straßenmusiker. Ich hab da mal ein Mädchen gesehen, das hat richtig schön Klavier gespielt.«

»Nein, noch nie. Mein Vater würde das auch nie erlauben. Und ich weiß auch nicht, ob ich mich trauen würde, das zu tun.«

»Du solltest mal darüber nachdenken. Das wäre eine gute Möglichkeit, deine Musik zu den Leuten zu bringen und eine gute Abwechslung zu all dem Mozart-Zeug.« Ich schenke ihr ein aufmunterndes Lächeln. »Ja, da hast du bestimmt recht. Aber trotzdem, ich weiß nicht.« Amelia zupft an ihren Nägeln rum und schaut dann wieder auf. »Ich denke mal darüber nach.« Ich lächle zufrieden.

Die Tür des Zimmers öffnet sich wieder. Ein Mädchen mit blonden Haaren, das Amelia extrem ähnlich sieht, kommt herein. »Hi, oh stör ich?«

»Nein. Das ist meine Schwester Annalie. Und das ist Elaine.« Annies Blick wandert zu mir.

»Freut mich, dich endlich kennenzulernen, ich hab schon viel von dir gehört.«

»Ach ja?« Ich schaue zu Amelia. Sie senkt ihren Kopf und versucht zu verstecken, dass sie ein wenig rot anläuft. »Ich wollte eigentlich fragen, ob ihr Lust habt, mit mir Weihnachtsdeko zu basteln. Die Direktorin der Musikschule in Aspen hat mich gefragt, ob ich die Schule ein bisschen schmücken könnte. Und na ja, ich hab ja gesagt, bevor mir eingefallen ist, dass ich zwei linke Hände habe, wenn es ums Basteln geht.« Wir lachen. »Da hat sie definitiv recht. Wir sollten ihr helfen, sonst würde mir die Direktorin der Musikschule ganz schön leidtun.« Also stehen wir auf und gehen runter ins Wohnzimmer. Dort sind schon lauter bunter Kartone, Kleber, Scheren und Glitzer auf dem Tisch ausgebreitet. »Okay, wow! Wo hast du das denn alles her?« Annalie stellt sich stolz neben den Tisch. »Das hab ich im Keller der Musikschule gefunden. Ist kaum zu glauben, was die da alles bunkern.«

Wir setzen uns an den Tisch und scrollen ein bisschen durch Pinterest für Inspiration. Dann beginnen wir auch schon drauf loszuschneiden und zu kleben. Es macht total viel Spaß, Amelias Schwester ist richtig witzig. Und ich habe das Gefühl, dass Amelia die Sache mit Aiden ein wenigstens ein bisschen vergessen konnte. Jedenfalls ist ihr Strahlen wieder ein wenig zurückgekommen, und das macht mich unglaublich glücklich.

Ich bepinsle ein Stück Karton mit Kleber, dabei stoße ich mit dem Ende des Pinsels bei Millies Wange an. Und da war irgendwie Kleber drauf und jetzt ist der in Amelias Gesicht. »Heyy! Was soll das?«

»Ups, sorry. Warte kurz.« Ich mache auch auf Millies anderer Wange einen Tropfen Kleber. Dann tunke ich meinen Finger in die Glitzerdose und tupfe es auf Millies Gesicht. »Wow, wunderschön!«

»Na warte!« Amelia nimmt den Pinsel und den Glitzer und verschönert auch mein Gesicht mit zwei Glitzerpunkten. Sie tunkt den Finger nochmal in den Becher mit Kleber und malt noch etwas auf mein Gesicht, ich glaube ein Herz. Sie fährt mit ihrem Finger langsam über meine Wange. Plötzlich treffen sich unsere Blicke, ich starre direkt in ihre blauen Augen. Es ist, als würde die Welt um uns herum für einen Moment stehen bleiben. Es scheint so, als würden wir beide vergessen, dass wir nicht alleine in diesem Raum sind. Annalie räuspert sich. Millie zieht ihre Hand schnell weg. »So, fast fertig, nur noch ein wenig Glitzer.« Sie tupft ein bisschen Glitzer auf das Herz und lächelt zufrieden. »Danke für die Verschönerung, ich werde wahrscheinlich noch in fünf Jahren Glitzer an meiner Kleidung finden«, sage ich mit einem sarkastischen Unterton. »Immer wieder gerne!« Wir fangen beide an zu lachen. »So ihr zwei, wie wärs damit, wenn wir hier weitermachen würden, anstatt Glitzer in unsere Gesichter zu schmieren?« Millie und ich grinsen unschuldig und Annalie schüttelt den Kopf.

    Wir haben noch bestimmt eine Stunde weitergebastelt, bis meine Mutter angerufen hat und gesagt hat, dass es in 20 Minuten Essen gibt.

    »Danke für den unterhaltsamen Nachmittag!« Amelia lächelt. »Tschüss! Wir sehen uns morgen in der Schule, oder?«

    »Jep, bis morgen!«

Das war ein unfassbar schöner Nachmittag. Ich bin froh, dass ich jetzt weiß, was da zwischen Aiden und Amelia ist oder war. Und die Angst, dass das mit mir und Millie so enden könnte, wie mit Ophelia, ist fast weg. Jedenfalls hoffe ich, dass sie nicht wieder kommt, denn die Schmetterlinge in mir werden jedes Mal, wenn ich Amelia sehe oder auch nur an sie denke, größer.

Kapitel 25
- Amelia -

»So Amelia, du kannst mir jetzt nicht sagen, dass da nichts ist.« Annalie ist gerade in mein Zimmer gestürmt und jetzt steht sie da, die Hände in die Hüften gestemmt. »Annalie!« Ich rolle mit den Augen.

»Ne, ne! Keine Ausreden mehr, ich hab euch heute zusammen gesehen. Ich glaube, dass ungefähr jeder da was sieht außer ihr!« Annalie setzt sich auf mein Bett und ich drehe mich mit meinem Schreibtischstuhl in ihre Richtung. »Verdammt Lia, wie ihr euch in die Augen gesehen habt. Das war… das war total süß.«

Ich überdrehe wieder die Augen. »Und jetzt bist du endlich los von diesem Arschloch, also was steht euch im Weg? Ihr seid wie füreinander geschaffen.«

»Ja, keine Ahnung. Was glaubst du, was Mom und Dad dazu sagen würden?«

»Weiß nicht. Mom wäre da sicher auf deiner Seite und ich glaube, sie mag Elaine. Dad, keine Ahnung. Aber das ist jetzt egal. Denk nicht an die Meinung von Mom und Dad, es ist dein Leben.«

»Ja, wahrscheinlich hast du recht, mal wieder.« Ich versuche schnell das Thema zu wechseln, da ich mir bei der Sache mit Elaine noch so unsicher bin und ehrlich gesagt noch nicht darüber reden möchte. Außerdem schwirrt mir das mit der Straßenmusik im Kopf herum, seit Ellie es erwähnt hat. »Hast du eigentlich schonmal über

Straßenmusik nachgedacht?«

»Okay, schneller Themenwechseln, aber ja habe ich, in Aspen gibt es ja total viele Straßenmusiker. Aber ich hab irgendwie nie die Zeit dafür gefunden. Wieso?«

»Ach nur so. Glaubst du, Dad würde es erlauben?«

»Keine Ahnung, wahrscheinlich nicht. Würdest du es denn gerne ausprobieren?«

»Elaine hat heute gefragt, ob ich schonmal darüber nachgedacht habe, weil es ja eine tolle Möglichkeit wäre, meine Musik zu den Leuten zu bringen und so. Aber ich weiß nicht, ob ich mich das trauen würde.«

»Wir könnten es zusammen machen, wenn du willst.« Annie wickelt eine ihrer blonden Haarsträhnen um den Finger und lächelt mir zu.

Annalie und ich zusammen, das wäre schön. »Oh ja, das wär echt toll. Aber... aber was ist mit Dad? Wenn ich meine eigenen Lieder spiele, wird er es niemals erlauben.«

»Er muss es ja nicht wissen. Morgen hast du sowieso Geige in Aspen, wir sagen einfach, dass wir nach dem Unterricht noch ein bisschen in der Stadt bleiben.« Meine Schwester wirft mir ein Lächeln zu, aber ich bin immer noch ein wenig skeptisch. Ich meine, in Aspen steht schon der Weihnachtsmarkt, das heißt, dass viele Menschen da sein werden, in Aspen sind sowieso immer total viele Touristen, die in der Stadt rumlaufen. »Ich weiß nicht. Mal sehen.«

»Denk darüber nach. Ich informiere mich mal, wie das so läuft mit der Straßenmusik in Aspen.«

»Okay.« Annie verlässt mein Zimmer.

Ich hab noch eine Weile über das mit der Straßenmusik nachgedacht und ich glaube, ich mach's. Ich hab mir auch schon einen Cello-Teil für die Lieder, die ich spielen will, ausgedacht. Und ich frage Ellie, ob sie morgen mitkommen will. Feuerwerke steigen in mir auf, als ich daran denke, Elaine morgen wieder zu sehen. Und sie werden noch größer, als ich daran denke, dass sie zum ersten Mal meine eigenen Lieder hören wird.

Ich

Hi! Wir fahren morgen nach Aspen, Straßenmusik und so. Und ich wollte fragen, ob du mitkommen willst.

Elaine <3

Oh mein Gott, ja, total gerne! Wie spät fahr ihr los?

Ich

Um halb 3, ich hab vorher noch Geige. Ich hoffe, das ist okay.

Elaine <3

Ja klar, ich schau mich einfach in der Stadt um, ich war sowieso schon lang nicht mehr in Aspen.

Ich

Supi, ich freu mich <3

Elaine <3

Ich mich auch <3

Ich klopfe an Annies Zimmertür. Sie legt ihr Cello beiseite und dreht sich zur Tür. »Ich mach's.«
 »Wie toll!«
 »Ich hab mir schon einen Cello-Teil für ein paar meiner

Lieder ausgedacht.« Ich gebe Annie die Noten. »Wow, das ging ja schnell.«
»Ach und Ellie kommt auch mit.«
»Super, sollen wir sie abholen oder so?«
»Ich schreib ihr und sag dann Bescheid.«
»Ist gut.« Schnell gehe ich zurück in mein Zimmer und schreibe Elaine.
Dann hole ich meine Geige nochmal raus und spiele das Stück für den Wettbewerb durch. Es wird immer besser, aber ich hasse es trotzdem noch.
Später spiele ich die Lieder für morgen auch noch ein paarmal durch. Aber das müsste ich eigentlich gar nicht, diese Lieder sind nämlich für immer in meinem Kopf. Wahrscheinlich könnte ich sie rückwärts im Schlaf spielen.

Als ich in meinem Bett liege bekomme ich kein Auge zu. Ich freue mich irgendwie total auf morgen, aber ich bin auch total aufgeregt. Worauf ich mich am meisten freue, ist wahrscheinlich, dass Ellie meine eigenen Lieder hören wird. Ich bin extrem gespannt, was sie sagen wird.

Ich betrete den Schulhof und Elaine winkt mir zu. Sie trägt eine braune Hose. Die habe ich noch nie an ihr gesehen, aber sie steht ihr echt gut.
Ellie steht zusammen mit Lily und Sienna vor dem Eingang. Ich laufe zu ihnen hin. »Hi!«
»Hey, wie geht's dir?«
»Gut. Euch?«
»Auch gut. Wir wollten gerade reingehen, dann haben wir dich kommen sehen und auf dich gewartet.«
Lily wendet sich zu mir und wirft ihre roten Haare nach hinten. »Ellie hat erzählt, dass du total schön Geige spielen

kannst. Du musst uns unbedingt mal was vorspielen.« Ein Lächeln huscht über mein Gesicht, Lily ist wirklich nett.
»Wohin musst du?«, fragt Elaine. »Nach links, ihr?«
»Oh schade, wir müssen hoch. Aber wir sehen uns in der Pause, ja?« Ich nicke und mache mich auf den Weg zum Klassenraum und hoffe, dass ich Aiden nicht begegne.

Endlich klingelt es zur Pause, ich kann es kaum erwarten, Ellie wiederzusehen. Und ich habe Aiden nicht getroffen, yayy. Das Gefühl, dass das heute ein richtig guter Tag wird, breitet sich in mir aus. Ich habe zwar am Nachmittag noch Geige und ich habe absolut keine Lust darauf, aber egal, ich lass mir davon nicht den Tag versauen. Und jetzt mache ich mich erstmal auf die Suche nach Elaine, Lily und Sienna.
»Hier sind wir!«, ruft Ellie und Lily winkt mir zu. »Hey!« Ich setz mich zu ihnen in die Sitzecke. Ich glaube, das ist das erste Mal in meiner Highschool Zeit, dass ich die ganze Pause mit anderen Leuten verbringe und nicht komplett alleine rumstehe. Und das auch noch mit Leuten, die ich total gerne mag. Es ist nicht so, dass ich das nie gwollt hätte, aber es hat sich irgendwie nie ergeben. Ich habe irgendwie nie jemanden gefunden, den ich so richtig mochte und bei dem ich mich wirklich wohl gefühlt habe. In der Grundschule hatte ich eine richtig gute Freundin, aber sie ist dann weggezogen und wir haben uns dann nie mehr gesehen. Na ja, ich muss zugeben, dass ich danach nicht wirklich aktiv nach neuen Freunden gesucht habe, aber es fällt mir einfach unglaublich schwer neue Kontakte zu knüpfen.
»Was hattest du in den ersten Stunden?«
»Doppelstunde Mathe. Es war schrecklich langweilig.«
»Du hast Mr. Brown in Mathe, oder?«, fragt Lily.

»Jep, leider.« Ich seufze und rolle mit den Augen.

»Ich hatte ihn letztes Jahr auch. Es war schlimm. Er redet so unglaublich langweilig und er kann absolut nicht erklären.«

»Oh ja, das stimmt.« Wir unterhalten uns noch ein wenig über die Lehrpersonen, die wir haben, bis Lily das Thema wechselt. »Wie lange spielst du eigentlich schon Geige?«

»13 Jahre, ich hab mit drei angefangen. Dass Ellie am liebsten nur über Bücher sprechen würde, weiß ich mittlerweile. Was macht *ihr* so? Also so hobbymäßig.« Wir lachen und Elaine läuft ein wenig rot an.

»Ich tanze Ballett, ich hab auch schon mit drei angefangen. Ohne tanzen könnte ich nicht.«

»Oh wie toll, ich liebe Ballett. Mit Geige ist es bei mir gleich, ohne könnte ich auch nicht. Was machst du so, Sienna?« Sienna hat bis jetzt nicht so wirklich mitgeredet und ich wollte sie nicht ausschließen. »Nicht viel, ich spiele Basketball. Manchmal probiere ich an der E-Gitarre rum, aber ich kann nicht wirklich spielen.«

Die Pausenglocke läutet. »Oh nein, schon um? Ich bin für eine Pausenverlängerung«, sagt Lily.

»Mach doch nächstes Jahr bei der Schülersprecherwahl mit. Dann kannst du eine Pausenverlängerung vorschlagen. Also, meine Stimme hättest du.«

»Haha, lustig Sienna. Als ob das so einfach wäre.«

»Meine Stimme hättest du auch.« So eine Pausenverlängerung wäre schon ganz toll. »Danke Leute, aber ich denke nicht, dass das passieren wird. Außerdem sollten wir jetzt langsam wieder zurück in unsere Klassenräume gehen.«

»Lily hat recht.« Elaine wendet sich zu mir. »Ihr holt mich heute dann ab, oder?« Ich nicke. »Ja, genau.«

»Bis später.« Unsere Wege trennen sich und wir gehen alle in unsere Klassenräume zurück. Meinen nächsten Kurs hab ich zusammen mit Aiden. Ich hoffe jetzt einfach, dass er mich nicht ansprechen wird. Aber warum sollte er das tun? Er hat in der Schule nicht mit mir geredet, als wir zusammen waren, warum sollte er jetzt plötzlich mit mir reden?

Auch wenn diese Stimme in meinem Kopf recht hat, hab ich trotzdem ein bisschen Angst, vor allem, nachdem was im Musikraum passiert ist. Mir wird immer noch schlecht, wenn ich daran denke.

Ich betrete den Raum. Aiden ist schon da. Er sitzt neben Oliver und unterhält sich mit ihm. Ich setze mich auf meinen Platz und hole mein Buch heraus. Und da kommt auch schon Ms. Smith.

Die Stunde ist um und Aiden hat mich nicht mal angeschaut, zum Glück.

Kapitel 26

»Amelia, komm jetzt endlich, wir müssen echt los.«
»Ja, ich bin ja schon da.« Ich springe schnell ins Auto und wir fahren zu Elaine, um sie abzuholen.
»Da vorne, das ist ihr Haus.« Annie bleibt stehen und nach wenigen Sekunden kommt Ellie auch schon und steigt ins Auto. »Hi, wie geht's?«
»Gut und danke fürs Mitnehmen.« Ein warmes Gefühl breitet sich in mir aus, als ich ihre Stimme höre. Ich bin echt froh, dass sie mitkommt.
»Gerne.« Annie fährt los und dreht das Radio etwas lauter.
Wir sind gerade in Aspen angekommen und meine Schwester parkt den Wagen. »Okay, ich muss jetzt da rüber in die Musikschule. In etwa einer Stunde bin ich fertig, ich hoffe, du langweilst dich nicht währenddessen.«
Elaine vergräbt ihre Hände in den Taschen ihrer dunkelblauen Jacke. »Nein, nein. Ich suche mir ein hübsches und vor allem warmes Café und mach's mir dort gemütlich. Ruf mich einfach an, sobald du fertig bist.«
»Ist gut, dann bis später.«

Ich öffne die Tür der Musikschule und mache mich auf den Weg zu Mrs. Zhang.
»Hallo, Mrs. Zhang.« Ich lege meine Geige auf den Tisch dort. »Guten Tag, Amelia. Du kannst dich schon mal einspielen, ich muss noch was kopieren.« Ich nicke und packe die Geige aus.

»Das war, das war echt gut, Amelia. Es wird besser.«
»Danke.« Ich kann mir das Grinsen nicht verkneifen.
Auch wenn mich wirklich alles an dem Geigenwettbewerb nervt, freut es mich, dass das Stück immer besser läuft.
»Wir machen Schluss für heute, aber üb die Stelle, die wir markiert haben, zuhause noch gut. Und denk an das Metronom!« Ich nicke, packe die Geige zurück in den Koffer und hole die Noten vom Notenständer.
»Auf Wiedersehen, Mrs. Zhang.« Als ich den Raum verlasse, hole ich sofort mein Handy heraus, um Elaine anzurufen. »Hi, ich bin fertig. Wo bist du?«
»Ich wollte mich gerade auf den Weg in die Main Street machen. Treffen wir uns dort?«
»Ist gut, ich ruf nur noch schnell Annie an.«
Ich hab gerade Annie angerufen, sie kommt gleich. Und ich bin ganz schön aufgeregt.
Ich sehe Ellie, die mir zuwinkt. »Hier sind ganz schön viele Leute.«
»Jep, aber ist doch gut, dann hören sie alle, wie unglaublich schön du spielst.«
»Schau, da kommt Annie.«
»Hi, wie war Geige?«
»Ganz gut.« Meine Schwester hat ihr Cello abgestellt. Sie öffnet den Koffer und holt es heraus. »Das ist schön. Bist du bereit?«
»Weiß nicht...« Annalie stellt einen kleinen Klappstuhl, den sie mitgebracht hat, auf. Ich packe nun auch meine Geige aus. Annie und ich stimmen unsere Instrumente und jetzt kann es auch schon losgehen. »Oh Gott, ich wollte das immer schonmal tun, ich bin sowas von bereit. Mit welchem Stück willst du loslegen?«, gibt Annalie richtig

motiviert von sich und wir einigen uns auf ein Lied. Ich werfe einen Blick zu Elaine. Sie streckt ihren Daumen nach oben und lächelt. Dann beginnen wir auch schon zu spielen.

Am Anfang haben meine Hände noch ein wenig gezittert. Aber jetzt, nach den ersten paar Takten geht es. Es macht sogar richtig Spaß. Annie und ich schauen uns an, wir lächeln beide. Es kommen immer mehr Leute und hören uns zu. Die ganze Aufregung von vorhin ist wie weggeblasen. Das Lied ist zu Ende und alle klatschen. Und ich kann nicht mehr aufhören zu lächeln. Ein unbeschreibliches Glücksgefühl macht sich in mir breit. Annie und ich spielen noch ein paar Lieder und es macht unglaublich viel Spaß.

Als wir das letzte Lied fertig gespielt haben, kommt Elaine zu mir gelaufen und umarmt mich. Ein Kribbeln strömt durch meinen Körper und der Duft von Elaines Parfum steigt mir in die Nase. »Das war großartig, wow!«

»Danke!« Wir lösen uns aus unserer Umarmung. »Und die Lieder hast alle du geschrieben?«

»Ähm, ja, aber ich muss noch daran arbeiten, weil…«

»Halt die Klappe, Millie. Die sind wunderschön und den Leuten hier haben sie auch gefallen.«

Eine Frau mit einem Kind an der Hand kommt auf uns zu. »Hab ich da richtig gehört, du hast diese Lieder selbst geschrieben?«

»Ja.«

»Wow, meine Tochter liebt sie. Sie hat gerade gesagt, dass sie jetzt auch Geige spielen will. Du musst unbedingt weitermachen.« Das Kind an ihrer Hand lächelt mich an.

»Danke, das freut mich.« Die Frau und das Mädchen gehen weiter. »Hast du das gehört, das war richtig süß.«

»Das war echt toll. Wir müssen das unbedingt wieder

machen, wenn es wieder wärmer wird.«

»Ja, auf jeden Fall. Und danke nochmal, Annie.« Meine Schwester lächelt.

»Ich muss nochmal zurück in die Musikschule. Ich lass euch dann mal allein, wir sehen uns später.« Annie zwinkert mir zu und ich rolle mit den Augen.

»Hast du vorhin eigentlich ein gemütliches Café gefunden?«

»Ja, es ist gleich hier um die Ecke. Wollen wir hingehen?« Ich nicke und wir machen uns auf den Weg dorthin. Im Café setzen wir uns an einen gemütlichen Tisch direkt am Fenster. »Das war echt toll heute. Danke, dass du mitgekommen bist.« Ellie lächelt. »Aber klar doch.« Eine ältere Frau kommt auf unseren Tisch zu. »Du bist doch eines der Mädchen, die vorher in der Main Street gespielt haben, oder?«

»Ja, das stimmt.«

»Ihr habt wunderschön gespielt.«

»Sie hat die Lieder selbst geschrieben«, sagt Ellie.

»Elaine.« Ich werfe ihr einen Muss-das-jetzt-sein-Blick zu. Und ich bekomme einen Was-denn-Blick von ihr zurück. »Wirklich? Du hast echt Talent. Du solltest im Juni auf dem Musikfestival im Snowmass Village Town Park spielen. Die suchen doch immer Leute aus der Stadt, die dort spielen könnten. Du solltest dich da mal informieren.« Die Frau lächelt und geht wieder zurück zu ihrem Tisch. »Oh mein Gott! Das wäre so toll, wenn du dort spielen würdest. Das wäre... wow. Die Leute würden es lieben.«

»Ich weiß nicht. Da sind ganz schön viele Leute und...«

»Ach was. Heute dachtest du auch, dass zu viele Leute da wären, und dann hattest du richtig viel Spaß. Ein paar tausend Menschen mehr.«

»Haha, du bist witzig. Ein paar tausend Menschen, das sind extrem viele.«

»Ja, aber den Leuten würde es bestimmt gefallen. Und ganz ehrlich, du willst insgeheim doch auch mal auf so einer großen Bühne stehen.«

»Ja, schon, total gerne sogar. Aber ich trau mich nicht.«

»Das dachtest du heute auch und dann hast du es doch gemacht. Du solltest wirklich darüber nachdenken.«

Die Bedienung kommt an unseren Tisch. »So, hier ist euer Kakao und der Kuchen.«

»Danke.« Elaine und ich trinken erstmal unseren Kakao und essen den Kuchen, der schmeckt echt himmlisch.

»Wow, der Kuchen war wirklich lecker«, sagt Ellie und ich stimme ihr nickend zu.

Eine Weile sitzen wir einfach nur da, bis ich die Stille durchbreche. »Wusstest du, dass dein Name Licht oder Sonnenstrahl bedeutet? Ich finde, das passt irgendwie zu dir« Elaine lächelt. »Danke. Woher weißt du das denn?«

»Hab ich nachgeschaut.« Ich spüre, wie mein Gesicht leicht rot anläuft. »Ist irgendwie so eine Angewohnheit von mir, ich liebe es zu wissen, was Namen bedeuten.«

»Was bedeutet denn dein Name?«

»Die Tapfere.«

»Ich finde, das passt auch zu dir.« Ellie wirft mir ein Lächeln zu und die Feuerwerke in mir werden immer größer. »Danke.«

Was macht sie bloß mit mir? Wie kann es sein, dass sie mit nur ein paar Worten oder einem Lächeln ein ganzes Feuerwerk in mir auslösen kann?

Elaine und ich sitzen so nahe aneinander, dass sich unsere Schultern berühren. Und jedes Mal kribbelt alles in mir.

Unsere Blicke treffen sich, als Elaine plötzlich meine

Hand nimmt und sich ihre Finger mit meinen verschränken. Okay, jetzt dreht das Feuerwerk in mir komplett durch. Wir schauen uns direkt in die Augen, dann muss ich lächeln. Ellie lächelt auch. Und es fühlt sich einfach total gut an. Und richtig.
Elaine hat einfach meine Hand genommen und es fühlt sich plötzlich an, als wären all die Fragen, die seit Tagen in meinem Kopf herumschwirren, beantwortet.

Wir gehen zur Theke und bezahlen. Auf dem Weg zu Annies Wagen, nimmt Elaine wieder meine Hand und wirft mir einen fragenden Blick zu. Ich nicke und auf Ellies Gesicht bildet sich ein Lächeln.

Annalie steht schon neben dem Auto, als wir kommen. »Da seid ihr ja.« Ihr Blick landet auf Ellies und meiner Hand und sie lächelt. Elaine und ich steigen ins Auto und sind die ganze Fahrt zurück nach Snowmass Village am Dauerlächeln.

Vor Elaines Haus bleiben wir stehen und ich steige noch kurz mit ihr aus. Wir umarmen uns. »Danke nochmal, dass du mitgekommen bist.«

»Danke, dass ich mitkommen durfte.« Elaine öffnet ihre Haustür, ich steige zurück ins Auto und kann nicht mehr aufhören zu grinsen.

Kapitel 27

»Hallo, bin wieder da.«

»Hi! Wie war's in der Schule?« Ich gehe zu Mom in die Küche. »War okay.« Annie sitzt am Küchentisch.

»Kannst du am Nachmittag mit mir nach Aspen kommen und mir helfen, die Musikschule zu schmücken? Für Dad ist es auch okay.«

»Ehh, da hab ich jetzt nicht so Lust drauf. Kannst du die Musikschule nicht alleine schmücken? Die paar Sachen kannst du doch auch selber aufhängen.« Annalie verzieht ihr Gesicht. »Jetzt komm schon. Bitte?« Jetzt bekomme ich von Annie einen Ich-muss-mit-dir-reden-Blick zugeworfen. Aha, jetzt verstehe ich, worauf sie hinaus will. »Na gut. Wie spät willst du los?« Meine Schwester lächelt zufrieden. »Gegen drei oder so.«

»Ist gut.« Ich gehe hoch in mein Zimmer und lege mich ins Bett. Auf meinem Nachttisch liegt das Buch, das Ellie mir empfohlen hat. Ich nehme es in die Hand und schlage die erste Seite auf. Und schon wieder muss ich an gestern denken. Wie Ellie meine Hand genommen hat und dann überall in mir Schmetterlinge rumgeflattert sind. Und das Beste, ich habe jetzt das Gefühl, dass all diese Fragen in meinem Kopf jetzt beantwortet sind. Bei diesem Gedanken muss ich lächeln. Aber bei dem Gedanken, was passieren könnte, wenn Aiden es irgendwann herausfindet, und er wird es herausfinden, wird mir schlecht. Könnte ich meinem früheren Ich eine Sache sagen, wäre es, dass es niemals eine Beziehung mit Aiden anfangen soll. Keine

Ahnung, warum ich das überhaupt gemacht habe.
Wahrscheinlich, weil fast alle aus meinem Jahrgang schon eine Beziehung hatten und ich mich dann irgendwie unter Druck gesetzt gefühlt habe und weil ich eigentlich wirklich mochte. Was total dumm war, aber es ist passiert, das Einzige, was ich jetzt tun kann, ist das Beste daraus zu machen. Und wer weiß, vielleicht hätten Elaine und ich uns niemals gefunden, wenn alles anders gekommen wäre. Annies Geschrei reißt mich aus meinen Gedanken.

»Amelia! Kommst du jetzt endlich?«

»Jaha!« In Windeseile stehe ich auf und gehe nach unten, um mir die Schuhe anzuziehen. Annie sitzt schon draußen in ihrem Wagen. Dabei ist es erst eine Minute vor drei.

Als ich ins Auto steige, schaut Annalie ziemlich genervt aus. »Da bist du ja endlich.« Ich werfe einen Blick auf meine Uhr. »Es ist genau drei. Deine Überpünktlichkeit nervt.« Annie rollt mit den Augen und fährt los.

»Soll ich diesen Karton reintragen?«

»Ähm, ja und warte…« Annalie legt noch etwas auf den Karton obendrauf und ich betrete die Musikschule. Annalie hat von Dad noch ein paar Sachen zum Schmücken aus dem Hotel bekommen, ein paar viele Sachen. »Wie sollen wir das denn alles aufhängen?«

»Ach, das schaffen wir schon.« Annie krempelt die Ärmel ihres Wollpullovers hoch und betrachtet die Schachteln. Ich öffne eine und hole ein paar Glitzersterne, die ich am Treppengeländer aufhängen will, heraus. Eine der Querflötenlehrerinnen der Musikschule kommt gerade die Treppe herunter. »Jetzt schon Weihnachtsdeko?«

»Jep, war die Idee der Direktorin«, sagt Annalie. »Aber ich finde ja, es ist nie zu früh für Weihnachtsdeko.« Wir lachen und Ms. Miller geht zum Kaffeeautomaten.

Annalie wartet, bis Ms. Miller wieder in ihren Raum hochgegangen ist. »So endlich. Was läuft zwischen dir und Elaine? Ich will alles wissen.«

»Verdammt, bist du neugierig. Kann es sein, dass du extra mehr Deko mitgenommen hast, dass wir mehr Zeit haben, um zu reden?«

»Vielleicht. Aber jetzt, schieß los.«

»Na ja, sieht fast so aus, als ginge es Elaine wirklich genauso wie mir.« Ich grinse. »Ja und weiter!«

»Ja, nichts weiter. Als wir im Café waren, hat sie plötzlich meine Hand genommen und ja. Was bist du immer so neugierig?« Ich versuche einen der Sterne aufzuhängen und merke, dass ich überall auf meinen Händen Glitzer habe, na toll. »Hallo? Ich muss doch wissen, wenn meine kleine Schwester zum ersten Mal eine *richtige* Beziehung hat.«

»Wir sind nicht… also ich weiß nicht. Wir haben noch nicht darüber geredet, wie es jetzt weitergeht. Und ich weiß auch nicht, ob ich schon will, dass es, na ja, alle wissen und so.« Annie kommt zu mir und legt ihre Hand auf meine Schulter. »Ich bin mir sicher, dass Elaine das verstehen wird. Mach dir darüber keine Gedanken. Das wird schon, okay.« Annalie schenkt mir ein Lächeln. »Und was werden Mom und Dad sagen, wenn Ellie und ich wirklich ein Paar werden? Dad wird ausflippen.« Tränen brennen in meinen Augen. »Hey, komm her, nicht weinen.« Annie nimmt mich in den Arm. »Denk jetzt nicht darüber nach. Dann flippt er eben aus, das Wichtige ist, dass es *dir* gut geht und dass *du* glücklich bist. Und ich habe so dieses Gefühl, dass Elaine dich wirklich glücklich macht. Und jetzt lass uns erstmal diese Girlande hier aufhängen.« Annie holt eine ewig lange Girlande aus einem der Kartons.

»Wo soll die hin?«

»Ich dachte, wir könnten sie von der Tür, dann hier entlang bis hier drüben aufhängen.«

»Find' ich gut. Ich hole einen Stuhl.« Ich stelle einen Stuhl an die Wand, Annie reicht mir die Girlande und ich befestige sie. Dann rutsche ich mit dem Stuhl immer wieder ein Stück weiter und klebe ein Stück Klebeband an die Girlande. So machen wir es, bis wir alles aufgehängt haben.

»Sieht toll aus.«

»Jep.« Annalie und ich klatschen uns ein.

Wir brauchen noch etwa eine Stunde, um die restlichen Sachen aufzuhängen, dann sind wir fertig. Ms. Miller kommt wieder die Treppe runter. »Wow, das sieht ja toll aus.« Sie geht zum Kaffeeautomaten. »Danke.« Annalie und ich betrachten stolz unser Werk. »Soll ich euch noch helfen, die Schachteln wegzubringen?«

»Ähm, nein, das müsste gehen, aber danke.« Ms. Miller geht mit ihrem Kaffeebecher wieder nach oben und wir bringen die Schachteln zurück ins Auto.

»Brauchst du noch irgendwas, willst du noch irgendwohin?« Ich denke kurz nach. »Nein, ich glaub nicht.« Annie öffnet die Autotür. »Gut, dann können wir los.« Annalie startet den Wagen und dreht gleich das Radio auf. Es läuft ein Song von Taylor Swift, der mir sehr bekannt vorkommt. *You're on your own, kid.* Ich muss an Elaine denken und an den Nachmittag, als ich das erste Mal bei ihr war. Ich war so unglaublich aufgeregt und ich wusste noch so gut wie gar nichts über sie. Und jetzt ist Elaine die Person, der ich alles anvertrauen kann.

Meine Gedanken schweifen zu gestern, als wir im Café in Aspen waren. Dann fällt mir ein, was die Frau dort zu mir

gesagt hat, und wie begeistert Ellie von der Idee war.
»Gestern, als Ellie und ich in dem Café waren, ist eine Frau zu mir gekommen, die uns zugehört hat, als wir in der Main Street gespielt haben. Sie meinte, es wäre toll, wenn ich meine Lieder auf dem Musikfestival im Juni im Snowmass Village Town Park spielen würde. Elaine war total begeistert. Was sagst du dazu?«

»Oh wow, das klingt toll. Würdest du das denn gerne machen, also auf so einer Bühne spielen?«

»Weiß ich nicht.« Nachdenklich schaue ich aus dem Fenster. Die eigentliche Antwort auf die Frage ist ja. Ja, ich will es unbedingt tun, aber ich weiß nicht, ob ich mich traue. Ich weiß nicht, ob ich gut genug bin. Ich habe Angst vor Dads Reaktion. Aber ja, eigentlich würde ich es unglaublich gerne tun.

»Ich fände es auf jeden Fall toll. Und wenn du es wirklich tun willst, wäre ich definitiv auf deiner Seite, wenn du versuchst, Dad zu überreden.«

»Ach, fang bloß nicht damit an, das kann ich vergessen.« Ich zupfe an meiner Nagelhaut, sogar unter meinen Nägeln ist Glitzer. »Wie wird überhaupt entschieden, wer da spielen darf?«

»Keine Ahnung, da müsste man sich mal informieren.«

Kapitel 28
- Elaine -

»Hi Lily! Hast du Lust, noch kurz ins Lauries zu kommen? Ich muss dir was erzählen und heute in der Schule bin ich irgendwie nicht dazu gekommen.«

»Äh, ja klar. Ich bin sofort da. Bis gleich.«

»Bis gleich, ciao.« Ich lege mein Handy wieder weg und schlürfe an meinem Kakao.

Lily ist in nicht einmal fünf Minuten da. »Wenn es irgendwas Neues gibt, kommst du natürlich sofort, sonst brauchst du immer ewig.« Lily überdreht ihre Augen und setzt sich mir gegenüber an den Tisch. Ihre schneeweiße Jacke hängt sie über den Stuhl. Lilys Haare sind in einen strengen Dutt gebunden, wahrscheinlich noch von Ballett. Cathrin geht an uns vorbei. »Cath, kannst du mir auch so einen bringen?« Sie zeigt auf meinen Kakao. »Ja, kommt sofort.« Lily zieht nun auch Schal und Mütze ab. »So was gibt's jetzt Neues.« Ich räuspere mich und kann nicht anders als zu grinsen, wenn ich an gestern Nachmittag denke. »Also, ich war gestern mit Amelia in Aspen.«

»Und ihr habt endlich miteinander geredet?« Lily grinst.

»Nein, besser.« Mein Grinsen wird immer breiter.

»Besser?« Ich erzähle Lily alles, was gestern Nachmittag in Aspen passiert ist, und währenddessen sind die Schmetterlinge in mir gar nicht mehr aufzuhalten.

»Ach Gott, ist das süß.«

»Aber bitte sag es noch niemandem, okay?« Lily tut so, als würde sie sich den Mund zusperren und den Schlüssel

wegwerfen. »Deine Mutter braucht sich absolut keine Sorgen machen. Das ist alles so unglaublich süß und überhaupt nicht so, wie mit Ophelia.« Es erleichtert mich ein wenig, dass Lily das auch denkt und ich mir das nicht nur eingebildet habe. Die Angst, dass das mit Amelia so endet wie mit Ophelia war zwar fast weg, aber ganz vergessen werde ich es nie.
Vor einem Jahr hatte ich meine erste Freundin, Ophelia. Und sagen wir so, es war ziemlich beschissen. Wir waren etwa drei Monate zusammen. Zuerst war es total schön. Aber dann habe ich sie zusammen mit einem Jungen, der bestimmt drei Jahre älter war als wir, gesehen. Wir haben uns dann richtig heftig gestritten und Ophelia meinte nur, dass sie sich ausprobieren musste und, dass das in unserem Alter doch total normal sei. Na ja, ausprobieren vielleicht schon, aber ausnutzen und fremdgehen eher nicht so, finde ich. Jedenfalls ging es mir dann das restliche Schuljahr total scheiße und meine Mutter hatte dann richtig Angst, dass mir sowas nochmal passieren könnte. Aber ich glaube nicht, dass Amelia sowas tun würde. Niemals.

Wir sitzen noch eine Weile da, reden und bestellen uns noch einen zweiten Kakao.
»Okay, dann sehen wir uns morgen in der Schule, tschüss.«
»Ja, bis morgen.« Ich mache mich auf den Weg zurück nach Hause, es ist schon dunkel und der Mond leuchtet.
»Hallo! Bin wieder da«, rufe ich, als ich das Haus betrete.
»Wir sind in der Küche.«
»Wir spielen UNO. Willst du mitspielen?«, fragt Lola. Ich nicke und setze mich an den Tisch. Mom teilt die Karten aus und wir spielen ein paar Runden. »Ha, schon wieder

gewonnen!« Ich wuschle Lola durch ihre hellbraunen Haare. »So, jetzt ist es aber Zeit fürs Bett, mein Schatz.« Dad steht auf und hebt sie hoch. »Och, nee. Jetzt schon?«

»Ja, morgen ist Schule und es ist schon spät.« Dad bringt meine kleine Schwester hoch und Mom und ich bleiben noch ein bisschen am Tisch sitzen.

»Kann ich Amelia morgen fragen, ob sie am Nachmittag zu mir kommen kann?«

»Ja klar.« Mom steht auf und räumt ein paar Teller in die Spülmaschine. »Danke, Mom.« Lächelnd gehe ich hoch in mein Zimmer. Ich freu mich, Millie morgen wiederzusehen. Und wenn sie morgen zu mir kommt, will ich mit ihr darüber sprechen, wie es mit uns jetzt weitergeht. Ich habe zwar ein bisschen Angst vor diesem Gespräch, aber ich glaube, dass wir wirklich darüber sprechen müssen, weil das einiges leichter macht, wenn wir wissen, wie es weitergehen soll und, wenn wir wissen, dass wir uns beide gut damit fühlen.

Kapitel 29

»Hi Millie!«, rufe ich, während ich ihr entgegenlaufe. Ich bin ein wenig aufgeregt. Seit ich in Aspen Amelias Hand genommen habe, haben wir es irgendwie nicht mehr geschafft miteinander zu reden. Außerdem macht es mich ein bisschen nervös, dass wir heute Nachmittag vielleicht darüber reden, wie es denn jetzt weitergeht. »Da bist du ja. Ich wollte fragen, ob du heute Nachmittag zu mir kommen willst.«

»Ja, total gerne. Ich kann aber erst ab vier, du weißt ja Geige und so.«

»Ja, kein Problem. Ich muss jetzt los, sonst komm ich zu spät. Wir sehen uns in der Pause, ja?« Amelia nickt und schmunzelt. Und ich renne hoch in den vierten Stock.

»Wo ist denn Sienna?«, frage ich, als wir es uns in der Sitzecke gemütlich machen. »Die musste sich noch ein Croissant aus der Cafeteria holen.« Lily rollt mir den Augen.

»Ah, schau, da kommt sie.« Sienna trägt ein T-Shirt von irgendeiner Band und kommt auf uns zu.

»Ich glaube, du bist dabei, auch noch eine Croissant-Sucht zu entwickeln.«

»Lass mich doch.« Sienna setzt sich zu uns und streicht sich die dunklen Haare aus dem Gesicht. »Guckt mal, da kommt Amelia.« Lily wirft ein Lächeln in meine Richtung. »Hi Leute!« Jetzt setzt sich auch Millie zu uns, wir sitzen zu viert in der Sitzecke und lästern erstmal über Mr. Brown, bis Lily das Thema wechselt.

»Habt ihr schon gehört, dass der Eislaufplatz wieder aufgemacht hat?«

»Wirklich? Wir müssen unbedingt mal zusammen eislaufen gehen.«

»Oh ja, das wär toll! Wann habt ihr denn Zeit?«

»Wie schaut es mit Samstag aus?«

»Ja, das müsste gehen.« Wie toll, wir gehen also alle gemeinsam eislaufen, ich freu mich. Meine Eislaufkünste lassen zwar zu wünschen übrig, aber egal.

Die Pausenglocke erklingt. Ich wende mich noch kurz zu Millie. »Wir sehen uns dann heute Nachmittag, oder?«

»Ja, ich freu mich.«

»Ich mich auch.« Mit einem warmen Gefühl im Bauch, gehe ich zurück in meine Klasse. Auf den Unterricht kann ich mich natürlich nicht konzentrieren. Ich bin mit den Gedanken schon beim Nachmittag mit Amelia.

Es klingelt an der Tür, das muss Amelia sein. Ich mache ihr auf und wir umarmen uns. Millie trägt den blauen Pullover, den sie auch an hatte, als sie zum ersten Mal bei mir war. Die Erinnerungen von dem Nachmittag kommen wieder hoch. Unglaublich, was in der Zwischenzeit alles passiert ist. Damals kannten wir uns kaum und jetzt ist sie eine der Personen, denen ich am meisten vertraue.

»Hi, alles klar?«

»Jep.« Amelia kommt rein und wir gehen gleich hoch in mein Zimmer. Wir setzen uns auf den Boden und ich räuspere mich »Wie soll ich anfangen? Ich glaube wir sollten mal miteinander reden, über… über uns.«

»Tja, das sollten wir wohl.«

»Ich mag dich wirklich, Amelia. Sehr sogar. Ich glaube, du bist das Beste, das mir je passiert ist.« Amelia lächelt und ihre Wangen färben sich dunkelrosa.

»Ich mag dich auch, Elaine. Sehr sogar.« Millie greift nach meiner Hand und drückt sie, unsere Blicke treffen sich und schon wieder tanzen die Schmetterlinge wild umher.

»Bei dir kann ich irgendwie immer so sein, wie ich bin und keine Ahnung, das hört sich wahrscheinlich alles total kitschig an.« Ich muss schmunzeln. »Aber ich bin echt froh, dich kennengelernt zu haben. Auch, wenn gerade alles ziemlich beschissen ist, wenn wir zusammen sind, bin ich irgendwie immer total glücklich.«

Ich kann nicht anders, als eine Träne zu verdrücken. Ich beuge mich zu Millie und drücke sie ganz fest. »Ich glaube, das ist das Schönste, was je jemand zu mir gesagt hat.« Wir lösen uns wieder aus unserer Umarmung. Millie senkt ihren Kopf und zupft an ihren Nägeln. »Ist alles in Ordnung?«
»Ich weiß nicht so wirklich, wie ich es sagen soll und ich würde es verstehen, wenn du das nicht so gut finden würdest oder sauer wärst, aber... mir wäre es lieber, wenn wir es noch eine Weile geheim halten würden, das mit uns.«

»Ach Gott, Amelia. Mach dir darüber doch keine Gedanken. Bitte nimm dir all die Zeit, die du brauchst. Ich will auf keinen Fall, dass du dich unter Druck gesetzt fühlst. Ich will einfach nur mit dir zusammen sein und dass es dir gut geht.« Amelia lächelt. »Danke.«

»Ich gehe uns jetzt erstmal was zum Trinken holen.« Ich stehe auf und gehe in die Küche.

Als ich wieder komme, steht Amelia am Fenster und schaut nach draußen. Leise stelle ich unsere Gläser auf den Boden und erschrecke sie. Ich schlinge meine Arme von hinten um sie. »Heyy, was soll das?« Amelia dreht sich in meinen Armen um und wir schauen uns in die Augen. Dann müssen wir lachen. Ich hebe sie hoch und wir drehen uns im Kreis. Nach drei Umdrehungen ist mir ganz schön schwindlig und wir stolpern seitlich in mein Bett. Jetzt liegen wir nebeneinander und können nicht mehr aufhören zu lachen. Als wir uns beruhigt haben, fahre ich mit meinem Finger über ihre Nase. »Hat dir schonmal jemand gesagt, wie unglaublich süß deine Sommersprossen sind?« Millie lächelt und schmiegt sich an mich. »Hat *dir* schon mal jemand gesagt, wie unglaublich schön deine Augen sind?« Ich lächle und drücke Millie fest an mich.

Wir liegen noch eine Weile da, ich spiele mit ihren Haaren und Amelia hat ihren Arm um meine Schulter gelegt. Wir liegen einfach nur da.
Nur sie und ich.
Keiner sagt was, aber es muss auch niemand etwas sagen. Wir haben uns und das ist völlig genug.
Ich bin so unglaublich froh, dass wir geredet haben und dass wir jetzt beide wissen, wie es uns mit all dem geht.

Amelia und ich haben gerade beschlossen, noch kurz rüber ins Lauries zu gehen und einen Kakao zu trinken. Wir stehen auf und als wir die Treppe runtergehen, nimmt Amelia meine Hand. Wir gehen ins Wohnzimmer, wo meine Mutter bügelt und sich irgendeinen Schwachsinn im Fernseher ansieht. »Wir gehen zu Laurie ins Café, ist das in Ordnung?« Mom dreht sich um, ihr Blick fällt auf Millies und meine Hand. Sie wirft mir ein Lächeln zu. »Ja klar, viel Spaß.«

»Danke, Mom.« Millie und ich ziehen uns unsere Sachen an und gehen los.

Im Café sitzen wir wieder an unserem Tisch am Fenster und bestellen einen Kakao. »Weißt du noch, als wir hier gesessen haben und uns kaum gekannt haben?«

»Oh ja, es ist so viel passiert in den letzten Wochen.«

»Das kannst du laut sagen. Soll ich dir was verraten? Ich hab dich schon total oft hier im Café gesehen und ich fand schon immer, dass du total nett aussiehst, ich habe mich aber nie getraut, dich anzusprechen.«

»Wirklich? Zum Glück hast du es dann aber trotzdem irgendwann getan.« Amelia schenkt mir ein Lächeln und mir wird es richtig warm ums Herz. »Ich bin so froh, dass wir uns gefunden haben.«

»Und ich erst.«

Kapitel 30
- Amelia -

»Mom, weißt du, wo meine Schlittschuhe sind?«
»Die müssten im Keller sein. Wieso?«
»Ich gehe heute mit Elaine, Lily und Sienna eislaufen.«
»Das ist aber schön. Seit wann ist denn der Eislaufplatz wieder geöffnet?«
»Seit ein paar Tagen schon. Ich schau schnell im Keller nach.«
Ganz schön staubig hier. Ah, da sind ja meine Schlittschuhe. Schnell gehe ich wieder nach oben und packe sie in meine Tasche. »So, ich muss jetzt los. Tschüss, Mom.«
»Tschüss, Schatz. Viel Spaß!«
»Danke!« Ich verlasse das Haus und mache mich auf den Weg zum Eislaufplatz. Ellie ist schon da. Ich winke ihr und sie winkt zurück. Meine Mundwinkel wandern automatisch nach oben, als ich Elaine sehe. Ich bin richtig froh, dass Ellie und ich jetzt geredet haben. Es ist unglaublich erleichternd, dass wir jetzt beide wissen wie wir uns fühlen und ich bin Elaine so dankbar, dass es für sie okay ist, es noch ein wenig geheim zu halten. »Hallo Ellie!«
»Hey, alles klar?«
»Ja. Sind Lily und Sienna noch nicht da?«
»Nein, aber sie müssten bald kommen. Weißt du, was total praktisch ist? Hier können wir problemlos Händchen halten, beim Eislaufen tun das sowieso alle.«
Ich muss lachen, aber sie hat recht. »Ja, das stimmt.« Lily

und Sienna kommen. Lily winkt uns zu. »Hi Leute! Seid ihr bereit?«

»Aber so was von!« Wir suchen uns einen Platz, um unsere Schlittschuhe anzuziehen. Etwas ungeschickt humpeln wir nun zur Eisfläche. »Gott, ich war so lange nicht mehr eislaufen.«

Wir drehen ein paar Runden auf dem Eis. Zuerst sind wir alle ein bisschen wackelig auf den Beinen, aber dann geht es. Es fängt schon langsam an dunkel zu werden und die Lichterkette über der Eisfläche wurde angeschaltet. Aus den Lautsprechern ertönt ein Lied. Ich erkenne es sofort, Ellie auch. Wir schauen uns an und lächeln, als wir die ersten Töne von *You're on your own, kid* hören. Dieses Lied verfolgt mich irgendwie seit ich Ellie kenne. Das muss irgendein Zeichen sein, dass wir füreinander geschaffen sind. Elaine greift nach meiner Hand und wir gleiten gemeinsam übers Eis. Hinter der Eisfläche leuchten die Wolken in orange-rosa Tönen. Es ist ein wunderschöner Moment. Ich vergesse fast, dass noch ziemlich viele andere Menschen mit uns auf dem Eis sind. Ellie und ich sind wie in einer Blase, als gäbe es nur sie und mich und es ist wunderschön. Ein paar Schneeflocken bleiben in Ellies braunen Locken hängen und ich schau zu, wie sie schmilzen. Das Lied ist zu Ende. Elaine und ich kommen zum Stehen und lächeln uns an. Lily kommt von hinten auf uns zugefahren und legt ihre Arme um Ellies und meine Schultern. »Hi! Alles klar bei euch?« Elaine und ich schauen uns an und nicken. »Jep, definitiv.« Jetzt kommt auch Sienna zu uns. »Was haltet ihr von einer Pause?«

»Ja, da bin ich dabei.« Wir verlassen das Eis und gehen zurück zur Bank, wo unsere Sachen liegen.

»Hat jemand Lust auf Tee?«, fragt Sienna.

»Oh ja.« Sienna watschelt auf ihren Schlittschuhen zu dem Stand, wo es Tee gibt. »Lily, kannst du mir tragen helfen?« Lily geht zu Sienna und jetzt sitzen Ellie und ich alleine hier. »Ich habe mit Annie über das Musikfestival im Juni geredet. Sie findet die Idee toll.«

»Wirklich? Siehst du, du hättest schon drei Fans, wenn du dort auftreten würdest. Die Frau in Aspen, deine Schwester und mich.«

»Ja, schon, aber ich weiß nicht so ganz.«

»Du hast ja noch ein paar Monate Zeit, darüber nachzudenken.« Ich nicke. Sienna und Lily kommen mit vier Bechern Tee zurück. Nachdem wir ausgetrunken haben, gehen wir nochmal auf die Eisfläche. Jetzt sind nur noch wenige Menschen da, wir haben das Eis fast für uns. Wir nehmen uns alle vier an den Händen und fahren übers Eis. Das Lied aus den Lautsprechern ist zu Ende und ein neues erklingt. Es ist *Last Christmas* und wir singen alle vier laut mit. Eine Frau wirft uns einen komischen Blick zu und wir müssen laut loslachen. Glücksgefühle machen sich in mir breit. Ich bin so unglaublich froh, Elaine, Lily und Sienna kennengelernt zu haben.

Wir drehen noch ein paar Runden, dann verlassen wir das Eis und ziehen uns wieder unsere normalen Schuhe an. Lily streift sich ihren Schlittschuh vom Fuß und dreht ihn im Kreis. »Boah Leute, ich spüre meine Füße nicht mehr, alles tut weh.«

»Ja, ich auch nicht.«

»Das ist nur, weil du es nicht mehr gewohnt bist. Wir müssen einfach öfters eislaufen gehen, irgendwann tut es nicht mehr weh.« Lily überdreht die Augen. »Danke für diesen lebensverändernden Tipp, Elaine.«

»Immer wieder gerne.«

Wir packen unsere Schlittschuhe in die Taschen und gehen. »Das war echt ein schöner Nachmittag.«

»Ja, das stimmt.«

»Na dann, wir sehen uns am Montag in der Schule."

»Jep, tschüss.«

Lily und Sienna sind beide gegangen und jetzt stehen nur noch Elaine und ich da. »Musst du dringend nach Hause oder hast du noch Zeit?« Ich schaue auf die Uhr. »Ich muss erst um halb acht zuhause sein, ein bisschen Zeit hab ich noch.«

»Super, ich will dir was zeigen.« Ellie nimmt mich an die Hand und läuft los. Als wir zu dem Wald hinter Snowmass Village kommen, wird sie wieder langsamer. Wir gehen durch den Wald, bis wir zu einer Lichtung kommen. In der Mitte ist eine Feuerstelle, die von Baumstämmen umgeben ist. Und überall hängen Lichterketten. Ellie geht vor und macht sie an. Meine Augen weiten sich. »Wow, das ist wunderschön.« Elaine stellt zwei Baumstämme nebeneinander und kramt eine Plastiktüte aus ihrer Tasche mit den Schlittschuhen. Und aus der Plastiktüte holt sie eine Kuscheldecke. »Ich hab sie extra hierein getan, dass sie durch die Schlittschuhe nicht nass wird«, sagt Elaine stolz.

»Deshalb hattest du also so eine große Tasche.«

Elaine setzt sich hin und ich setze mich neben sie. Wir kuscheln uns unter die Decke und ich lege meinen Kopf auf Ellies Schulter. Ich schaue nach oben. »Wow, das ist... oh mein Gott.« Tausende von Sternen leuchten über unseren Köpfen. »Hier kann man richtig gut Sterne beobachten.«

Ellie dreht sich um und zeigt auf den Berg hinter dem Wald. »Hier oben geht es noch besser. Ich war vor ein paar Jahren mit Mom mal dort. Wir müssen unbedingt auch mal da hoch.«

»Ja, das wär schön.« Ich lege meinen Kopf wieder auf Elaines Schulter, während Glücksgefühle durch meinen Körper strömen. »Bist du oft hier?«, frage ich.

»Ja, aber mit dir ist es hundertmal schöner.«

Elaine und ich schauen uns in die Augen. Unsere Gesichter kommen immer näher aufeinander zu. So nahe, dass ich Elaines Atem spüren kann. So nahe, dass ich ihren Duft einatmen kann. So nahe, dass ihre Locken an meinen Wangen kitzeln. Und plötzlich spüre ich ihre Lippen auf meinen. Ein Schauder durchfährt meinen Körper. Ihre Lippen sind weich und es fühlt sich überwältigend gut an. Es ist ein langsamer, gefühlvoller Kuss und wunderschön.

Wir schauen uns wieder tief in die Augen und lächeln und küssen uns nochmal. Er ist anders als der erste Kuss, lebendiger, intensiver, besser und so unglaublich besonders. Es fühlt sich an, als würde die Erde für einen Moment aufhören, sich zu drehen. Als gäbe es nur Elaine und mich auf der Welt. Ich denke an nichts, ich vergesse alle Sorgen. Denn jetzt gibt es nur Elaine und mich.

Nur sie und ich.

Und das ist völlig genug.

Ich kuschle mich in Ellies Arme, wir sitzen eine Weile einfach nur da und genießen die angenehme Stille. Mit den Gedanken bin ich immer noch bei unseren Küssen.

Schnell werfe ich einen Blick auf die Uhr, perfekt, eine Minute vor halb acht. Ich betrete das Haus. »Hallo, Mom! Ich bin wieder zuhause.«

»Wir sind in der Küche.« Annie hilft Mom gerade, den Tisch zu decken. »Und wie wars?«

»Schön, sehr schön sogar.« Ich werfe Annalie einen Wir-müssen-später-reden-Blick zu und sie nickt lächelnd.

Mom, Annie und ich sitzen beim Essen und ich erzähle ihnen vom Eislaufen. »Hört sich an, als hattest du einen netten Nachmittag. Du kannst deine Freundinnen gerne mal einladen.«

»Ja, das wär toll.« Ich hole mir noch eine Ladung Spaghetti aus dem Topf. Meine Mom macht die besten Spaghetti überhaupt. Auch meine Schwester schaufelt sich noch ein paar Nudel auf den Teller. »Na, schmeckt's euch?« Wir nicken eifrig.

Annie und ich sind fertig »Ist es okay, wenn wir schon hochgehen?«, frage ich. »Ja klar, geht ruhig.« Wir springen auf, stellen unsere Teller in die Spülmaschine und laufen hoch in mein Zimmer.

»So, du wolltest mit mir reden.«

»Ja.« Ein breites Lächeln entsteht auf meinem Gesicht. »Wir... wir haben uns geküsst.« Ich kann gar nicht mehr aufhören, zu lächeln, wenn ich an unseren Kuss zurückdenke. »Ihr habt... warte was ihr habt euch geküsst? Du musst mir alles erzählen, jedes Detail. Na ja, vielleicht nicht jedes, aber...«

»Annie!« Ich erzähle ihr alles von unserem Kuss, na ja eigentlich den Küssen.

»Ach Gott, ich freu mich so für dich.« Annalie fällt mir um den Hals. »Das ist so toll und süß und ach...«

Ich bin immer noch am Dauerlächeln. »Ach Annie, ich bin soo glücklich.« Meine Schwester nimmt mich nochmal in den Arm.

Kapitel 31

Ich habe mich mit Elaine im Park verabredet. Wir wollten beide ein bisschen frische Luft schnappen und zusammen macht das doch viel mehr Spaß. Heute Vormittag habe ich schon drei Stunden Geige geübt, wahrscheinlich hat Dad es nur deshalb erlaubt.

Es klingelt an der Tür. Wer ist das denn? Elaine und ich haben uns ja im Park verabredet und es ist Sonntag, wer sollte denn da klingeln? Ich laufe nach unten und öffne die Tür. Meine Lippen formen sich zu einem Lächeln. »Oh hi, was machst du denn hier?«

»Na ja, ich wollte nicht mehr länger warten und dann dachte ich, ich hol dich ab.«

»Willst du noch kurz rein?«

»Ja, gerne.« Ellie kommt rein und wir gehen hoch in mein Zimmer. Ich öffne meinen Kleiderschrank, um einen Pullover rauszusuchen. Hastig krame ich mich durch den Stapel und seufze. Der Gedanke, dass Elaine hinter mir ist und mich wahrscheinlich gerade beobachtet, macht mich ganz hibbelig. Unser erster Kuss war erst gestern, und na ja, was soll ich sage? Die Feuerwerke in mir haben seit dem keine einzige Pause eingelegt. Ich denke an meine Beziehung mit Aiden und kann mich an keinen einzigen Moment erinnern, an dem ich mich so gefühlt habe wie jetzt. Der Gedanke, dass das endlich vorbei ist und etwas Neues, unglaublich Schönes angefangen hat, macht mich richtig glücklich. Ich hole einen grauen Pulli heraus. »Was hältst du von dem hier? Den hatte ich noch nie an und na ja, ich weiß nicht, ob...« Ellie kommt zu mir und schlingt ihre Arme von hinten um mich. »Du bist immer wunderschön, egal welchen Pulli du anhast.« Ich drehe mich um und wir küssen uns. »Danke«, murmle ich. Ellie legt ihre Hand um mein Gesicht und ich küsse sie nochmal.

»Wir sollten langsam los, glaub ich.«

»Ähm ja.« Verlegen kratze ich mich am Hinterkopf und Elaine kichert. Ich ziehe mir den Pulli an und wir gehen los.

»Hat deine Mom eigentlich irgendwas gesagt, dass wir jetzt, na ja, zusammen sind? Weil sie uns ja gesehen, als ich bei dir war und ja...«

»Sie freut sich für mich. Ich glaub, sie mag dich wirklich.« Ellie schenkt mir ein Lächeln. »Hast du es deinen Eltern schon erzählt?«

Ich seufze. »Nein. Ich hab's nur Annalie gesagt. Und ich habe absolut keine Ahnung, wie ich es meinen Eltern sagen soll. Dad wird ausflippen. Wie hast du es deinen Eltern gesagt, als du, na ja, wusstest, dass du auf Mädchen stehst?«

»Ich hab ihnen irgendwann einfach erzählt, dass ich jetzt eine feste Freundin habe, und dann haben sie nur gesagt, dass sie sich freuen und dass ich sie gerne mal einladen kann. Meine Eltern waren da zum Glück immer schon total locker.«

»Ich wünschte, meine Eltern wären so. Ich glaube, meine Mom wird sich für mich freuen. Sie mag dich nämlich auch wirklich, denk ich.« Ich schmunzle. »Aber mein Dad, ich will gar nicht daran denken.«

Elaine legt einen Arm um meine Schulter und drückt mich an sich. »Du schaffst das. Ich glaub an dich.«

Wir spazieren durch den Park. Überall liegt Schnee. Gestern Abend hat es nämlich wieder geschneit. Aber hier in den Rocky Mountains schneit es bei dieser Jahreszeit sowieso fast jeden Tag.

In der Mitte des Parks steht ein von Schnee bedeckter Pavillon. »Schau mal, da neben dem Pavillon steht Mrs. Wood und verkauft Luftballons.« Ein paar Touristen stehen um Mrs. Woods herum und kaufen einen. »Warte kurz«, sagt Elaine. Sie läuft rüber zu ihr rüber.

»Grüß deine Eltern von mir«, höre ich Mrs. Woods noch rufen. »Ja, mach ich.« Elaine kommt zurück, mit zwei Herzluftballons in der Hand. Sie nimmt mein Handgelenk und knotet einen der Ballons um meinen Arm und lächelt dann stolz. »Du bist so kindisch«, sage ich kopfschüttelnd. »Aber auch echt süß.« Ich stupse ihr auf die Nase.

»Danke!« Elaine und ich gehen zu dem Pavillon und setzen uns hinein. Ellie legt ihren Arm um meine Schulter und ich lege meinen Kopf auf ihren. »Erzähl mir was, Millie.«

»Ich hasse diese Frage, geht das ein wenig spezifischer?« Elaine überlegt kurz. »Na gut, hast du jetzt über das mit dem Musikfestival nachgedacht?«

»Nächste Frage.«

»Okay, keine Antwort ist auch eine Antwort.« Ellie lacht und ich überdrehe die Augen. »Ähm... Lieblings Taylor Swift Era?«

»Okay, mega Themenwechsel, würd ich sagen. Aber keine Ahnung. Lieblingssong von ihr, definitiv *You're on your own, kid.*« Ich lächle. »Seit ich dich kenne, ist das definitiv auch meiner.« Wir schauen uns lächelnd an und wir können nicht anders, als uns zu küssen. Ich vergesse total, dass wir im Park sind und uns theoretisch jeder sehen könnte, aber jetzt ist alles egal. Nach unserem Kuss kuschle ich mich an Elaine und über uns schweben immer noch die Herzluftballons.

Es ist wie in einem Film, fast schon etwas kitschig. Ich hätte nie gedacht, dass ich jemals eine Person finden würde, bei der ich mich so wohl und zuhause fühle, aber dann ist Elaine in mein Leben gekommen. Ellie streicht über meine Schulter. »Weißt du, worauf ich jetzt so richtig Lust hätte? Auf Eis.« Ich hebe meinen Kopf und schaue sie verwirrt an. »Eis? Es ist Winter, Ellie. Das ergibt jetzt nicht so viel Sinn. Es ist arschkalt.«

»Manchmal muss man Dinge tun, die keinen Sinn ergeben, sondern einfach nur glücklich machen.« Elaine lächelt und springt auf, nimmt mich bei der Hand und geht los. Und ich schüttle nur den Kopf. »Komm, wir gehen ins Diner. Vielleicht hat Jacob Eis.« Ellie und ich machen uns auf den Weg ins Diner.

»Hi Jacob.« Wir stellen uns an die Theke. »Wir haben da mal eine Frage.«

»Elaine hat eine Frage. *Ich* hätte gerne einen Kakao«, korrigiere ich sie. »Äh, ja, was gibt's denn?«

»Hast du Eis?« Elaine lächelt. »Okay, das kam unerwartet, draußen sind wahrscheinlich Minusgrade. Aber vielleicht hab ich im Keller noch eine Packung Vanilleeis.«

»Super, wir setzen uns inzwischen hin.« Jacob nickt und geht in den Keller. Elaine und ich suchen uns in der Zwischenzeit einen freien Tisch. Wenige Minuten später kommt Jacob mit einer kleinen Schüssel Vanilleeis und meinem Kakao zu unserem Tisch. »Danke.« Jacob geht wieder zurück zur Theke und ich schlürfe an meinem Kakao. Ellie löffelt glücklich ihr Eis. »Ich sitze hier und bin am Erfrieren und isst Eis«, sage ich kopfschüttelnd und mit einem Schmunzeln auf den Lippen.

»Willst du?« Elaine schiebt die Schüssel in meine Richtung. »Nee, danke.« Sie zieht sich die Schüssel wieder her und löffelt weiter. Ellies Telefon klingelt. »Hi Mom. Ja, warte, ich frag sie kurz.« Sie legt ihr Handy kurz zur Seite. »Willst du heute bei uns essen?«

»Ja, gerne. Ich schreib schnell meiner Mom.« Ellie sagt ihrer Mutter Bescheid und ich schreibe schnell meiner. Das Gefühl, dass das heute noch ein echt toller Tag wird, macht sich in mir breit. Ich freue mich immer riesig, wenn ich bei Elaine essen darf. Ich mag die Familie Evans wirklich.

Elaine und ich gehen zur Theke und wollen bezahlen. »Ich zahl das, ich lade dich ein.« Schnell krame ich meine Brieftasche heraus. »Was nein. Auf keinen Fall.« Ellie nimmt mir die Brieftasche und steckt sie wieder in meinen Beutel. »Keine Widerrede!« Ellie bezahlt und wir gehen nach draußen. »Danke, aber das nächste Mal zahle ich.«

»Was für ein perfekter Grund, nochmal zusammen ins Diner zu gehen.« Ich werfe Ellie ein Lächeln zu.
Dann gehen wir zu Elaine, die Herzluftballons schweben immer noch über uns.

»Hey Mom, wir sind hier.« Lola kommt angerannt und umarmt Elaine und mich. »Hallo Amelia und Elaine.« Sie nimmt uns an den Händen. »Kommt schnell in mein Zimmer, ich muss euch was zeigen.«

»Ja, warte, wir ziehen uns nur schnell die Schuhe aus.«

Wir gehen hoch in Lolas Zimmer. »Schaut mal, das hab ich gebaut. Das ist ein neues Haus für meine Feen und hier ist das Schloss der Königin und da schlafen die Einhörner.« Lola steht stolz neben ihren Bauwerken. »Wow, hast du das ganz alleine gebaut?« Ich gehe in die Hocke und betrachte das Schloss der Playmobilkönigin. Lola kniet sich neben mich. »Und schau mal, hier ist sogar ein kleines Bett.«

Ellies kleine Schwester hebt eine Figur hoch. »Und das ist die Königin!«, ruft sie. »Die sieht ja toll aus. Hat sie auch einen Namen?« Lola überlegt kurz. »Nee, aber du kannst dir einen ausdenken, wenn du willst.« Ich drehe mich kurz zu Elaine um, sie steht immer noch im Türrahmen und lächelt. »Oh, was für eine Ehre. Was hältst du von… Mirabell?«

»Oh ja, der gefällt mir.« Lola lächelt zufrieden.

»Das Essen ist fertig!«, ruft Amber von unten. Ich stehe auf und verlasse das Zimmer. Ellie und Lola sind hinter mir. »Ich mag Amelia, sie ist echt nett«, höre ich Lola zu Elaine flüstern und muss schmunzeln.

Wir gehen runter in die Küche und setzen uns an den Tisch. »Das riecht echt lecker.« Amber schaufelt mir Pestonudel auf den bunten Teller. »Dankeschön!« »Lasst es euch schmecken!«

»Wo habt ihr denn die Luftballons her?« Ellies Dad deutet auf die schwebenden Herzen, die immer noch an unseren Handgelenken hängen. Elaine und ich müssen lachen, wir haben wohl beide vergessen, dass wir immer noch Ballons hinter uns herziehen. »Oh die, die hat Mrs. Woods im Park verkauft.«

»Und na ja, Elaine konnte nicht anders, als zwei zu kaufen.« Ich schaue rüber zu Ellie und sie schaut schmunzelnd zu mir.

»Hört sich an, als hattet ihr Spaß.«

»Jap, das hatten wir.«

Nach dem Essen gehen wir hoch in Elaines Zimmer. Ellie öffnet Spotify und gibt mir ihr Handy. »Bis jetzt hab fast immer ich ausgesucht, was wir hören, jetzt bist du dran.

Was hörst du denn so?«

»Was hälst du von Lindsey Stirling?«

»Die mit der Geige, oder? Find ich gut.« Ich nicke und klicke auf die Suchleiste. Ich gebe *Guardian* von Lindsey Stirling ein und lasse es abspielen. »Mein absolutes Lieblingslied.« Ellie setzt sich neben mich und fügt das Lied zu ihrer Playlist hinzu. Ein Lächeln huscht über mein Gesicht, als ich das sehe. Sie hat mein Lieblingslied zu ihrer Playlist hinzugefügt. Sie will sich *mein* Lieblingslied wieder anhören und vielleicht an diesen Moment hier zurückdenken. Ich kuschle mich an sie und Elaine streicht über meine Haare. Als das Lied in den letzten Refrain über geht, schaue ich hoch zu Elaine und wir küssen uns. Es ist ein sanfter und inniger Kuss. Langsam wandert Ellies Hand meinen Rücken hinauf und ich würde diesen Moment am liebsten einfrieren und für immer festhalten.

Wir sind runter ins Wohnzimmer gegangen und haben dort mit Lola ein paar Spiele gespielt. »Ich hab keine Lust mehr, ich gehe hoch in mein Zimmer.« Lola steht auf und geht. Ellie rollt mit den Augen und wir räumen die Spiele weg. »Ich geh schnell aufs Klo.« Ich nicke. Mein Blick landet auf dem Klavier an der Wand. Für einen kurzen Moment überlege ich, steh dann aber doch auf und gehe hin. Ich setze mich ans Klavier und betrachte die Tasten. Gestern habe ich zum ersten Mal seit Ewigkeiten wieder Klavier gespielt, ich hab mir nämlich *You're on your own, kid* beigebracht.

Unser Lied.

Ich beginne die ersten paar Takte zu spielen, dann kommt Ellie wieder zurück. Sie bleibt kurz im Türrahmen stehen, dann kommt sie her und setzt sich neben mich ans Klavier.

Während ich spiele, rutsche ich ein wenig zur Seite, sodass wir beide genug Platz haben und Elaine legt ihren Kopf auf meine Schulter. Neben uns schweben die zwei Herzluftballons, die wir vorhin am Regal neben dem Klavier fest geknotet haben. Im Kopf singe ich den Text des Liedes, während ich spiele. Ich hab es mir, seit ich Ellie kenne, so oft angehört, dass ich es mittlerweile Wort für Wort auswendig kenne.

Ich spiele weiter und komme zur Bridge, der wahrscheinlich schönste Teil im Lied. Als ich die letzten Töne des Songs gespielt habe, klatscht Ellie. »Das war wunderschön. Ich dachte, du spielst nicht mehr oft.« »Na ja, seit ich dir am Klavier dieses Stück beigebracht habe, hab ich zuhause wieder ein bisschen rumprobiert.«

»Das war eine sehr gute Entscheidung, wieder ein bisschen rumzuprobieren.« Elaine schmunzelt. Dann kommt ihre Mom ins Wohnzimmer. »Du spielst echt gut. Meine Mom hat auch Klavier gespielt.« Ihre Lippen formen sich zu einem Lächeln, so als würde sie sich an die schöne Zeit mit ihrer Mutter zurückerinnern. »Oh, wartet kurz, ich hab was gemacht.« Amber läuft in die Küche. Als sie zurückkommt, hält sie ein Polaroidbild in der Hand. Sie zeigt es uns. »Das hab ich vorhin gemacht. Es war einfach so schön, euch so zu sehen, das musste ich festhalten.« Auf dem Bild sind Ellie und ich zu sehen, als wir am Klavier saßen. »Wie schön!« Elaines Augen leuchten. »Ich liebe es.«

»Du kannst es haben«, sagt Ellie. »Was, nein, dann hast du ja keins.« Elaine drückt mir das Bild in die Hand. »Aber wenn ich es nehme, hast *du* keins. Wir machen einfach irgendwann ein Zweites.«

»Danke!« Ich nehme mein Handy heraus und lege es in

meine Handyhülle. Ich werfe einen Blick auf das Handy und sehe, dass Mom mir geschrieben hat. Das Gefühl von ein wenig Enttäuschung schleicht sich durch meinen Körper. »Oh, ich muss langsam nach Hause. Meine Mom hat mir gerade geschrieben.« Am liebsten würde ich einfach hier bleiben.

»Och, schade. Ich begleite dich noch, okay?«
Ich nicke. »Danke.«
Wir ziehen uns die Schuhe an und Ellie öffnet die Haustür. »Danke fürs Mittagessen, Amber. Und fürs Foto.«
»Kein Problem, du kannst gerne nochmal wieder kommen, ich würde mich freuen. Und Elaine auch, glaub ich.« Ellie schmunzelt.

»Tschüss, Lola!«, rufe ich nach oben. Lola kommt angerannt und umarmt mich. »Tschüss, Amelia. Du musst unbedingt wieder kommen, dann kann ich dir mein Prinzessinnenschloss zeigen.«

»Oh ja, das würde ich total gern mal sehen.« Ich wuschle Lola durch die Haare und wir verlassen das Haus.

Lola ist noch schnell ans Fenster gelaufen und wir winken uns. »Deine Schwester ist so unglaublich süß.«

»Ja, das ist sie echt, auch wenn sie manchmal ein wenig nervig sein kann. Und sie mag dich wirklich.« Mir wird es warm ums Herz, als Elaine das sagt. Wenn man von Kindern gemocht wird, hat man gewonnen. Die sagen nämlich immer eiskalt die Wahrheit.

Während wir durch die hübschen, aber zurzeit ziemlich leeren Straßen von Snowmass Village laufen, fängt es an, richtig große Flocken zu schneien. Elaine schaut nach oben, breitet die Arme aus und dreht sich im Kreis. Ich schaue sie kurz an und mache dann mit. Wir drehen uns im Schnee, bis uns schwindlig wird. Als wir zum Stehen kommen, baumeln wir ein wenig umher. Dann fangen wir an laut zu lachen. Es hat bestimmt fünf Minuten gedauert, bis wir uns wieder eingekriegt haben.

Wir sind fast da, es sind nur noch wenige Minuten. Ich bleibe stehen. »Du Elaine?« Auch sie bleibt stehen und dreht sich zu mir um. »Danke für diesen Tag heute.«

Ellie kommt näher und nimmt mich an den Händen. »Ach Süße. *Ich* muss danke sagen, ohne dich wäre der Tag bestimmt nicht so schön gewesen.« Es fallen immer noch dicke Flocken vom Himmel und die Straßenlaternen werfen ein gelbliches Licht auf uns. Meine Lippen formen sich zu einem breiten Lächeln. »Eigentlich muss ich nicht nur für heute danke sagen, sondern auch dafür, dass du mich damals im Musikraum angesprochen hast und dass ich bei dir immer so sein kann, wie ich bin und dass ich mich bei dir irgendwie zuhause fühlen kann. Das wollte ich dir sagen.«

»Oh Gott, Millie. Ich glaube, ich heule gleich. Danke, dass ich mich damals im Lauries zu dir setzen durfte, du hättest auch einfach nein sagen können.« Elaine fällt mir um den Hals und wir drücken uns ganz fest. Wir lösen uns aus unserer Umarmung und Ellie streicht eine Haarsträhne hinter mein Ohr. »Du schaust übrigens unglaublich süß aus, mit all den kleinen Schneeflöckchen in den Haaren.«

Ich schmunzle und darauf folgt ein langer und gefühlvoller Kuss.

Kapitel 32

Elaine hat mich nach Hause gebracht und ist gerade gegangen. Ich bin in meinem Zimmer und habe meine Geige rausgeholt. Während ich ein bisschen vor mich hin spiele, denke ich an den schönen Tag heute. Dann erinnere ich mich an das Bild in meiner Handyhülle und lege die Geige zur Seite. Ich hole das Foto aus der Hülle. Ich schaue es mir nochmal an und muss lächeln. Dann hänge ich es an die Pinnwand über meinem Schreibtisch. Danach nehme ich mir meine Geige wieder und spiele ein paar Etüden.

Während ich spiele, bin ich total unkonzentriert, weil ich mit den Gedanken die ganze Zeit irgendwo anders bin. Andauernd muss ich daran denken, dass ich meinen Eltern irgendwann von Elaine und mir erzählen muss. Ich kann und will es nicht für immer verheimlichen, zumindest nicht vor meinen Eltern. In der Schule wär mir lieber, wenn wir es noch ein wenig geheim halten. Und ich bin Ellie so dankbar, dass sie das okay findet.

Aber meinen Eltern, denen muss ich es doch irgendwann sagen, oder? Ich habe aber absolut keine Ahnung, *wie* ich es ihnen sagen soll. Na ja, eigentlich weiß ich nicht, wie ich es meinem *Vater* sagen soll.

Es klopft an meiner Tür. »Hi, darf ich reinkommen?«

»Ja klar.« Annalie kommt in mein Zimmer und setzt sich auf mein Bett. »Und, wie war es heute?«

»Schön, richtig schön sogar«, sage ich, aber das Lächeln in meinem Gesicht verschwindet schnell wieder.

»Das freut mich. Aber irgendwas ist los. Ist was

passiert?« Ich lege meine Geige zurück in den Koffer. Und setze mich neben Annie. »Ich weiß nicht, wie ich Mom und Dad von Ellie und mir erzählen soll. Na ja, eigentlich ist eher Dad das Problem, aber irgendwann muss ich es ihnen ja sagen.«

»Okay, ich verstehe. Ich würd dir hier jetzt total gerne einen superschlauen Rat geben, aber ich habe keine Ahnung. Wenn du willst, kann ich dabei sein, wenn du es ihnen sagst.«

»Danke!« Ich umarme meine Schwester. Dann kuschle ich mich an sie und schluchze ein wenig. Annie streicht mir über den Rücken. »Du schaffst das, Lia.«

Ich löse mich von ihr. »Hast du heute noch was vor?«

»Nee, wieso?«

»Na ja, können wir… runter gehen, ich will es zuerst Mom sagen.«

»Okay, klar. Wenn du das willst, bin ich dabei.« Wir stehen rauf und gehen nach unten. Wir stehen vor der Küchentür und Annalie drückt meine Hand. Nervosität macht sich in mir breit. Ich bin mir plötzlich doch nicht mehr so sicher, ob ich es wirklich tun will. Alle Sätze, die ich mir zurechtgelegt habe, sind weg. Vielleicht geht das doch alles zu schnell. Vor ein paar Wochen wusste ich selbst noch nicht einmal, dass ich auch auf Mädchen stehe. Es ist generell alles so schnell gegangen und es ist so viel passiert in den letzten Wochen. Aber Mom wird mich verstehen, denke ich. Und Annalie ist auch hier. Ich mach das jetzt. Wir gehen in die Küche. Mom räumt gerade Gläser in einen Schrank. »Du Mom? Können wir… kann ich dir was sagen?« Mom dreht sich um. »Äh, ja klar. Was gibt's denn?« Wir setzen uns an den Küchentisch. Annie rutscht mit dem Stuhl näher zu mir rüber und nimmt wieder meine Hand. Ich räuspere mich. »Also, du kennst doch Elaine. Ähm und na ja, wir verstehen uns echt gut und…« Ich atme tief ein und aus und bin den Tränen nahe. Annie drückt nochmal meine Hand. »Und wir… wir sind jetzt zusammen«, stammle ich. Mom lächelt, auch sie ist den Tränen nahe. Sie steht auf und umarmt mich. »Ach Schätzchen. Ich freu mich so für dich. Danke, dass du es mir gesagt hast.« Wir lösen uns aus unserer Umarmung. »Mit Aiden lief es ja schon länger nicht mehr so gut, hm?« Ich schüttle den Kopf und Tränen laufen über meine Wangen. »Ich bin so froh, dass du jemanden gefunden hast. Du schaust immer so glücklich aus, nachdem du dich mit Elaine getroffen hast.« Annie, Mom und ich umarmen uns. »Ich bin so stolz auf dich, Schwesterherz.«

»Und was ist mit Dad? Ihm muss ich es doch auch irgendwann sagen.« Ich seufze.

»Ach Schatz.« Mom streicht mir über die Wange. »Du musst es ihm noch nicht sagen, wenn du das nicht willst.«

»Doch, ich will es.«

»Okay, er müsste sowieso bald kommen. Und ich bin immer für dich da, mein Schatz, okay.« Sie schenkt mir ein Lächeln. »Danke, Mom.«

Wir sitzen noch ein wenig da und Mom hat uns Tee gemacht. Ich schlürfe an meinem Tee, als ich einen Schlüssel im Schloss der Haustür höre. Dad kommt zu uns in die Küche. »Mann, war das ein Stress heute, nichts hat funktioniert und dann ist auch noch…«

»Dad?«, unterbreche ich ihn. »Ja.« Er setzt sich auf den freien Stuhl neben Mom. »Ich muss dir was sagen.«

Annalie drückt meine Hand und Dad schaut etwas verwirrt aus. »Ähm okay?«

»Kannst du dich noch an Elaine erinnern? Das Mädchen,

von dem ich erzählt habe.« Dad nickt langsam, als wolle fragen, worauf ich hinaus will.

»Na ja, ich mag sie wirklich gern und wir haben uns in letzter Zeit richtig oft gesehen und gemerkt, dass wir…« Meine Stimme zittert und ich breche ab. »Worauf willst du hinaus?«

»Wir… wir. Elaine und ich, wir sind zusammen«, murmle ich und senke den Kopf. Eine Träne läuft über meine Wange, weil ich weiß, was jetzt passieren wird. Und es macht mir Angst. Und es macht mich so unglaublich wütend.

»Ihr seid was?« Dads Stimme wird lauter. Er springt auf.

»Du warst doch mit diesem… Aiden zusammen.« Er läuft unruhig in der Küche hin und her. Wahrscheinlich denkt er gerade darüber nach, wie sich das auf meine perfekt geplante Karriere auswirken wird. »Das geht nicht! Du wirst es nie ganz nach oben schaffen, wenn du… lesbisch bist, was sollen denn die Leute denken?! Ich wusste schon immer, dass etwas mit dir nicht stimmt!« Tränen brennen in meinen Augen. »Matthew! Das kannst du nicht sagen!«, ruft meine Mom. Voller Wut springe ich auf und hole meine Jacke. Ich höre meine Eltern laut streiten. Annie läuft mir nach. »Amelia, warte!« Schnell ziehe ich mir die Schuhe an und laufe nach draußen. Ich höre meine Schwester noch rufen: »Schau, was du gemacht hast, Dad!« Ich höre die Tränen in ihrer Stimme.

Ich laufe und komme an der Stelle, wo Ellie und ich uns vorhin geküsst haben, zum Stehen. Die Tränen laufen über meine Wangen. Es ist schon dunkel und niemand ist mehr auf den Straßen. Ich sacke zusammen und falle auf die Knie. Tränen laufen aus meinen Augen, ich könnte schreien vor Wut.

Warum? Warum ist das Leben so ungerecht? Warum ist er so? Warum kann er mich nicht lieben, wie ich bin? Er ist doch mein Vater. Wie zwei Flüsse rinnen die Tränen über mein Gesicht und fallen in den Schnee.

Langsam stehe ich wieder auf und gehe zu Elaine. Bevor ich klingle, wische ich mir die Tränen aus dem Gesicht, aber schaue wahrscheinlich immer noch verheult aus. Ich drücke auf die Klingel und Amber öffnet mir die Tür. »Ist Elaine hier?«

»Ja, sie ist in ihrem Zimmer«, sagt sie mit einem besorgten Gesichtsausdruck. »Danke.« Ich gehe ins Haus, ziehe meine Schuhe aus und laufe hoch zu Ellies Zimmer. Als ich die Tür öffne, breche ich wieder in Tränen aus. Elaine legt ihr Buch zur Seite und läuft zu mir. Sie fällt mir um den Hals. »Oh Gott, was ist denn passiert? Komm erstmal rein.« Wir setzen uns auf ihr Bett. Elaine drückt mich ganz fest und ich heule. Ich sage zuerst nichts und Ellie hakt nicht weiter nach, sie ist einfach nur da.

Irgendwann löse ich mich aus ihren Armen und beginne zu erzählen. Was meine Mutter gesagt hat und auch was mein Vater gesagt hat. Wieder breche ich in Tränen aus und Elaine drückt mich an sich. »Ich finde es so unglaublich mutig von dir, dass du es ihnen gesagt hast. Und du bist perfekt so, wie du bist, okay.« Ich nicke unter Tränen.

»Danke.«

Es klopft an der Tür. »Darf ich reinkommen?«, fragt Amber. Elaine schaut mich fragend an und ich nicke. »Ja.« Amber kommt ins Zimmer, ich sitze immer noch da und heule. »Ach Süße.« Sie setzt sich neben uns und streicht über meinen Rücken. »Was ist denn passiert?« Ich schluchze. »Kommt Mädels, wir gehen jetzt erstmal runter und machen uns einen Kakao, das hilft immer.« Amber schenkt mir ein Lächeln und ich nicke.

Wir gehen in die Küche und Amber macht Kakao. Sie füllt die warme Milch in bunte Tassen, gibt Kakaopulver dazu und reicht sie uns. Wir sitzen da und schlürfen an unseren Kakaos. Niemand sagt was, niemand hakt nach. Und dafür bin ich unendlich dankbar. Irgendwann kommt Ellies Vater in die Küche. »Was macht ihr denn für Gesichter?« Amber wirft ihm einen Blick zu. »Oh, ich verstehe. Ich bin schon weg, ich war gar nie da.« Riley geht ins Wohnzimmer.

»Wenn du möchtest, kannst du gerne darüber reden. Ich habe immer ein offenes Ohr. Und du kannst auch immer zu uns kommen, okay!« Amber lächelt. Ich nicke und zögere kurz. Aber dann erzähle ich auch ihr, was passiert ist, ich muss es einfach rauslassen. Amber hört die ganze Zeit aufmerksam zu und fragt nicht weiter nach. Ich breche wieder in Tränen aus und Ellie nimmt meine Hand. »Das ist ja schrecklich«, sagt sie mit einem ziemlich besorgten Gesichtsausdruck. Wieder schluchze ich.

»Wir sind immer für dich da, Süße. Ich will, dass du das weißt, okay.«

»Danke«, murmle ich. Amber steht auf. »Ich lasse euch noch ein wenig allein.« Sie verlässt die Küche und schließt die Tür. Ich kuschle mich an Elaine und schon wieder laufen Tränen über mein Gesicht. Ellie drückt mich ganz fest an sich und streicht über meinen Rücken. Tränen laufen auf Elaines Pullover und der Stoff färbt sich dunkelblau.

Sie drückt mir einen Kuss auf den Scheitel.

»Du bist so stark, Millie. So unglaublich stark.«

Wir sitzen noch ein bisschen da, bis ich einen Blick auf die Uhr an der Wand werfe. »Ich glaube, ich sollte langsam nach Hause gehen.« Auch wenn ich dort absolut nicht hin will. Elaine nickt und wir stehen auf. »Wenn irgendetwas ist, rufst du mich sofort an, ja? Egal welche Uhrzeit.« Schnell werfe ich noch einen Blick ins Wohnzimmer und forme ein »Danke« mit den Lippen. Amber nickt lächelnd. Ellie begleitet mich noch zur Tür. »Danke«, murmle ich. Elaine umarmt mich und ich gehe.

Als ich das Haus betrete, ist alles still. Ich gehe hoch, zieh mir mein Pyjama an und lege mich gleich ins Bett. Ich denke nochmal über alles nach.

Ich wusste schon immer, dass etwas mit dir nicht stimmt. Tränen laufen wieder, wie zwei Bäche über meine Wangen. Ich ziehe die Decke hoch und vergrabe mein Gesicht in einem meiner Kissen.

Dann höre ich, wie die Tür aufgeht. Annalie legt sich in mein Bett und kuschelt sich an mich.

Kapitel 33

Annie und ich werden von meinem Wecker geweckt. Sie war die ganze Nacht bei mir.

Nachdem ich mich fertig gemacht habe, gehe ich runter. Dad sitzt am Tisch und frühstückt. Sofort drehe ich wieder um und gehe zurück in mein Zimmer. Ich will ihn nicht sehen. Bilder von gestern Abend laufen durch meinen Kopf. Ich höre sie wieder, die Worte von meinem Vater und alles kommt wieder hoch. Tränen brennen in meinen Augen.

Schnell packe ich meine Geige ein. Morgen ist der Wettbewerb. Eigentlich will ich nicht hin, der geht mir gerade nämlich sowas von am Arsch vorbei. Vor allem, weil mein Vater ja denkt, dass ich es sowieso nicht schaffe, wenn ich mit Elaine zusammen bin.

Ich hasse ihn. Ich hasse ihn. Ich hasse ihn.

Tränen. Schon wieder.

Ich muss zwar erst in zehn Minuten los, aber ich halte es hier nicht mehr aus. Ich nehme meine Schultasche und gehe. Draußen ist es bitterkalt und es schneit.

Als ich in der Schule ankomme, steht Ellie im Hof. Sie kommt sofort angerannt, als sie mich sieht. Elaine legt ihre Hände auf meine Schultern. »Hey, wie geht's dir?«

»Okay.« Wir gehen zusammen rüber zu Lily und Sienna. »Hi, alles klar?«

»Mh«, murmle ich. Wir gehen rein. Im Flur stehen ein paar Jungs, sie schauen mich alle total komisch an. Ich habe das Gefühl, ich spüre von überall her Blicke auf mir.

Lily, Sienna und Ellie gehen in ihre Klassenräume und ich mache mich auf den Weg zu meinem Spind.

Als ich ihn sehe, bin ich schon wieder fast den Tränen nahe. Auf meinem Spind steht mit einem roten Stift »Scheiß Lesbe« geschrieben. Tränen brennen in meinen Augen und meine Hände beginnen zu zittern. Mir wird schlecht und ich will weglaufen. Egal wohin. Für bestimmt zwei Minuten stehe ich einfach nur da und starre auf den Spind. Langsam gehe ich hin und öffne ihn. Auf meinen Büchern liegt ein Zettel. »Du dachtest doch nicht wirklich, ich lass dich einfach so in Ruhe, oder?«

Aiden.

Schnell laufe ich ins Bad und sperre mich auf einer Toilette ein. Ich höre die Schulglocke klingeln, aber das ist mir gerade so egal. Ich setze mich auf den Klodeckel und weine.

Warum? Was ist sein scheiß Problem? Warum kann er es nicht einfach akzeptieren, dass ihn nicht jeder anhimmeln kann? Dass ich einfach nicht mehr konnte.

Ich schluchze. Dann höre ich, wie jemand ins Badezimmer kommt. Die Person wäscht sich die Hände und ich heule immer noch. »Alles in Ordnung, da drin?«

»Ellie?«

»Oh Gott, Millie? Was ist passiert?« Ich sperre die Tür auf und Elaine öffnet sie. Sie umarmt mich. »Hey, was ist denn los?« Ich erzähle ihr von meinem Spind und von der Nachricht von Aiden. »So ein Arsch.«

»Elaine, ich kann das alles nicht mehr.«

»Amelia, schau mich an. Du schaffst das, okay.« Sie nimmt meine Hände in ihre. »Und du bist so unglaublich mutig und stark und ich bin immer für dich da, egal was passiert oder was die anderen sagen.«

Ich nicke. »Danke.«
Ellie und ich gehen in unsere Klassen. Ich bin bestimmt eine halbe Stunde zu spät. Aber was soll's, jetzt kann ich das sowieso nicht mehr ändern.

In der nächsten Stunde haben wir Sport. Mit meinen Sportsachen in der Hand, mache ich mich auf den Weg zu den Umkleiden. Als ich die Umkleidekabine betrete, werde ich von oben bis unten gemustert. Ich wünschte, ich hätte den Mut und das Selbstbewusstsein, etwas zu sagen. Stattdessen gehe ich leise zu meinem Platz und hänge dort meine Sachen auf. Ich hole mein Sportshirt aus der Tasche, Olivia sagt was. »Also ich fühle mich ja nicht mehr so wohl hier, jetzt wo du, na ja... Seite gewechselt hast.« Ihre beste Freundin kichert zuerst, dann stimmt sie ihr nickend zu. Ich atme tief ein und wieder aus und versuche nicht zu heulen. Ich drehe mich um und ziehe mein T-Shirt an. Dann höre ich Olivia und Corrie tuscheln. »Ich hab ja gehört, dass sie Aiden sogar mit einem Mädchen betrogen hat.«

»Wirklich, weiß man mit wem?«

Bitte was? Ich habe Aiden *betrogen*? Wer erzählt denn so einen Schwachsinn? Oh, ich hasse ihn. Ich hasse ihn so. Er muss immer alles so drehen, dass es für ihn irgendwie gut aussieht, wie es anderen dabei geht, scheißegal.
Hauptsache, er steht nicht schlecht da. Er ist in dieser Sache natürlich das Opfer, der Arme. Ich bin so wütend, so unfassbar wütend.

Mit vor Wut zitternden Händen binde ich meine Haare schnell in einen hohen Pferdeschwanz und gehe in die Turnhalle. Ich höre die anderen Mädchen noch kichern. Ja, ich find das auch total witzig. Schon wieder bekomme ich feuchte Augen und wische mir eine kleine Träne aus dem Augenwinkel.

Nach Sport ist endlich Pause. Ich ziehe mich in einen der Musikräume zurück. So gerne ich Ellie, Lily und Sienna auch mag, ich will jetzt ehrlich gesagt nicht im Pausenhof oder sonst wo rumstehen, wo mich wieder alle von oben bis unten mustern.

Ich hole meine Geige raus und spiele ein bisschen vor mich hin, in der Hoffnung, dass ich all das, was gerade passiert, vergessen kann. Während ich spiele, laufen wieder Tränen über mein Gesicht. Es geht nicht anders, ich kann einfach nicht mehr. Mein Blick fällt auf den Spiegel im Musikraum. Ein verheultes, total kaputtes Mädchen, das nicht mehr weiß, was es tun soll, schaut mir entgegen. Ich lege die Geige beiseite. Meine Knie fühlen sich wackelig an, ich setze mich hin und breche richtig in Tränen aus. Mein Gesicht vergrabe ich in meinen Händen.

Es klopft an der Tür. Elaine kommt rein. »Hey, ich habe mir Sorgen gemacht, weil du nicht zu uns gekommen bist.« Sie kommt her und nimmt mich in den Arm. »Hey, alles wird gut. Versprochen.« Ich schluchze. »Wie soll alles gut werden? Die ganze Schule weiß davon und redet über mich, mein Vater hasst mich und Aiden will mich komplett kaputt machen. Na ja, genau genommen, hat er es schon. Ich bin *nichts* mehr. Niemand braucht mich. Ich kann das alles nicht mehr, ich will nicht mehr, Elaine.« Ellie drückt mich wieder an sich. »Bitte sag sowas nicht, hörst du! *Ich* brauche dich, Millie, ich.« Ihre Stimme ist voller Schmerz, auch sie ist den Tränen nahe. »Was würde ich denn ohne dich tun? Ich brauche dich. Und ich will, dass du das nie vergisst.«

Wir bleiben bis zum Ende der Pause so sitzen, ich in ihren Armen.

Nach der Schule gehe ich direkt nach Hause, auch wenn das gerade der Ort ist, wo ich am wenigsten sein will. Er fühlt sich nicht mehr wie zuhause an.

Meine Sachen werfe ich in den Flur und gehe an der Küche vorbei. »Hi Schatz! Willst du nichts essen?«

»Kein Hunger.« Ich gehe hoch in mein Zimmer und lege mich ins Bett. Um all die Gedanken in meinem Kopf irgendwie zum Schweigen zu bringen, stecke ich mir Kopfhörer in die Ohren und höre *You're on your own, kid* in Dauerschleife. Ich höre es rauf und runter, ich kann jede Sekunde des Lieds auswendig. Unwillkürlich stelle ich mir die Akkorde auf dem Klavier vor. Dann muss ich daran denken, wie ich das Lied bei Elaine zuhause gespielt habe, wie glücklich ich in diesem Moment war und wie schnell sie alles geändert hat und wie schrecklich jetzt alles ist.

Nachdem ich das Lied bestimmt zehnmal gehört habe und bei der Bridge jedes Mal wieder in Tränen ausgebrochen bin, stehe ich auf und gehe ins Esszimmer. Hinter mir schließe ich die Tür und setze mich an den Flügel. Bestimmt drei Minuten sitze ich einfach nur da und starre auf die schwarz-weißen Tasten. Schwarz-weiß, denke ich, so wie das Denken von so vielen Menschen. Das Alte ist das Einzige Richtige, nie offen für irgendwas Neues, sie akzeptieren es nicht einmal. Lieber machen sie andere Menschen kaputt, mit ihrem kleinkarierten Denken.

Ich beginne zu spielen und ich spiele mir die Seele aus dem Leib. Bei der Bridge breche ich wieder in Tränen aus, ich lasse alles raus, alles.

Ich spiele den letzten Akkord. Dann starre ich einfach nur ins Leere. Irgendwann stütze ich meine Ellenbogen auf dem Klavier ab und vergrabe mein Gesicht in meinen Händen. Tränen fließen aus meinen Augen und tropfen auf die schwarz-weißen Tasten. Diese verfickten schwarz-weißen Tasten.

Irgendwann spüre ich eine Hand auf meinem Rücken. Annie hat sich neben mich gesetzt. »Hey, was hältst du davon, wenn wir rüber zu Laurie gehen? Du brauchst irgendwas, was dich ablenkt.« Kurz zögere ich, nicke dann aber doch.

»Hi Cathrin! Ist Laurie in der Küche?«
»Jap, sie backt wieder Kekse.«
Annie und ich werfen unsere Jacke auf einen Stuhl und gehen in die Küche. Laurie steht an einem der bunten Schränke und knetet Teig. »Hi Laurie! Können wir dir bei irgendwas helfen?«
»Oh hallo. Wie schön, dass ihr hier seid.« Laurie deutet auf ein paar Backbleche mit Keksen. »Da sind ein paar neue Weihnachtskekse, die verziert werden müssen. Wo Streusel und das alles ist, wisst ihr ja, oder? Ach, und im Kühlschrank ist die Glasur, ihr müsst nur noch Farbe dazu mischen.« Wir nicken und machen uns gleich an die Arbeit. Ich hole das Icing aus dem Kühlschrank und Annalie holt Lebensmittelfarbe. Wir beginnen, das Icing in bunten Farben zu färben.

Wir haben bestimmt mehr als eine Stunde Kekse verziert und betrachten jetzt stolz das Ergebnis. Diese Abelenkung hat mir verdammt gut getan. Wenigstens für eine Stunde wurden all die Gedanken in meinem Kopf leise.

»Die sind euch echt gut gelungen, Mädels.«
»Danke! Sollen wir sie noch verpacken?«
»Oh ja, das wär mir eine sehr große Hilfe.« Laurie lächelt und deutet auf zwei Backbleche. »Die hier könnt ihr in kleine Tütchen verpacken. Die hier drüben könnt ihr

einfach auf einen großen Teller legen, dann kann ich sie nachher vor zur Theke bringen.«

Annie holt sofort ein paar Tüten und wir verpacken die Kekse.

Als wir fertig sind, reicht uns Laurie zwei Tüten. »Die sind für euch, danke für eure Hilfe.«

»Danke, Laurie.«

Wir sind zurück nach Hause und ich bin sofort in mein Zimmer gelaufen. Plötzlich höre ich Schritte, die auf mein Zimmer zukommen. Mein Vater steht im Türrahmen.

»Amelia! Wo warst du den ganzen Nachmittag? Morgen ist der Wettbewerb, du kannst dir nicht einfach so erlauben, irgendwas anderes zu tun!«

»Warum interessierst du dich überhaupt noch für mich? Ich schaff es ja sowieso nicht ganz nach oben. Hast du selbst gesagt. Mal abgesehen davon, dass ich das gar nicht will. Und der Wettbewerb ist mir gerade sowas von scheißegal. Ich hab andere Probleme!« Meine Stimme zittert.

Mein Vater lacht humorlos auf. »Was hast du denn bitte für Probleme, Amelia? Du bist 16! Du solltest dankbar sein für all das, was du hast!«

»Ach, ich soll also dankbar dafür sein, dass es meinem Vater total egal ist, wie es mir geht und nur meine Karriere im Kopf hat.« Ich kämpfe mit den Tränen.

»Komm schon, Amelia. Du weißt, dass das alles nicht wahr ist.« Ich drücke meine Zimmertür zu. Ich kann das nicht mehr hören. Ich rutsche an der Tür hinunter und sitze auf dem Boden, mein Gesicht in meinen Knien vergraben. Ich. Kann. Nicht. Mehr.

Kapitel 34

Ich bin gerade von der Schule nach Hause gekommen. Es war genauso schlimm wie gestern. Die roten Buchstaben stehen immer noch auf meinem Spind, jedes Mal, wenn ich sie sehe, bin ich wieder kurz davor, in Tränen auszubrechen. Und egal, wo ich hingehe, fühle ich mich beobachtet. Jedes Mal, wenn ich an einer Gruppe Mädchen vorbeigehe, wird getuschelt. Der einzige Ort in der Schule, wo die Tuscheleien endlich aufhören, ist der Musikraum.

»Amelia, beeil dich, wir müssen gleich los!«, sagt mein Vater. In etwa einer Stunde beginnt der Wettbewerb und ich rühre bestimmt schon seit 20 Minuten in meinem Essen rum. Seit all das passiert ist, hab ich absolut keinen Appetit mehr. »Schatz, du musst was essen«, sagt meine Mutter. Nachdem ich ein paar Gabeln gegessen habe, schiebe ich den Teller von mir weg. Ich stehe auf und hole meine Geige. Ohne ein Wort zu sagen, ziehe ich mir Jacke und Schuhe an und steige ins Auto. Dad startet den Wagen und wir fahren nach Aspen. Ich fühle eine unangenehme Leere in mir. Es fühlt sich so falsch an gerade hier zu sein.

Vor der Musikschule lässt er mich aussteigen. »Ich muss ins Hotel, ruf mich an, wenn du fertig bist.« Sein Gesicht verdunkelt sich. »Meine Erwartungen sind hoch, Amelia. Enttäusch mich nicht!«

Ich schlage die Autotür zu. Er macht sich nicht mal die Mühe, mitzukommen.

Als ich die Musikschule betrete, laufen überall Lehrerpersonen, Schüler und Schülerinnen herum. Ich suche mir einen leeren Übungsraum. Dort setze ich mich erstmal auf einen Stuhl.

Ich hasse ihn und ich bin so wütend. Er ist nicht einmal mitgekommen. Er will mich nicht einmal spielen hören. Es ist ihm egal, Hauptsache ich gewinne.

Tränen laufen schon wieder über mein Gesicht.
Ich will heute nicht in diesem Konzertsaal spielen. Ich *kann* da heute nicht spielen. Wenn ich da heute spielen würde, würde ich es nur für ihn tun, nicht für mich und das will ich nicht. Nein, ich werde mich nicht auf diese Bühne zwingen. Nicht, nachdem was er alles zu mir gesagt hat, nachdem er mich so kaputt gemacht hat.

Ich wusste schon immer, dass etwas mit dir nicht stimmt.
Ich nehme meine Geige in die Hand und laufe wieder nach oben. Mrs. Zhang läuft an mir vorbei und schaut ziemlich verwirrt aus. Aber egal, ich laufe nach draußen zur Bushaltestelle. Der nächste kommt schon in 15 Minuten. Ein Wunder, sonst muss man hier immer ewig auf Busse warten.

In Snowmass Village steige ich aus und laufe weiter, so lange, bis ich an den Wald hinter der Stadt komme. Dort, komme ich zum Stehen und gehe langsam weiter. Der Wald schaut magisch aus, mit all dem Schnee auf den Bäumen. Genau das Gegenteil von dem, was in mir gerade vor sich geht.

Ich komme zur Lichtung. Dort wo Ellie und ich uns zum ersten Mal geküsst haben. Meinen Geigenkoffer lege ich genau auf den gleichen Baumstamm, wo ich an diesem Abend gesessen habe. Ich öffne den Koffer und hole die Geige raus.

Dann beginne ich zu spielen. Eigentlich würde ich jetzt auf der Bühne im Konzertsaal der Musikschule in Aspen stehen und fast hundert Leute würden mir zuhören. Stattdessen stehe ich alleine in einem verschneiten Wald und spiele nur für mich. Und das ist tausend Mal besser. Ich fange wieder an zu weinen, weil ich, keine Ahnung, traurig, wütend und enttäuscht bin, in meinem Kopf geht gerade so viel vor sich. Es ist alles zu viel. Einfach zu viel.

Ich bin so wütend auf meinen Vater, auf mich selbst, auf Aiden.

Aber wenn ich Geige spiele, werden die Gedanken leiser. Ich bin in meiner Bubble. Langsam, langsam verschwinden diese ganzen Gedanken, während ich einen Takt nach dem anderen spiele.

Ich spiele nur für mich, meine Melodien erfüllen die Lichtung und ich schließe meine Augen.

Es fühlt sich so richtig an, hier zu sein anstatt in Aspen. Ich bin nicht für solche Wettbewerbe und die klassische Musik gemacht und werde es nie sein. Und mein Vater wird das akzeptieren müssen. Wenn ich irgendwann auf einer großen Bühne stehe, dann mit meinen eigenen Liedern. Ich *muss* eigene Lieder schreiben. Auch wenn meine Lieder keinen Text haben, sind so viele Gefühle und Gedanken drin, mit denen ich niemals wüsste, wohin, wenn ich sie nicht in irgendwelche Melodien umwandeln würde. Musik ist mehr als nur Musik für mich. Sie ist ein Ausweg aus der Realität, sie ist meine Rettung davor, nicht in meinen Gedanken und meinem Leben zu ertrinken.

Ich habe mich entschieden, langsam nach Hause zu gehen, auch wenn ich da überhaupt nicht hin will. Ich weiß, dass Dad herausfinden wird, dass ich nicht beim Wettbewerb war. Vielleicht weiß er es auch schon. Es ist sehr realistisch, dass er es schon weiß. Aber ich kann auch nicht ewig hier im Wald sitzen.

Leise betrete ich das Haus und gehe an der Küche vorbei, in der Hoffnung, dass Dad mich nicht sieht.

»Amelia! Wo willst du denn hin?«

Fuck.

Ich gehe langsam in die Küche. »Mrs. Zhang hat mich angerufen.« Oh Gott, die hab ich ganz vergessen.

Mein Vater springt auf. »Amelia! Wo warst du?!«

Ich senke meinen Kopf. »Ich... ich, ich kann das alles nicht mehr.« Tränen brennen in meinen Augen.

»Du bist eine reine Enttäuschung, eine Enttäuschung! Was hast du dir dabei gedacht, einfach nicht hinzugehen?«

Ich stehe da und Tränen laufen über mein Gesicht.

»Antworte!«

Plötzlich spüre ich seine Hand auf meiner Wange. Ich zucke zusammen. Er zieht seine Hand schnell wieder zurück, als hätte er sich selbst erschrocken. Tränen fließen aus meinen Augen, nicht weil es physisch weh tut, sondern psychisch. Ich bin enttäuscht und so unglaublich wütend auf meinen Vater.

»Amelia... das... ich... das war ein Ausrutscher, ich wollte nicht...«

Ich laufe in mein Zimmer. Ja, es war ein Ausrutscher, es ist vorher noch nie passiert, aber es hätte auch jetzt nicht passieren dürfen. Ich liege in meinem Bett und heule in mein Kissen. Von meinem Zimmer aus höre ich Mom und Dad streiten. Ich halte es hier nicht mehr aus, ich will das alles nicht mehr.

Ich gehe rüber zu Annie ins Zimmer. Sie sitzt in ihrem Bett und liest und ich setze mich zu ihr. Ich bin mir sicher, dass sie unseren Streit mitbekommen hat. Aber sie fragt nicht nach. Sie legt einfach nur ihren Arm um meine Schulter und ich kuschle mich an sie.

Kapitel 35
- Elaine -

Die Pausenglocke hat gerade geklingelt und ich mache mich auf den Weg zu unserer Sitzecke. Ich mache mir Sorgen um Amelia. Es ist gerade alles so viel und ich glaube, ihr geht es wirklich nicht gut. Seit das mit ihrem Spind passiert ist, traut sie sich in der Pause auch nicht mehr rauszugehen. Ich habe Angst, dass ihr das alles zu viel wird. Und es macht mir Angst, dass sie denkt, dass sie niemand braucht. Ich würde alles dafür tun, damit sie weiß, wie wichtig sie für mich und für so viele andere Menschen ist und wie sehr ich sie brauche.

Als ich in der Sitzecke ankomme, sind Lily und Sienna schon da und ich setze mich zu ihnen. »Hi!«
»Hey! Ist alles okay? Du siehst traurig aus.« Lily legt ihre Hand auf meine Schulter. »Ja, es ist nur, ich mach mir ein bisschen Sorgen um Amelia. Es ist gerade nicht wirklich leicht für sie. Sie traut sich in der Pause gar nicht mehr im Flur oder im Hof rumzustehen.«
»Aber schau mal, da kommt sie doch.« Ich hebe meinen Kopf und ein Lächeln breitet sich auf meinem Gesicht aus. »Hi Amelia! Schön, dass du wieder hier bist.« Sie setzt sich zu uns. »Ich halt es nicht mehr aus, Elaine. Die Blicke, dieses Gerede, ich kann nicht mehr.« Langsam streiche ich ihr über den Rücken, auch Lily schaut etwas besorgt aus. »Es heißt jetzt sogar, dass ich Aiden betrogen habe.«
»Was? Du darfst da nicht hinhören, Millie. Ich weiß, dass es nicht einfach ist, aber du musst diese Kommentare

ignorieren. Am besten wäre es, wenn du mit jemanden darüber reden würdest, mit einer Lehrperson oder dem Direktor oder so.«

»Nein, das will ich nicht. Was soll ich denn da sagen? Ich weiß doch nicht mal sicher, dass er es war.« Ich kann den Schmerz in ihrer Stimme hören, sie ist fix und fertig.

Sienna meldet sich zu Wort: »Der Direktor kann sowieso nichts tun, wenn er nicht genau weiß, wer es war. Ich meine, was soll er machen?«

»Das ist jetzt nicht gerade hilfreich, Sienna«, sagt Lily.

»Sorry.« Sienna rollt mit den Augen. Sie ist in letzter Zeit irgendwie total komisch.

Und Amelia schaut aus, als würde sie jeden Moment anfangen zu weinen. »Sollen wir kurz ins Bad gehen?« Millie nickt und wir machen uns auf den Weg.

Amelia und ich betreten das Badezimmer und ich schließe hinter uns die Tür. »Trink erstmal was.« Ich reiche ihr meine Wasserflasche.

»Gestern war doch der Wettbewerb. Wie war's denn?« Plötzlich bricht sie in Tränen aus. »Ich bin nicht hingegangen und mein Vater ist total ausgerastet und…« Ich falle ihr um den Hals und streiche über ihren Rücken.

»Hey, alles wird gut. Hörst du?«

»Es tut mir so leid, Elaine. Ich heul dich die ganze Zeit mit all dem voll. Es geht immer nur um mich, nie um dich. Das tut mir so leid, Ellie«, sagt sie total verheult.

»Oh Gott, Millie. Denk doch nicht, dir muss das leidtun. Ich bin immer für dich da, egal was ist.«

»Danke«, schluchzt sie. »Kann ich nach der Schule zu dir? Ich will nicht nach Hause.«

»Ja klar.« Wir bleiben noch bis zum Ende der Pause da.

»Geht's wieder?« Millie nickt, die Augen immer noch rot

vom Heulen.

Ich gehe in den Klassenraum und setze mich an meinem Platz. Ich hole mein Buch aus der Tasche, kann mich aber gar nicht konzentrieren. Klar freue ich mich, dass Amelia nach der Schule zu mir kommt, aber der Grund gefällt mir nicht. Wie schlimm muss es denn bei ihr zuhause sein, wenn sie nicht mehr hin will. Was ihr Vater wohl alles gesagt hat, bei dem Streit? Ach, ich will es gar nicht wissen.

»Weiß deine Mom Bescheid, dass du zu mir kommst?«
»Ja, hab ihr vorhin geschrieben.« Wir machen uns auf den Weg nach Hause.
»Hi Mom! Wir sind da.« Lola kommt angerannt.
»Hallooo!«, ruft sie. Amelia streicht ihr über den Kopf.
»Na, wie geht's Königin Mirabell?«
Lola kichert. »Gut und wie geht's dir?«
»Jetzt geht's mir besser.« Millie lächelt und wir gehen in die Küche.

Nach dem Essen helfen wir meiner Mom noch das Geschirr wegzuräumen. Wir wollen gerade hochgehen, als Lola uns ruft: »Könnt ihr euch jetzt mein Prinzessinnenschloss ansehen?«

Ich werfe Millie einen entschuldigenden Blick zu. »Schon gut«, murmelt sie. Wir gehen in Lolas Zimmer und sie zeigt uns stolz ihr Schloss.

»Lässt du Amelia und mich jetzt ein bisschen alleine?«
»Okay«, sagt Lola etwas traurig. »Vielleicht kommen wir später wieder, okay?«, fragt Amelia mit einem Lächeln auf den Lippen und Lola nickt zufrieden.

Wir gehen in mein Zimmer.
»Was willst du machen? Ich bin offen für alles, Hauptsache

es geht dir besser. Das ist alles, was ich will.«

Amelia denkt kurz nach. »Hm… weißt du noch, als ich das erste Mal bei dir war und wir einen Kuchen gebacken haben? Der war echt lecker.« Amelia lächelt.

»Klar, weiß ich das noch. Gehen wir in die Küche.« Erinnerungen kommen hoch und ein angenehmes Kribbeln zieht durch meinen Körper.

In der Küche hole ich all die Sachen, die wir brauchen, und wir legen los. Millie wiegt das Mehl ab. »Jetzt weiß ich, wie sie funktioniert.« Wir lachen und ich muss daran denken, wie ich ihr das letzte Mal geholfen habe und sich unsere Hände kurz berührt haben. Und an die vielen kleinen Schmetterlinge in meinem Bauch.

Meine Mom kommt in die Küche. »Oh, ihr macht Kuchen. Ich wollte euch nur sagen, dass ich schnell einkaufen gehe. Viel Spaß noch.«

»Ist gut, tschüss, Mom.«

Millie hat sich auf den Küchenschrank gesetzt und ich trenne konzentriert Eiweiß von Eigelb.

»Es sieht echt süß aus, wenn du so unglaublich konzentriert bist.« Amelia lächelt amüsiert.

»Haha, total witzig. Du kannst ruhig auch noch was machen«, sage ich mit einem genervten Blick.

»Ach, weißt du, ich schaue dir eigentlich lieber zu.«

Ich lege die Eierschalen beiseite und hebe Amelia vom Küchenschrank. »Du bist echt so faul.«

»Hey!« Amelia legt ihre Arme um meine Hüfte und drückt mich an sich. Unsere Nasen berühren sich kurz, dann küssen wir uns. Amelia legt ihre Hand an meinen Hinterkopf und ihr süßer Duft steigt mir in die Nase. Ach, wie ich das liebe.

Langsam löse ich mich wieder von Millie. »Vielleicht

sollten wir langsam mit dem Kuchen weitermachen.«

»Ähm, ja, vielleicht«, sagt Amelia und lächelt verlegen. Gemeinsam backen wir weiter. Als der Kuchen fertig ist, stellen wir ihn in den Ofen und ich stelle mir einen Wecker auf dem Handy. »So, fertig. Wollen wir hochgehen?«

Amelia nickt und wir gehen in mein Zimmer. Ich hebe Millie hoch und lasse sie in mein Bett fallen. Dann lege ich mich zu ihr und wir kuscheln uns aneinander. Und schon wieder beginnen die Schmetterlinge in mir wild herumzuflattern.

»Danke, dass ich kommen durfte«, sagt Amelia.

»Du darfst *immer* kommen, Millie.« Ich drehe meinen Kopf zu Amelia und wir schauen uns in die Augen. Amelia streicht eine Haarsträhne hinter mein Ohr und lächelt. Dann kuschelt sie sich wieder an mich und wir bleiben so liegen, bis der Wecker für den Kuchen klingelt.

Als der Ton des Weckers ertönt, zucken Millie und ich zusammen. Kurz liegen wir etwas verwirrt da, dann müssen wir lachen.

»Weißt du, was ich das letzte Mal gedacht habe, als der Kuchen fertig war?« Verwirrt schüttle ich den Kopf, jetzt bin ich gespannt. »Ich habe gedacht, dass ich den Kuchen am liebsten einfach anbrennen lassen würde, um noch ein wenig länger mit dir hier zu sitzen.«

»Das ist irgendwie total süß und etwas beängstigend.« Wir lachen schon wieder. »Ich würde zwar auch ganz gerne noch mit dir hier liegen bleiben, aber ich würde den Kuchen ungern anbrennen lassen.«

Also stehen wir auf und gehen in die Küche. Ich öffne den Backofen und hole den Kuchen raus. »Wow, der riecht ja gut. Zum Glück haben wir ihn nicht anbrennen lassen.« Lächelnd schüttle ich den Kopf.

»Der muss jetzt abkühlen. Wollen wir nach draußen gehen? Ich hab gehört, dass es heute noch schneien soll.« Amelia nickt. »Find ich gut.«

Ich öffne die Tür. »Schau mal, es hat sogar schon angefangen zu schneien.« Ein Lächeln huscht über mein Gesicht.

Amelia und ich laufen nach draußen.

Wir gehen durch die verschneiten Straßen von Snowmass Village. Irgendwann kommen wir auf dem Rathausplatz an. Das Zentrum von Snowmass Village wird gerade weihnachtlich geschmückt. Auf dem Rathaus hängen riesige rote Schleifen.

»Schau mal.« Millie deutet auf das große, leuchtende Rentier vor dem Rathaus. »Sie stellen schon wieder das Rentier auf. Das steht schon seit ich drei bin, oder so.«

»Als ich klein war, fand ich es immer total toll, aber jetzt, wenn ich so darüber nachdenke, ist es eigentlich schon echt kitschig.« Amelia lacht. »Aber irgendwie süß ist es schon.« Ein paar Kinder laufen um das Rentier. »Glaubst du, die finden es in ein paar Jahren auch kitschig?« Amelia überdreht die Augen. »Ach Ellie.«

Ich hake mich bei Millie ein und wir gehen weiter. Mittlerweile fallen richtig große Flocken vom Himmel.

»Wollen wir rüber zu Mrs. Myers gehen und uns was holen?« Ich nicke und wir gehen rüber zu ihrem Stand.

Mrs. Myers gehört die Konditorei in der Main Street. In der Weihnachtszeit baut sie immer ihren Stand auf dem Rathausplatz auf. »Hi Mrs. Myers!«

Wir kaufen uns was Leckeres und stellen uns an einen der Stehtische vor dem Stand. »Der Tag hat so schrecklich angefangen und ist dann doch noch so schön geworden.«

»Das freut mich, dass es dir wieder etwas besser geht«,

sage ich und meine es auch so. In Millies Leben passiert gerade so viel. Auch wenn es ihr jetzt gerade ganz gut geht, mache ich mir unglaubliche Sorgen. Ich habe so Angst, dass ihr alles zu viel wird, wenn das nicht schon passiert ist. Wir bringen Mrs. Myers die Teller zurück.

»Hat's geschmeckt?« Millie und ich nicken eifrig. »Das freut mich. Danke, dass ihr gekommen seid. Vorhin war Mrs. Woods hier und hat mich bestimmt eine Stunde vollgequatscht.« Wir lachen. »Jep, von ihrem Gequatsche wurde ich auch schon öfters Opfer.« Amelia nickt. »Oh ja, ich auch. Aber manchmal ist es schon ganz interessant, die ganzen Neuigkeiten zu hören.«

»Da hast du allerdings recht. Grüßt eure Eltern von mir, Mädels.«

»Machen wir. Tschüss.«

Amelia und ich gehen langsam wieder zurück nach Hause.

Als wir wieder zuhause angekommen sind, gehen wir sofort in die Küche. Lola sitzt am Tisch vor einem Stück Kuchen. Mom wirft uns einen entschuldigenden Blick zu.

»Tut mir leid, sie wollte unbedingt probieren.«

»Der ist echt lecker«, nuschelt Lola und wir müssen lachen. Amelia wirft einen Blick auf die Uhr. »Ich glaub, ich sollte langsam los.«

»Schade.« Meine Mom schneidet ein Stück Kuchen ab. »Warte, ich packe dir noch ein Stück ein.«

»Danke, Amber.«

»Ich bring dich noch zur Tür.«

Amelia zieht sich die Schuhe und die Jacke an und nimmt ihre Schultasche. »Nochmal danke, dass ich kommen durfte.«

»Kein Problem. Und wenn irgendetwas ist, ruf sofort an,

okay?« Amelia nickt und wir küssen uns noch zum Abschied und dann macht sie sich auch schon auf den Weg.

Ich gehe zurück in die Küche und erzähle Mom von unserem Nachmittag.

Kapitel 36
- Amelia -

Ich bin gerade von der Schule nach Hause gekommen. Die Blicke sind immer noch gleich schlimm, die Tuscheleien haben auch nicht aufgehört. Und mein Magen zieht sich jedes Mal zusammen, wenn ich meinen Spind sehe.

Ich bin einfach nur froh, dass ich jetzt wieder zuhause bin, es sich hier überhaupt nicht nach zuhause anfühlt.

Das einzige Positive an der Schule ist zur Zeit, dass ich Elaine sehen kann. Am liebsten würde ich trotzdem einfach nicht mehr hingehen. Aber ich habe einen weiteren Tag geschafft und bin jetzt endlich wieder zuhause.

Nach dem Mittagessen bin ich sofort in mein Zimmer gegangen, um meine Brieftasche zu holen. Ich hab nämlich das Buch, das ich mit Ellie gekauft habe, fertig gelesen und will mir den zweiten Teil kaufen.

»Mom? Ich geh in den Buchladen, okay?«

»Okay, tschüss!«

Ein kühler Wind weht mir um die Nase, als ich nach draußen gehe.

Nach wenigen Minuten bin ich dort und gehe in den Buchladen. »Hallo!«

»Hi, du bist Amelia, nicht wahr?« Ich nicke.

»Kann ich dir irgendwie helfen?«

»Ja, ich suche den zweiten Teil von diesem Buch.« Ich hole mein Handy heraus und zeige ihm das Buch.

»Sehr gute Wahl, der zweite Teil ist noch schöner als der erste.« Henry schmunzelt. »Der erste Teil war wirklich schön, Elaine hat ihn mir empfohlen.«

»Elaine hat echt Geschmack. Komm mit, ich zeige dir, wo das Buch steht.« Ich folge Henry. Er geht zielstrebig auf ein Regal zu und ohne lange zu suchen, zieht er das Buch heraus. Echt beeindruckend, den ganzen Laden in- und auswendig zu kennen und immer zu wissen, wo welches Buch steht.

Henry reicht mir das Buch. »Hier ist es. Brauchst du sonst noch was?«

»Danke, ich schau mich noch ein wenig um.«

»Ist gut, wenn du mich brauchst, weißt du ja, wo ich bin.« Ich nicke und schlendere an den hohen Bücherregalen entlang. Immer wieder ziehe ich ein Buch heraus und lese mir den Klappentext durch.

Irgendwann bin ich bei den Schallplatten angelangt. Auch hier stöbere ich ein bisschen und genieße die Ruhe hier im Laden. Für einen Moment werden endlich auch die Gedanken in meinem Kopf leiser.

Anschließend gehe ich zur Kasse und bezahle mein Buch. Henry packt es mir in eine Tüte und ich verabschiede mich. Ich spaziere durch die Stadt und biege in eine Seitenstraße ab, eine Abkürzung zu Lauries Café. Plötzlich spüre ich eine Hand auf meiner Schulter, ich drehe mich um. Aiden. *Fuck.* Mein Magen verkrampft sich und mir wird schlecht. Die Bilder von dem Tag, als er zu mir in den Musikraum gekommen ist, blitzen in meinem Kopf auf. Ich fühle mich eingeengt und will weg, einfach weg.

»Na, wie geht's?«, fragt er mit seinem falschen Lächeln auf den Lippen. Die Lippen, die ich einmal geküsst habe. Mir wird schlecht bei dem Gedanken. »Was willst du, Aiden?«

»Nichts, nur wissen, wie es dir geht.«

Nicht heulen, Amelia, nicht jetzt.

»Das fragst du noch? Du weißt ganz genau, wie es mir geht.«

»Wieso, was ist denn passiert?« Oh, wie ich ihn hasse.

»Warum hast du rumerzählt, ich hätte dich mit Elaine betrogen?«, frage ich mit zitternder Stimme.

»Das hab ich nicht gesagt!«

»Ach nein? Wer soll es dann gesagt haben? Und der Zettel in meinem Spind, das warst also nicht du? Komm schon, merkst du selber, oder?«

»Sei froh, dass ich mir nicht irgendwelche Lügen ausgedacht habe. Du bist doch mit dieser Elaine zusammen.«

»Erstens *hast* du Lügen erzählt, ich hab dich nämlich nicht betrogen. Zweitens, auch wenn es stimmt, ich wollte noch nicht, dass es alle wissen, weil ich genau wusste, was passieren wird. Ich traue mich fast nicht mehr, in die Schule zu gehen, Aiden.« Tränen brennen in meinen Augen.

»Tja, selber schuld. Ich habe dich gewarnt!«

»Was ist dein scheiß Problem? Wirklich, Aiden, was ist dein Problem? Was hab ich dir getan? Sag es mir doch!« Meine Stimme zittert und jetzt laufen die Tränen nur so über mein Gesicht. Und was macht er? Er steht einfach nur da, mit seinem verfickten, falschen Lächeln. »Warum solltest du glücklich sein, wenn ich es auch nicht bin, Amelia? Was soll ich dir sagen, das Leben ist ungerecht.«

Ich kann nicht mehr, ich will ihn nicht mehr sehen, ich will seine scheiß Stimme nicht mehr hören, also drehe ich um und gehe. Meine Knie zittern und ich höre noch, dass Aiden irgendetwas ruft, aber ich höre nicht was, das ist mir gerade auch ziemlich egal.

So schnell ich kann, gehe ich nach Hause. Dort verkrieche

ich mich in mein Bett und bleibe dort mit tausenden Gedanken im Kopf bis zum nächsten Morgen dort liegen.

Vor ein paar Minuten bin ich in der Schule angekommen. Ich sitze im Klassenraum an meinem Platz und hole mein Buch heraus. Claire, die bei diesem Kurs bis jetzt immer neben mir gesessen ist, hat sich jetzt umgesetzt. Die Pausen verbringe ich am liebsten im Musikraum oder im Bad, Hauptsache irgendwo, wo wenige Menschen sind. Und mit meinem Dad rede ich immer noch nicht wirklich. Es hat sich also überhaupt nichts geändert.

Die ersten drei Stunden vergehen zum Glück recht schnell. Sobald es klingelt, springe ich gleich auf und gehe in einen der Musikräume. Der Raum, wo ich sonst immer bin, ist heute nicht frei. Wahrscheinlich proben sie für die Weihnachtsaufführung. Sie haben mich eigentlich auch gefragt, ob ich mitspielen will, aber ich habe nein gesagt. Nach all dem, was passiert ist und mich sowieso schon alle anglotzen, muss ich mich nicht auch noch vor der ganzen Schule auf eine Bühne stellen. So gerne ich auch mitspielen möchte, aber nein, das mach ich bestimmt nicht.

Ich weiß, dass es falsch ist. Ich sollte sie alle ignorieren und mich auf diese verdammte Bühne stellen. Wenn ich es nicht tue, bekommen sie, vor allem *er*, ja, was sie wollen: Dass es mir beschissen geht. Aber ich kann es nicht, ich hasse es, wenn mich alle anglotzen, vor allem, weil ich weiß, dass sie mich bestimmt nicht anglotzen, weil ich Geige spiele.

Die Tür öffnet sich und Ellie kommt herein. Die Dunkelheit in mir weicht ein Stück und lässt ein kleines bisschen Licht rein, als ich Elaine sehe.

»Hi, wie geht's dir?«

»Ganz gut, denk ich.«

»Und wie geht's dir wirklich, Millie? Du musst dich vor mir nicht verstecken. Ich sehe doch, dass es dir nicht gut geht. Ist wieder was passiert?«

»Ich habe Aiden gestern wieder gesehen.« Mehr sage ich nicht. Und Ellie fragt nicht weiter nach, sie kommt einfach nur her und nimmt mich in den Arm. Und all die Last, die mir zur Zeit auf die Schultern drückt, wird ein wenig leichter. Aber ich fühle mich so unglaublich schlecht, weil ich Elaine immer mit all meinen Problemen vollquatsche. Bestimmt nerve ich sie schon mit meinem Rumgeheule. Bei dem Gedanken laufen schon wieder Tränen über mein Gesicht. Ich will doch einfach wieder einen ganz normalen Tag, einen Tag, an dem es sich nicht so anfühlt, als würde ich innerlich zerbrechen.

Kapitel 37
- Elaine -

»Hi Schatz! Wie war es in der Schule?« Mom und Dad stehen in der Küche und bereiten das Essen vor.

»War ganz okay.« Ich stelle meine Schultasche ab und helfe Mom den Tisch zu decken. Lola kommt mit einer Playmobilfigur in der Hand angelaufen. »Kann Amelia mal wieder kommen? Ich muss ihr das neue Kleid von Königin Mirabell zeigen.«

»Ja, bestimmt. Da freut sie sich sicher.«

»Cool.« Lola schaut sich kurz um. »Was kann *ich* tun, ich will auch helfen.«

»Du kannst Wasser hierein füllen.«

»Okay.«

Wir sind fertig und setzen uns alle an den Tisch. »Wie war es bei dir in der Schule, Lola?«

»Schön. Grace hat heute ihren Teddy mit in die Schule genommen und dann hat…« Lola hört gar nicht mehr auf, zu erzählen. Aber irgendwann geht ihre Stimme in ein Rauschen über. Mit meinen Gedanken bin ich die ganze Zeit bei Amelia und wie es ihr wohl geht. Sätze, die sie in den letzten Tagen gesagt hat, blitzen in meinem Kopf auf. Es macht mir solche Angst, dass sie denkt, dass sie niemand braucht. Dass sie nicht mehr nach Hause gehen will, sich aber auch nicht mehr in die Schule traut. Ich mache mir so unglaubliche Sorgen. Amelia hat all das nicht verdient. Ich will doch einfach nur, dass sie glücklich ist. Dass wir zusammen glücklich sein können.

Nach dem Essen helfen Lola und ich noch schnell beim Aufräumen, dann setzen Mom und ich uns ins Wohnzimmer. Ich sitze auf dem Sofa und zupfe an meiner schwarzen Jeans herum. Mom legt ihre Hand auf meinen Arm. »Schatz, ist alles in Ordnung? Ist etwas passiert?«

»Ja, nein... Amelia geht es gerade nicht wirklich gut. Zuerst das mit ihrem Vater und Aiden hat das mit uns jetzt rumerzählt, Amelia wollte noch nicht, dass es alle wissen. Und er hat rumerzählt, dass Amelia ihn betrogen hätte, aber das stimmt gar nicht. Als wir zusammengekommen sind, waren sie schon getrennt. Und das ist irgendwie alles ganz schön viel für Amelia, jemand hat sogar etwas auf ihren Spind geschrieben. Mom, ich mach mir solche Sorgen um sie.«

»Ach Maus.« Mom drückt meine Hand. »Wissen ihre Eltern denn davon?« Ich schüttle den Kopf. »Ich glaube nicht.«

»Sie muss mit dem Direktor oder mit einer Lehrperson darüber sprechen.«

»Das habe ich auch gesagt, aber das will sie nicht. Sie hat Angst, dass es dann noch schlimmer wird.«

»Hm.« Mom schaut aus, als würde sie nachdenken.

»Am besten, du redest nochmal mit ihr. Ich glaube nicht, dass es noch schlimmer wird. Der Direktor oder eine Lehrperson könnten ihr bestimmt helfen.« Ich nicke.

»Ja, das glaube ich auch. Ich denke, sie hat einfach Angst, dass Aiden nicht locker lässt und ihr dann vorwirft, sie hätte ihn verraten oder so etwas. Ich mache mir einfach solche Sorgen um sie, Mom. Amelia traut sich fast nicht mehr, in die Schule zu gehen.« Mom rutscht etwas näher zu mir und nimmt mich in den Arm. Es tut einfach so verdammt weh, zu wissen, dass es einem Menschen, der einem so unglaublich wichtig ist, nicht gut geht. Und das Schlimmste ist, ich kann nichts dagegen tun.

Mom und ich lösen uns aus der Umarmung und ich werfe einen Blick auf mein Handy. Eine Nachricht von Lily im Gruppenchat von Sienna, Lily und mir erscheint auf dem Bildschirm. Sie hat gefragt, ob wir Lust haben, ins Diner zu gehen. Sienna hat geschrieben, dass sie nicht kann. Ich denke kurz nach. Eigentlich hab ich heute sowieso nichts mehr vor und ein wenig Ablenkung würde mir ganz gut tun, also wieso nicht. Ich schreibe schnell eine Nachricht in den Gruppenchat. Lily antwortet sofort und ich mache mich auf den Weg ins Diner.

Ich sehe Lily und gehe zum Tisch. »Hi Ellielein!«

»Hi Lilylein!«, äffe ich sie nach und setze mich hin.

Jacob kommt zu unserem Tisch. »Na, was darf's sein? Das Vanilleeis ist leider alle.« Jacob und ich lachen, Lily schaut etwas verwirrt aus.

Wir bestellen und Jacob geht zurück zur Theke.

»Hast du das Buch für Englisch schon gelesen?«

»Ja, hab ich«, antworte ich. Lily rollte mit den Augen.

»Klar hast du, was für eine blöde Frage. Du hast nicht zufällig Lust, mir das ganz kurz zusammenzufassen?«

»Du bist echt so faul, Lily.« Ich fasse ihr den Inhalt des Buches kurz zusammen. »Du wirst es aber trotzdem kurz überfliegen müssen, ich hab bestimmt hundert Sachen vergessen.«

»Ja, ja, das mach ich dann bei Gelegenheit.«

Jacob bringt unsere Bestellung an den Tisch und Lily und ich reden noch ein wenig über Schule und unsere Ferienpläne.

»Wie läufts eigentlich beim Tanzen, ihr macht doch wieder eine Weihnachtsaufführung, oder?«

»Ja klar, machen wir eine. Es läuft ganz gut. Ich helfe Matilda heuer bei den Kursen mit den Kleinen. Das ist ganz schön anstrengend.«

»Oh ja, das kann ich mir vorstellen.«

»Aber sie sind schon auch echt süß, mit den niedlichen, kleinen Tutus.«

»Oh Gott, weißt du, was mir gerade eingefallen ist?«

»Nein, hat jemand Geburtstag, hab ich schon wieder irgendwas vergessen?« Ich lache. »Nein, aber heute um fünf macht der Weihnachtsmarkt auf.«

»Das ist schon heute? Ich bin ja immer noch der Meinung, dass November viel zu früh für Weihnachten ist.«

»Lily, es ist nie zu früh für Weihnachten. Können wir zusammen hingehen? Bitte?«

Lily überdreht die Augen. »Na gut, aber frag Amelia, ob sie mit will. Vielleicht ist wenigstens sie normal und singt nicht schon seit August Weihnachtslieder.«

»Da muss ich dich leider enttäuschen, was Weihnachten angeht, sind wir definitiv einer Meinung. Aber ich schreibe ihr trotzdem.« Ich hole mein Handy raus und schreibe Amelia.

Ich

Hi! Heute eröffnet ja der Weihnachtsmarkt und ich wollte fragen, ob du mit mir und Lily hingehen willst. <3

Millie <3

Hi! Ja, total gerne. Wie spät treffen wir uns?

Ich

Supi! So um 10 vor 5?

Millie <3

Oki, dann bis später <3

»Amelia kommt mit.«
»Perfekt, ich freu mich, auch wenn ich immer noch davon überzeugt bin, dass es viel zu früh ist. Die eröffnen den Weihnachtsmarkt doch nur so früh, wegen der ganzen Touristen.«
»Das ist mir egal. Weihnachtsmarkt ist Weihnachtsmarkt.« Ich verschränke die Arme vor der Brust und Lily rollt mit den Augen.
Lily und ich bezahlen und verlassen das Diner. »Dann sehen wir uns später?«
»Jep, bis später.«

Ich bin gerade auf dem Rathausplatz angekommen. Neben dem kitschigen Rentier steht mittlerweile ein Weihnachtsbaum, der dann um fünf eingeschaltet wird. Ich schaue mich nach Lily und Amelia um, als ich spüre, wie mir jemand auf die Schulter tippt. Ich drehe mich um. Amelia ist da und neben ihr steht Lily. Millies Jacke ist ein wenig geöffnet und darunter blitzt ein bunter Weihnachtspulli hervor. Ich muss schmunzeln. Lily trägt wie immer ihre weiße Jacke, in der sie ein wenig wie ein übergroßer Marshmallow ausschaut. »Hi, da seid ihr ja.« Amelia wirft einen Blick auf ihr Handy. »Noch sieben Minuten. Ich kann es kaum erwarten.«
»Ja, ich auch nicht. Das sieht immer so schön aus, wenn

all die Lichter eingeschaltet werden.«

»Leute, es ist November.«

»Na und!« Lily rollt nur mit den Augen. »Aber gib's zu, ein bisschen schön findest du es schon.«

»Vielleicht ganz ein bisschen.«

Ich hake mich bei Amelia und Lily ein und wir suchen uns einen Platz, wo man den Baum gut sehen kann.

»Ich liebe es so hier. Als ich noch klein war, bin ich jedes Jahr mit meiner Mom hierher, um zu sehen, wie die Lichter angeschaltet werden. Mein Vater hält nicht viel von Weihnachten, aber Mom liebt es«, sagt Millie.

»Wir sind auch fast jedes Jahr hierher, als ich noch in der Grundschule war.« Die Erinnerungen von früher leuchten in meinem Kopf auf und eine angenehme Wärme breitet sich in mir aus.

»Mrs. Myers verkauft dort drüben Kakao. Soll ich uns welchen holen?«

»Oh ja, das wär super. Warte kurz, ich gebe dir Geld.« Lily geht zum Stand von Mrs. Myers, um Kakao zu holen. Und ich wende mich zu Amelia. »Schön, dass du gekommen bist.«

»Danke, dass du mich erinnert hast, ich hätte die Eröffnung sicher vergessen. Und ich glaube, das tut mir echt gut, ein bisschen Ablenkung und so.«

»Ja, das glaub ich auch. Und genau genommen war es Lilys Idee, dich einzuladen.«

»Echt?«

»Jap, sie hatte Hoffnung, dass sie nicht alleine mit mir, als absolute Weihnachtsliebhaberin ist. Tja, hat wohl nicht so funktioniert.« Wir müssen anfangen zu lachen, als Lily mit drei Bechern wieder kommt. »Hab ich da meinen Namen gehört?«

»Äh, nein, wieso?« Millie und ich schmunzeln. »Aber gib uns jetzt lieber die Becher, ich habe das Gefühl, du lässt sie jeden Moment fallen.« Lily reicht uns einen Becher und Amelia wirft wieder einen Blick auf ihr Handy. »Nur noch zwei Minuten.« Sofort drehe ich mich wieder in Richtung Weihnachtsbaum.

Die Bürgermeisterin von Snowmass Village kommt und hält eine kurze Rede. Jetzt zählen wir alle von zehn runter. Und dann wird der ganze Rathausplatz in wunderschönes gelbliches Licht getaucht. »Wow!«

»Das sieht wunderschön aus.« Amelias Augen strahlen richtig. Ich wende mich zu ihr. »Es ist so schön, dich wieder richtig lächeln zu sehen.« Amelia legt ihren Kopf auf meine Schulter und das Lächeln auf ihren Lippen wird noch breiter. »Es ist so schön, für einen Moment alles vergessen zu können. Und noch schöner ist es, wenn du dabei bist.«

Nachdem wir noch ein bisschen den leuchtenden Weihnachtsbaum bewundert haben, haben wir uns entschieden noch kurz zu mir zu gehen, weil es doch ziemlich kalt draußen ist.

»Hi Mom! Lily und Amelia sind hier, das ist doch hoffentlich okay, oder?«

»Ja klar! Kommt rein Mädels.«

Wir gehen ins Haus und ziehen uns die Schuhe und Jacken aus. »Ich habe mir gerade einen Tee gemacht. Wollt ihr auch welchen?« Wir nicken und setzen uns an den Küchentisch.

Mom stellt jeden eine Tasse Tee hin und in die Mitte des Tisches platziert sie einen Teller Kekse.

»Danke, Mom!« Auch Amelia und Lily bedanken sich

und Mom geht mit ihrer Tasse ins Wohnzimmer.

Wir schlürfen jetzt erstmal an unserem Tee.

»Ich fühle mich gerade irgendwie schlecht, weil wir Sienna nichts gesagt haben«, sagt Lily.

»Sie hat doch bis halb sieben Training und du weißt ja, was sie von Weihnachten hält.« Ich habe sowieso irgendwie das Gefühl, dass Sienna sich in letzter Zeit immer mehr von uns distanziert. Keine Ahnung wieso.

»Ja, da hast du auch wieder recht.« Lily greift nach einem Keks in der Mitte des Tisches. Dabei klimpern ihre goldenen Armbänder.

Wir sitzen noch ein wenig da und plaudern.
Irgendwann müssen Lily und Amelia, aber nach Hause und ich bringe sie noch zur Tür.

»Das war echt schön heute. Wir müssen öfters was zusammen machen.«

»Ja, unbedingt. Und das nächste Mal laden wir Sienna auch ein.« Ich umarme Lily und dann küssen Amelia und ich uns noch zum Abschied.

»Ach Gott, ihr seid echt süß.« Millie und ich schmunzeln verlegen. Dann gehen die beiden auch schon nach Hause. Das war echt ein schöner Nachmittag.

Kapitel 38
- Amelia -

Ich sitze an meinem Schreibtisch und versuche Hausaufgaben zu machen, als ich meinen Dad rufen höre.
»Amelia, kommst du in die Küche? Deine Mutter und ich haben was mit dir zu besprechen.«
 Oh, shit, was ist denn jetzt schon wieder los? Ich will nicht mit meinem Vater reden. Und ich will eigentlich auch nicht wissen, was sie mit mir besprechen wollen. Seit das alles passiert ist, haben wir bestimmt nur drei Sätze miteinander gewechselt.
 Trotzdem stehe ich auf und gehe in die Küche. Mom und Dad sitzen am Tisch.
 »So, hier bin ich, was gibt's?«
 »Also Amelia, deine Mutter und ich haben einen Entschluss gefasst.« Dad räuspert sich. »Ich habe vor ein paar Wochen einen alten Freund von mir getroffen. Wir haben zusammen studiert. Ihm gehört das Musikinternat in Denver. Und deine Mutter und ich denken, es ist das Beste für dich, wenn du dorthin gehst, zur Vorbereitung auf die Juilliard. Und wir glauben, es ist ganz gut für dich, wenn du mal aus dieser Stadt rauskommst. Außerdem wirst du dort von den besten Geigenlehrern des Landes unterrichtet.« Ich erstarre und für einen kurzen Moment kann ich gar nicht sprechen. »Bitte was?! Das könnt ihr nicht machen! Mom!« Meine Stimme zittert.
 »Schatz, das tut dir sicher gut, wenn du mal wegkommst. Außerdem gibt es dort auch Komponierkurse, das wär doch

was für dich.« Mom wirft mir ein aufmunterndes Lächeln zu, aber es bringt absolut nichts. Es steigt immer mehr Wut in mir auf. »Ich will gar nicht weg von hier und ich will auch keine Komponierkurse und die besten Geigenlehrer des Landes interessieren mich auch nicht.« Ich balle meine Hände zu Fäusten.

»Amelia, jetzt beruhig dich doch. Es wird dir dort bestimmt gefallen. Ich habe es sogar geschafft zu organisieren, dass du auch mitten im Jahr dort anfangen darfst, dein Flieger nach Denver geht in einer Woche.«

»Ihr habt schon einen Flug gebucht? Hinter meinem Rücken? Und euch ist total egal, was *ich* davon denke!?«

»Amelia…«

Ich kämpfe mit den Tränen. »Nein, nichts Amelia. Ich gehe nicht weg von hier und vor allem gehe ich nicht weg von Elaine. Ihr könnt mich mal!«

»Jetzt warte doch!«

Ich nehme meine Jacke und laufe nach draußen.

Die spinnen doch. Ich gehe nicht weg von Snowmass Village. Und ich werde auf keinen Fall weg von Elaine gehen. Tränen laufen über mein Gesicht.

So schrecklich es hier manchmal ist, vor allem in der Schule, ich liebe diese Stadt. Ich liebe die Menschen hier (die meisten zumindest) und ich liebe Elaine. Ich könnte niemals weggehen. Denver ist im Vergleich zu Snowmass Village eine Riesenstadt, das würde ich nicht aushalten.

Niemals. Nein, das will ich nicht. Und ich könnte nicht weg von Annalie, was würde ich ohne meine Schwester tun? Nein, nein und nein, das geht nicht, sie können mich nicht dazu zwingen.

Ich laufe zur Lichtung im Wald. Als ich dort ankomme, sehe ich, dass schon jemand da sitzt. Ist Elaine da? Ja, tatsächlich. Mit großen Schritten gehe ich hin und Elaine dreht sich in meine Richtung. »Oh, hi. Was machst du denn hier, ist alles okay?« Ich schüttle den Kopf und noch mehr Tränen laufen über mein Gesicht. »Nein, überhaupt nicht.«

»Willst du darüber reden?« Ich nicke und setze mich neben Ellie. »Meine Eltern wollen, dass ich nach Denver gehe, in so ein Musikinternat«, sage ich schluchzend.

»Was? Nein, du darfst nicht gehen, Amelia, bitte!« Das *Bitte* ist voller Schmerz und es bricht mir das Herz.

»Ich will auch nicht gehen. Ich will nicht weg von hier und ich will nicht weg von dir.« Wir umarmen uns. »Sie haben sogar schon einen Flug gebucht, nächste Woche, Elaine. Ich will das nicht!«

»Nächste Woche? Du darfst nicht gehen, Millie. Ich brauch dich doch!«

»Ich will auch nicht, dass ich gehen muss. Sie können mich doch nicht zwingen, oder? Ich brauch dich doch auch. Und die Stadt und die Menschen hier, ich brauch das alles. Ich kann nicht weg.« Mit dem Handrücken wische ich mir die Tränen aus dem Gesicht.

»Nein, du gehst nicht weg. Alles wird gut, Amelia, alles wird gut.« Sie nimmt mich in den Arm und ich schluchze.

»Irgendwie glaube ich das nicht so.«

»Sag das nicht, Millie. Bitte. Es wird alles gut werden, irgendwann.« Ich höre den Schmerz in ihrer Stimme, als sie das sagt. Es tut so verdammt weh, das alles, ich kann das nicht mehr.

Nun sitzen wir da, mitten im Wald. Ich in Elaines Armen. Uns beiden laufen Tränen übers Gesicht.

Irgendwann unterbricht Ellie die Stille. »Wollen wir eine Runde spazieren? Kopf freibekommen, an irgendwas anderes denken.« Ich nicke und wir stehen auf und spazieren durch den Wald. Meine Hand verschränkt sich mit Elaines Hand und sie schenkt mir ein schwaches Lächeln. »Ich liebe es, im Wald zu sein, vor allem in diesem hier.«

»Ich auch, vor allem mit dem Schnee, es hat was… Magisches, irgendwie.«

»Ja, das stimmt.«

Wir gehen noch ein wenig den Waldweg entlang.

Niemand sagt was, wir genießen einfach nur die Ruhe hier. Aber ich glaube, innerlich zerbrechen wir gerade beide. Was, wenn ich wirklich gehen muss? Was würde das für uns bedeuten? Nein, darüber denke ich jetzt nicht nach, ich werde nicht gehen.

Vielleicht rede ich mir das auch nur ein, ja wahrscheinlich tue ich das. Ich meine, wie realistisch ist es, dass ich meine Eltern, vor allem meinen Vater, davon überzeugen kann, hierzubleiben? Es ist so gut wie unmöglich. Aber egal, das sind Probleme für später. Jetzt bin ich hier. Mit Elaine. Das ist das, was zählt. Und wir werden schon eine Lösung finden. Es *muss* einfach eine geben. Vielleicht wird es wahr, wenn ich es mir nur oft genug einrede.

Ich bin wieder zurück nach Hause. Durch den Flur gehe ich zur Treppe. Mom hält mich auf. »Schatz, wollen wir nicht nochmal…«

»Nein, lass mich in Ruhe.« Ich gehe hoch in mein Zimmer. Jetzt fühle ich mich noch schlechter als vorher. Es war falsch, so mit Mom zu reden. Sie will wahrscheinlich wirklich nur das Beste für mich. Und das mit dem Internat war sicher Dads Idee.

Mit einem Seufzen werfe ich mich in mein Bett und starre an die Decke. Oh, wie ich mich manchmal hasse. Oh, wie ich all das hier manchmal hasse. Ich kann nicht mehr.

Niemals hätte ich gedacht, dass mich ein paar Menschen einmal so unglaublich kaputt machen würden. Und dass eine Person einmal so wichtig für mich wird, dass ich bereit wäre, alles aufzugeben, um bei ihr zu sein.

In mir ist gerade so unglaublich viel Chaos. Ich glaube, ich habe in meinem Leben noch nie so viel geweint, in so kurzer Zeit. Gleichzeitig habe ich mich bei einer Person noch nie in meinem Leben so wohlgefühlt, wie bei Elaine, und ich hatte schon lange nicht mehr so viele Glücksmomente.

Es passiert so viel gleichzeitig gerade. Ich verstehe mich selbst nicht mehr.

Ein Klopfen reißt mich aus meinen Gedanken »Darf ich?«

»Ja.« Annie legt sich neben mich in mein Bett. »Ich will nicht, dass du gehst, Lia.«

»Ich will auch nicht gehen.« Annalie kuschelt sich an mich. »Vielleicht sollte ich nochmal mit Dad reden.«

»Ich glaub nicht, dass das was bringt. Aber ich will jetzt nicht über das reden.« Annie denkt kurz nach. »Warte kurz. Ich hole meinen Laptop.«

Mit ihrem Laptop in der Hand legt sich Annie zurück in mein Bett. »Lass uns irgendeinen total kindischen Film schauen.«

»Oh ja. Was hältst du von *Barbie – Die Prinzessinnen – Akademie*?«

»Find ich gut.«

Annalie startet den Film und ich fühle mich wieder, als wäre ich acht. Damals haben Annie und ich uns richtig oft ins Wohnzimmer geschlichen, um heimlich noch einen Film zu schauen. Und wir sind fast jedes Mal erwischt worden. Damals wollte ich unbedingt älter sein und endlich lang wach bleiben dürfen. Jetzt würde ich alles dafür tun, wieder acht zu sein und mich nachts heimlich ins Wohnzimmer zu schleichen, um irgendeinen Barbie-Film, den ich schon hundert Mal gesehen habe, zu schauen.

Kapitel 39

Ich bin gerade aufgewacht. Annalie liegt immer noch neben mir. »Annie, Annie. Aufwachen!«
Meine Schwester öffnet ihre Augen und schaut mich etwas verwirrt an. »Oh Gott, wie spät ist es?«
»Halb sieben.« Annie schließt ihre Augen wieder. »Ach ja dann.« Ich schüttle den Kopf und stehe auf. Mein Blick läuft in Richtung Fenster, es schneit und bei Laurie brennt schon Licht. Ich ziehe mir einen warmen Pullover an und gehe ins Bad.
Mein Blick fällt auf den Spiegel, meine Augen schauen immer noch ein wenig verheult aus. Ich wasche mein Gesicht und versuche irgendwie den ganzen gestrigen Tag wegzuwaschen. Am liebsten würde ich alles vergessen. Meine Haare binde ich schnell in einen Dutt und ich putze mir die Zähne.
Ich gehe runter und werfe einen Blick in die Küche. Mein Dad sitzt am Tisch. Ich muss zwar erst in einer halben Stunde los, aber ich habe mich trotzdem dazu entschieden, schon zu gehen. Was soll ich denn hier tun? Zu meinem Vater an den Tisch setze ich mich auf keinen Fall. Ich hole meine Schultasche und meine Geige, sag Mom schnell Bescheid, dass ich etwas früher gehe und verlasse das Haus.
Draußen schneit es immer noch. Hier einfach rumstehen, kann ich nicht, dazu ist es viel zu kalt, aber zur Schule kann ich auch noch nicht. Dann fällt mir ein, dass Laurie schon geöffnet hat. Ich überquere die Straße und gehe ins Café. Cathrin ist noch gar nicht da.

»Amelia, schon so früh?«

»Ja, hab's nicht mehr ausgehalten.«

»Ach Liebes, was ist denn passiert?«

»Ziemlich viel, ist eine lange Geschichte«

»Ich mach dir jetzt erstmal einen Kakao, komm her.« Ich setze mich auf einen der hohen Stühle am Tresen. Laurie steht hinter der Theke und macht meinen Kakao.

»Hier Schätzchen.« Laurie reicht mir eine Tasse. »Willst du mir erzählen, was passiert ist?«

»Dad will, dass ich nach Denver gehe, in ein Musikinternat. Schon nächste Woche.« Den ganzen Teil davor lass ich weg, das ist mir jetzt so früh am Morgen etwas zu viel. »Und du willst das nicht, hm?«

»Nein, überhaupt nicht. Ich will hier bleiben. Ich brauch das hier doch alles, Laurie.«

»Du musst unbedingt nochmal mit deinem Vater sprechen. Vielleicht versteht er dich irgendwann. Einen Versuch ist es wert.« Laurie schenkt mir ein aufmunterndes Lächeln und ein kleiner Funken Hoffnung kommt in mir auf, der aber sehr schnell wieder verschwindet.

»Mein Vater wird mich nie verstehen, nie.« Ich schlürfe an meinem Kakao. »Komm her, Liebes.« Laurie geht um die Theke herum und nimmt mich in den Arm. Keine Ahnung, wie lange wir so dastehen, es fühlt sich ewig an. Wahrscheinlich sind es nur ein paar Sekunden. Aber es fühlt sich verdammt gut an. Es fühlt sich so gut an, bei jemanden so sein zu dürfen, wie man ist. So geliebt zu werden, wie man ist. Laurie war immer schon für mich da. Ich habe mich bei ihr im Café schon immer ein wenig mehr zuhause gefühlt als in meinem eigentlichen Zuhause. Und ich bin so unglaublich dankbar, sie zu haben. »Danke, Laurie.«

»Ich bin immer da, wenn du mich brauchst, das weißt du.« Ich nicke und wir lösen uns aus unserer Umarmung. Aus dieser Umarmung, die ich so dringend gebraucht habe. »So, ich glaube, du musst jetzt aber langsam los.« Meinen Kakao trinke ich noch aus, dann mache ich mich auf den Weg zur Schule.

Ich betrete den Schulhof und Ellie kommt mir direkt entgegen. »Hey Süße!« Sie nimmt meine Hände in ihre.

»Wie geht's dir?«

»Na ja, es ging mir definitiv schon mal besser.« Ich versuche zu lächeln. Elaine und ich gehen rüber zu Lily und Sienna. »Amelia, du darfst nicht gehen.«

»Ihr wisst es also schon?«

Ellie schaut mich mit einem entschuldigenden Blick an. »Ich… also hättest du lieber? Also ich meine… Es…«

»Schon okay.« Ich wende mich wieder zu Lily. »Ich will auch nicht gehen. Es ist gerade alles ein bisschen viel und…« Ich spüre, wie meine Augen feucht werden, die Schulglocke rettet mich davor komplett in Tränen auszubrechen. Wir betreten das Schulgebäude und jede geht zu ihrem Spind. Mir wird wieder fast schlecht, als ich meinen sehe. Eine Gruppe Mädchen geht an mir vorbei und mustert mich von oben bis unten, danach stecken sie ihre Köpfe zusammen und tuscheln. Es tut so verdammt weh. Die Kommentare, die Blicke, das alles. Ich hasse das alles. Ich hasse die Schule, mein Zuhause, meinen Vater, mich selbst.

Reagiere ich zu dramatisch? Es sind doch nur ein paar blöde Kommentare und Blicke. Und was, wenn sie alle recht haben? Was, wenn wirklich *ich* das Problem bin? Was, wenn ich wirklich alles falsch gemacht habe? Was, wenn ich wirklich nicht normal bin?

Nein, Amelia, du darfst so nicht denken.
Aber was, wenn...
Ich lehne mich an meinen Spind und die Tränen sind kurz davor über meine Wangen zu laufen. Dann kommt Elaine und bleibt vor mir stehen. Wir sind mittlerweile fast allein auf dem Flur, die meisten sind schon in den Klassenräumen. »Du bist ja noch gar nicht in deiner Klasse, ist alles in Ordnung?« Ich schüttle den Kopf, Ellie nimmt meine Hand und wir gehen zusammen ins Mädchenklo. »Du kommst schon wieder wegen mir zu spät.«
»Egal. Du denkst zu viel nach, Amelia. Was geht dir durch den Kopf?«
Ich beginne zu weinen und all meine Gedanken von vorhin kommen heraus. »Und was, wenn sie alle recht haben und wirklich ich das Problem bin?«
»Nein, Amelia, bitte sag sowas nicht. Das darfst du nicht denken. Du bist nicht das Problem. Du bist genauso richtig, wie du bist. Hörst du?«
»Aber...«
»Nein, kein Aber. Du darfst sowas nicht mehr denken. Versprich mir das, bitte, Amelia!« Ich nicke unter Tränen und Ellie nimmt mich in den Arm. Und ich fühle mich wieder total schlecht, weil Elaine immer so viel für mich tut, aber ich nie was für sie. Noch mehr Tränen laufen über mein Gesicht. »Danke, Ellie.« Sie drückt mich noch ein wenig fester an sich.
Wir verlassen die Toilette wieder und gehen in unsere Klassenräume. Stumm setzte ich mich an meinen Platz und hole mein Buch heraus.
Während wir alle am Arbeiten sind, kommt Ms. Smith zu meinem Platz. »Amelia?« Ich schaue auf. »Darf ich kurz mit dir sprechen?« Ich nicke. »Ich wollte nur fragen, ob es

dir gut geht. Du bist jetzt schon ein paarmal zu spät gekommen. Und jedes Mal mit einem verheulten Gesicht.«
»Mir geht es gut«, lüge ich.
»Bist du sicher? Wenn du doch reden willst, dann...«
»Mir geht es gut.« Ms. Smith wirft mir ein Lächeln zu.
»Dann ist ja gut. Aber wenn etwas ist, dann...«
»Ja, ich weiß.« Meine Lehrerin geht wieder vor zum Pult. Verdammt, sie wollte mir doch eigentlich nur helfen und was habe ich getan? Aber ich kann nicht anders, ich will nicht mit jemandem darüber sprechen. Noch nicht, zumindest. Ich glaube auch nicht, dass das etwas bringen würde, wahrscheinlich würde es alles nur noch schlimmer machen. Aiden würde es niemals zulassen, dass ich mit dem Direktor rede und er irgendwie auffliegt. Und wenn ich es tun würde, würde er mir das Leben wahrscheinlich noch mehr zur Hölle machen.

Endlich Pause, ich laufe runter zu den Musikräumen, um dort irgendwie den Kopf freizubekommen und wenigstens für einen kleinen Moment die Blicke und Tuscheleien zu vergessen.
Ich öffne die Tür und betrete den Raum. Meinen Geigenkoffer stelle ich auf den Boden und will mir einen Notenständer holen. Dann bleibe ich abrupt stehen, Aiden sitzt auf einem der Stühle. »Was machst du hier?«
Aiden lässt sein Handy durch die Finger seiner rechten Hand tanzen und hat sein falsches Lächeln aufgesetzt. Er nimmt das Handy nun fest in die Hand und schaltet es an. Er hält es in meine Richtung. Es ist ein Bild von Ellie und mir zu sehen, wie wir uns küssen, aber nur ich bin zu erkennen. Elaine sieht man nur von hinten und sie trägt eine Mütze. »Dieses Bild ist schneller gepostet als du denkst.«

»Warum tust du das, Aiden? Warum?«

»Du verdienst es nicht, glücklich zu sein, nachdem was du getan hast!« Aiden richtet sich auf.

»Was *ich* getan habe? Du hast mich kaputt gemacht. Mit deinem ständigen Kontrollieren, mit deinen Lügengeschichten. Aiden, ich kann nicht mehr. Lass mich doch endlich in Ruhe!« Obwohl ich versuche mich so zusammenzureißen, fange ich an zu weinen, ich kann nicht anders.

»Dann trenn dich endlich von ihr. Du hast es nicht verdient, in einer glücklichen Beziehung zu sein! Oder du weißt, was sonst passiert. Die ganze Schule wird sich bestimmt über das Foto freuen, dann gibt es endlich wieder Redematerial.« Ich breche zusammen und Tränen laufen über mein Gesicht. Alles in mir zieht sich zusammen. Aiden steht auf, geht um mich herum und bleibt direkt vor meinem Gesicht stehen. »Über so ein kleines, unwichtiges, schwaches Mädchen wie du lässt es sich nämlich sehr gut reden. Aber das weißt du ja schon, nicht wahr, Amelia!«

Aiden verlässt den Raum und ich vergrabe mein Gesicht in meinen Händen und heule. Ich heule alles aus mir heraus, was nur irgendwie geht. Wie kann man nur so grausam sein? Was ist sein verdammtes Problem? Warum kann er mich nicht einfach nur in Ruhe lassen? Warum? Tränen fallen auf den Boden und ich vergrabe mein Gesicht noch weiter in meinen Händen, bis sich die Tür öffnet. Ich schaue auf, Elaine ist da. Sie läuft direkt zu mir und legt ihren Arm um meine Schulter. »Hey, was ist denn passiert?« Ich schluchze. »Ich will dich nicht schon wieder mit all meinen Problemen vollheulen.«

»Du darfst mich jederzeit und so oft du es brauchst vollheulen, Millie. Willst du mir erzählen, was passiert ist?« Ich nicke und erzähle ihr von vorhin.

»Du musst endlich mit jemandem darüber sprechen. Mit einer Lehrperson, mit deiner Mom, mit deiner Schwester, mit irgendjemand. Aiden geht zu weit, es ist nicht okay, was er tut und es ist absolut nicht okay, dass du das aushalten musst.«

»Ich kann nicht. Was, wenn es noch schlimmer wird?«
»Es kann gar nicht noch schlimmer werden, Amelia. Du musst mit jemandem reden, bitte. Ich halte es nicht aus, dich so kaputt zu sehen, es bricht mir das Herz. Versprich mir, dass du mit jemandem redest.« Ich nicke und Ellie drückt mich fest an sich.

Ich sitze mit meiner Familie in meinem sogenannten Zuhause, auch wenn es sich absolut nicht mehr so anfühlt, am Küchentisch. Mein Essen steht vor mir und ich stochere darin herum, den Kopf stütze ich mit meiner Hand ab, als Dad sich zu Wort meldet. »Amelia, ich habe heute mit Mrs. Zhang geredet. Sie findet es eine gute Idee, dass du nach Denver gehst.« Na klar tut sie das, dann ist sie mich endlich los. »Sie hat aber auch gesagt, dass deine Leistungen in den letzten Tagen etwas zurückgegangen sind. Ich will, dass du dich bis zu deiner Abreise nach Denver nicht mehr mit dieser Elaine triffst. Sie ist reine Ablenkung.«

»Was? Dad, das kannst du nicht machen. Als ich mit Aiden zusammen war, war es auch kein Problem, wenn ich mich mit ihm treffen wollte.«

»Das war was anderes. Und außerdem will ich nicht, dass in Denver jemand weiß, dass du… Seite gewechselt hast, das könnte sich sehr negativ auf deine Karriere auswirken.«
»Du kannst es noch nicht einmal aussprechen!« Ich springe auf und laufe in mein Zimmer.

»Amelia Eloise Hall, du kommst…«

»Lass sie, Dad!« Ich höre, wie Annie aufspringt und mir nachläuft. Meine Schwester kommt in mein Zimmer.

»Hey, komm her.« Sie nimmt mich in den Arm und wir setzen uns auf mein Bett. »Darf ich dir was erzählen?« Es macht zwar wahrscheinlich nicht wirklich viel Sinn, wenn ich es meiner Schwester erzähle, weil sie auch nicht sonderlich viel dagegen tun kann, aber sie ist die Einzige, neben Ellie, mit der ich reden kann.

»Ja klar, Schwesterherz, du kannst immer mit mir reden, das weißt du doch.«

Also fange ich an zu reden. Ich erzähle ihr alles, von der Lüge, die Aiden herumerzählt hat, von meinem Spind, von den Blicken, den Tuscheleinen und von dem Foto.

»Amelia, warum hast du mir nicht schon viel früher davon erzählt? Du musst mit Mom darüber sprechen, oder mit dem Direktor. Aiden darf damit nicht durchkommen.«

»Ich weiß. Aber ich kann nicht. Er wird alles noch schlimmer machen, wenn er herausfindet, dass ich jemandem davon erzählt habe.«

»Aber so kann es auf keinen Fall weitergehen, Lia.«

»Ich kann es nicht.« Tränen laufen mir über die Wangen und Annie nimmt mich in den Arm. »Schh, ich bin hier, alles wird gut, Amelia.«

»Es wird nie alles gut werden.«

Kapitel 40
- Elaine -

»Kommt rein, Mädels.« Lily und Sienna betreten mein Zimmer. Wir setzen uns auf den Boden und stellen den Keksteller, den uns meine Mutter gemacht hat, in die Mitte. Lily greift sofort nach einem Keks und Sienna spielt mit ihren dunklen Locken herum. »Deine Mom macht echt die besten Kekse.«

»Die sind von Laurie. Mom hat mich vor etwa einer halben Stunde angestellt, ein paar zu holen. Aber ja, meine Mom kann auch richtig gut Kekse backen.« Ich schmunzle und Lily läuft leicht rot an. »Oh«, sagt sie, lässt sich aber nicht davon abhalten, noch einen Keks zu nehmen.

»Hat jemand von euch schon Mathe gemacht? Ich versteh da irgendwie nichts.« Lily und ich schauen uns an und grinsen. Wir wissen beide, dass sie es wahrscheinlich nicht mal probiert hat. Lily schiebt Sienna ihr Matheheft rüber.

»Die Seite musst du schon selber finden, dann hast du wenigstens irgendwas getan.« Sienna blättert durchs Heft.

»Danke schön«, trällert sie und beginnt abzuschreiben.

»Wollen wir Amelia fragen, ob sie auch kommen will?«, fragt Lily. Es freut mich richtig, dass sie Amelia auch mögen. Es ist jetzt schon das zweite Mal, dass Lily Amelia einladen will. Das macht mich irgendwie total glücklich.

»Ich weiß nicht, sie ist in letzter Zeit immer mit uns, wir haben so lange nichts mehr zu dritt gemacht. Und sie heult die ganze Zeit nur rum, ich finde, sie reagiert ein bisschen über.«

Okay, zu früh gefreut.

»*Ich* mag Amelia und ich glaube, ihr geht es zurzeit echt nicht gut.« Lily holt ihr Handy heraus. »Ich schreib ihr jetzt.«

»Das war echt nicht wirklich fair, Sienna. Du weißt, was sie gerade durchmacht, sie hat es nicht leicht.«

Sienna sagt nichts mehr. Was ist bloß mit ihr los?

Millie ist in weniger als zehn Minuten da und kommt sofort in mein Zimmer. »Hey!« Sie schaut ein wenig fertig aus, wahrscheinlich muss sie immer noch das mit Aiden in der Schule verarbeiten. Und tausend andere Dinge. »Hi, komm, setz dich.« Ich werfe ihr ein Lächeln zu und Amelia setzt sich zwischen Lily und mich. Unsere Schultern berühren sich und ein angenehmes Kribbeln strömt durch meinen Körper. »Wie geht's dir?«

»Geht so.« Ich halte ihr den Keksteller hin und sie nimmt sich ein Plätzchen.

»Gibt es etwas Neues wegen Denver?« Amelia schüttelt den Kopf. »Er hat jetzt sogar gesagt, dass ich mich nicht mehr mit dir treffen darf, weil das anscheinend Ablenkung sei. Aber das kann ich nicht, heute hab ich einfach gesagt, dass ich in die Bibliothek gehe.« Ich drücke Millie an mich und sie legt ihren Kopf auf meine Schulter. »Lass uns nicht über Denver reden.«

Wir unterhalten uns ein wenig über Musik und Filme und essen Kekse. Sienna ist die ganze Zeit über ziemlich still, so kenne ich sie gar nicht. Aber Amelia blüht irgendwie richtig auf. Wir sprechen richtig lange über irgendwelche Serien, die wir als Kinder immer geschaut haben. Und Lily hat endlich jemanden mit der gleichen Barbieliebe gefunden. Amelia scheint genauso verliebt in diese Filme zu sein. Ich glaube, die beiden könnten stundenlang über dieses Thema reden. Und es freut mich unglaublich, zu sehen, dass Amelia wenigstens für einen Moment alles vergessen kann und wenigstens ein bisschen glücklich sein kann. Auch wenn noch lange nicht alles gut ist.

Irgendwann hole ich mein Handy heraus und öffne Instagram. Das Erste, was ich sehe, lässt mich kurz zusammenzucken. Es ist das Foto von Millie und mir, das Aiden ihr gezeigt hat. »Millie«, sage ich mit zittriger Stimme und halte ihr das Handy hin. Sie hört abrupt auf zu sprechen und starrt auf den Bildschirm. »Er hat es getan.« Auch Lily holt ihr Handy heraus. »Arschloch.«

Ich starre noch ein wenig länger auf den Bildschirm »Aber Leute wartet kurz. Sind wir sicher, dass er es war? Ich meine, ja, ich würde es ihm zutrauen und er hat Amelia das Foto gezeigt. Aber er hat es natürlich nicht mit seinem Account gepostet und es ist nicht sicher, dass er das Foto gemacht hat. Wir sind auf dem Foto nämlich auf der Lichtung. Entweder er ist uns gefolgt oder jemand, der diesen Ort auch kennt, hat das Foto gemacht. Ich glaube, da stecken zwei Personen dahinter.«

»Und an dem Tag und zu der Zeit, als wir dort waren, müsste er eigentlich Training in Aspen haben. Und ich glaube nicht, dass er das schwänzen würde. Er ist der Typ, der sich jemanden anstellt für solche Sachen.«

»Ach, das war doch bestimmt sein Freund, dieser Oliver«, sagt Sienna.

»Sind die beiden nicht im selben Verein?« Lily wickelt eine Haarsträhne um ihren Finger und Millie nickt.

»Ich würde es jedem von seinen beschissenen Freunden zutrauen, uns oder besser gesagt dir nachzuspionieren.«

»Ja, allerdings.« Lily schnappt sich den letzten Keks vom Teller. »Den wollte doch hoffentlich keiner mehr.« Ich rolle mit den Augen und schüttle den Kopf.

Ich öffne nochmal Instagram und starre auf das Foto. Eigentlich ein süßes Bild, wenn es nicht heimlich gemacht worden wäre und dann unfreiwillig im Internet gelandet wäre. Ich schaue wieder von meinem Handy auf und wende mich zu Amelia. »Millie, du musst endlich zum Direktor gehen oder mit einer Lehrperson sprechen. Oder wenigstens mit deiner Mutter. Er hat ein scheiß Bild gepostet, gegen deinen Willen. Aiden hat definitiv eine Grenze überschritten.«

»Ich weiß, aber ich habe nichts gegen ihn in der Hand. Er wird einfach sagen, dass er es nicht war und dass ich lüge.« Da hat Amelia sicher recht, aber hier sitzen und nichts tun, können wir auch nicht. »Und wenn ich es meinen Eltern erzähle, wird mir mein Vater sowieso nicht glauben, er wird sagen, dass ich nur Aufmerksamkeit will. Und dann wird er mich erst recht nach Denver schicken und Mom wird nichts dagegen tun, weil sie immer nur zusieht, immer.« Ich höre den Schmerz in Amelias Stimme und es tut weh, sie so zerbrochen zu sehen, es tut so verdammt weh. »Komm her, Millie. Wir werden eine Lösung finden. Es muss einfach eine Lösung geben.«

»Ganz bestimmt, es wird irgendwann vorbei sein. Am Ende wird alles gut und wenn es noch nicht gut ist, ist es noch nicht das Ende«, sagt Lily. Amelia schmunzelt ein wenig. Ich rolle mit den Augen. »Nicht deine doofen Kalendersprüche, bitte Lily.« Lily sitzt da und grinst, als wäre sie sehr stolz auf ihren Kalenderspruch. »Du würdest dich gut mit Annie verstehen, sie kommt auch immer mit solchen Sprüchen«, sagt Millie und lächelt.

Wir sitzen noch ein wenig da und eine Weile ist es ziemlich still, bis Lily etwas sagt. »Sienna, darf ich auf deinem Handy kurz was nachschauen, meins hat fast keine Batterie mehr?«

»Ja klar, Code weißt du ja.« Sienna schiebt Lily ihr Handy rüber und sie entsperrt es. Dann sitzt sie kurz wie erstarrt da, ihre Augen werden riesengroß und ihre Kinnlade klappt herunter. »Alles in Ordnung?«, frage ich. Sienna ist plötzlich ganz blass geworden. Was passiert hier? Amelia und ich setzen uns hinter Lily, um auch einen Blick auf Siennas Bildschirm zu haben. Was ich dann sehe, kann ich fast nicht glauben. Auch Amelia reißt die Augen weit auf. »Sienna... du? Wie... warum?« Ich kann es immer noch nicht glauben. Auf Siennas Handy ist ein Chat mit Aiden zu sehen. In dem Chat hat Sienna Aiden das Foto von Millie und mir gesendet. »Du hast das Foto gemacht!« In dem Chatverlauf hat Sienna Aiden noch andere Informationen über Amelia und unsere Beziehung verraten.

»Ich kann das erklären«, stammelt sie.

»Ich will deine scheiß Erklärung nicht. Wie konntest du Amelia sowas antun? Ich dachte, wir wären Freundinnen. Wenn du irgendein Problem gehabt hättest, hättest du es mir doch einfach sagen können.«

»Und dann? Wenn ich es dir gesagt hätte, hätte sich dann etwas geändert? Es hat sich in letzter Zeit doch alles nur noch um Amelia gedreht.«

»Sie ist nun mal meine Freundin und ich bin sehr dankbar dafür. Das alles rechtfertigt doch nicht, warum du das getan hast. Du hättest sowas niemals tun dürfen!«

»Du hast mir nicht zu sagen, was ich darf und was nicht.«

»Sienna, das reicht, du gehst zu weit!«, ruft Lily.

»Ach, du also auch noch. Ihr seid echt das Letzte.«

»*Du* bist das Letzte, Sienna, du. Ich will dich hier nicht mehr sehen. Raus hier!«

»Sehr gerne!« Sienna steht auf, nimmt ihre Sachen und geht. Beim hinausausgehen schlägt sie die Tür zu und läuft mit lauten Schritten nach unten.

Whoa, was war das? Ich muss das alles erstmal sacken lassen. Sienna war es. Sienna hat Aiden geholfen. Sie hat uns alle angelogen. Und vor allem hat sie dabei geholfen Amelias Leben zur Hölle zu machen. Verdammte Scheiße, Amelia hat sich nicht mehr in die Schule getraut, wegen all dem. Und Sienna war das alles egal.

»Wow, das hätte ich echt niemals gedacht.« Amelia und ich schütteln beide den Kopf. Ich dachte wirklich, Sienna, Lily und ich wären sowas wie richtig gute Freundinnen und jetzt macht Sienna sowas. Ich werfe einen Blick zu Millie rüber, sie starrt ins Leere und eine kleine Träne kullert über ihre rosa Wange. Ich wische ihr die Träne weg und nimm sie in den Arm. Dann kommt auch Lily und drückt uns ganz fest. Damit ist dann wohl die Lily-Sienna-Ellie-Ära zu Ende und die Millie-Lily-Ellie-Ära beginnt. Zumindest hoffe ich, dass wir drei noch richtig gute Freundinnen werden.

Vielleicht kann ich Sienna irgendwann verzeihen, was sie Amelia angetan hat, vielleicht. Aber ich kann immer noch nicht glauben, dass sie uns allen einfach so in den Rücken gefallen ist. Wir waren doch Freundinnen. Dachte ich zumindest. Aber so schnell kann man sich in Menschen täuschen.

Ich drücke Millie noch ein wenig fester an mich und sie schluchzt. »Es tut mir so leid, Amelia. Aber glaub mir, jetzt wird alles gut. Wir wissen jetzt ganz sicher, wer das Foto gemacht hat. Du musst jetzt aber wirklich mit jemandem darüber reden, bitte versprich mir das, okay.« Amelia nickt und ich gebe ihr einen Kuss auf die Stirn.

Wir drei lösen uns wieder aus unserer Gruppenumarmung.

»Ich glaube, ich lasse euch zwei dann mal alleine und werde nach Hause gehen.« Lily steht auf und auch Amelia erhebt sich. »Ich glaube, ich werde auch gehen, es gibt da so ein paar Leute, mit denen ich sprechen muss.« Sie schmunzelt. »Ich bin so stolz auf dich, du schaffst das.«

Die beiden bedanken sich und ich gebe Amelia einen Kuss zum Abschied.

»Ich weiß, ich habe es schon so oft gesagt, aber ihr seid echt unglaublich süß.« Amelia und ich lächeln verlegen.

Kapitel 41

Lily und Amelia sind gerade gegangen und ich muss erstmal verarbeiten, was gerade passiert ist. Ich kann es immer noch nicht glauben, dass Sienna mit Aiden zusammengearbeitet hat. Sie hat ihm geholfen, Amelias Leben zur Hölle zu machen. Sie hat ihm einfach so das Foto geschickt, ohne darüber nachzudenken, wie es Amelia dabei geht. Na ja, vielleicht hat sie kurz darüber nachgedacht. Aber das ändert nichts an der Tatsache, dass sie es getan hat. Ich bin einfach nur enttäuscht. Wir waren so gute Freundinnen und jetzt war in innerhalb von einer viertel Stunde alles vorbei.

Auf einer Seite tut es definitiv weh, dass es jetzt vielleicht für immer vorbei sein könnte, mit dieser Freundschaft, auf der anderen Seite muss ich immer wieder daran denken, was sie getan hat und wie unfassbar weh es tut, Amelia so kaputt zu sehen.

Ich lege mich ins Bett und nehme mir ein Buch. Ich versuche zu lesen, aber es geht nicht. Bestimmt zehn Minuten starre ich dieselben zwei Absätze an, ohne irgendwas zu lesen. Sonst entstehen in meinem Kopf immer ganze Welten beim Lesen, aber jetzt sind es irgendwie nur Wörter auf Papier. Die ganze Zeit muss ich an vorhin denken. Ich bin einfach so unfassbar enttäuscht von Sienna und ich mach mir unglaubliche Sorgen um Amelia, wegen ihres Vaters. Wenn ich nicht mit jemandem darüber rede, zerbreche ich mir hier noch den Kopf. Also lege ich das Buch auf meinen Nachttisch und gehe in die Küche. Mom sitzt dort und blättert durch die Zeitung. »Hi Mom.« Ich setze mich zu ihr an den Küchentisch. Mom sieht von ihrer Zeitung auf. »Hi Schatz, wie wars? Sienna ist ja schon ziemlich früh gegangen.«

»War okay. Na ja, eigentlich war es eher nicht so gut. Ich hab dir doch von dem Foto erzählt. Er hat es gepostet, mit irgendeiner blöden Bildunterschrift.« Mom nickt mit einem besorgten Gesichtsausdruck und hört mir aufmerksam zu. »Von mir hat er nichts geschrieben, aus der ganzen Sache hat er mich fast komplett rausgehalten. Ich weiß irgendwie nicht, ob ich das so gut finde, weil jetzt alles an Amelia hängt und sonst wären wir wenigstens zu zweit. Jedenfalls hat sich Lily dann kurz Siennas Handy ausgeliehen und da war noch ein Chatverlauf geöffnet. Mit Aiden. Sienna hat das Foto gemacht und ihm geschickt. Außerdem hat sie ihm noch andere Dinge über Amelia geschrieben. Und ich bin jetzt total enttäuscht von Sienna und ich mache mir schreckliche Sorgen um Amelia, weil sie heute ihren Eltern von der ganzen Sache erzählen will.« Mom legt ihre Hand auf meine. »Das ist schrecklich, ich weiß gerade irgendwie nicht, was sagen. Das hätte ich nie von Sienna gedacht.«

»Ich auch nicht.«

»Das ist sicher nicht leicht gerade, aber bitte zerbrich dir über das alles nicht den Kopf. Amelia ist stark, sie schafft das. Und das mit Sienna, da weiß ich ehrlich gesagt auch nicht, was du da tun solltest. Aber ich bin mir sicher, dass du das Richtige tun wirst.« Ich nicke. »Danke, Mom. Ich mache mir nur auch ein wenig Sorgen wegen Denver. Amelia will da absolut nicht hin und was, wenn ihr Vater das wirklich durchzieht? Was wird dann aus uns?«

»Ich würde noch ein wenig abwarten, vielleicht ändert sich noch was. Und wenn nicht, ich glaube, ihr schafft das, auch wenn ihr so weit voneinander entfernt seid.«

»Ich hoffe, du hast recht, Mom.«

Mom und ich sitzen noch eine Weile da, irgendwann kommt Lola und Mom macht uns einen Tee.

Ich bin wieder zurück in mein Zimmer gegangen und hab mich in mein Bett gelegt. Ich versuche nochmal, mein Buch zu lesen.

Hoffentlich hat Mom recht.

Kapitel 42
- Amelia -

Ich bin auf dem Weg nach Hause und ich bin die ganze Zeit schon am Denken, wie ich dieses Gespräch mit meinen Eltern am besten anfange. Schon jetzt weiß ich ganz genau, wie mein Vater reagieren wird, ich weiß aber leider auch, dass ich trotzdem wieder in Tränen ausbrechen werde. Auch wenn ich ganz genau weiß, was er sagen wird, werden die Tränen nur so über meine Wangen laufen.

Ich muss auch immer noch verdauen, dass Sienna Aiden geholfen hat. Ja, wir haben nie viel miteinander geredet und ich hatte von Anfang an das Gefühl, dass Sienna mich nicht wirklich mag, aber dass sie sowas macht, hätte ich nicht gedacht. Das muss auch ganz schön hart für Lily und Elaine sein, weil sie ja richtig gute Freundinnen waren und jetzt *das* zwischen ihnen steht. Ich weiß, dass es dumm ist, aber ich habe irgendwie so komische Schuldgefühle, weil das alles niemals passiert wäre, wenn ich nicht gewesen wäre. Dann wäre zwischen ihnen drei jetzt alles noch okay. Irgendwie fühle ich mich ungluablich schlecht deswegen, auch wenn ich weiß, dass ich nichts dafür kann.

Nach ein paar Minuten bin ich zuhause angekommen und gehe rein. Ich höre meinen Vater und meine Mutter in der Küche reden. Jetzt höre ich auch Annies Stimme. »Hi!« Ich setze mich zu ihnen an den Küchentisch. »Hi Schatz, wie war es in der Bibliothek? Du warst ganz schön lange dort.«

Ach ja, das habe ich jetzt schon wieder vergessen. Offiziell war ich ja in der Bibliothek. »Ganz gut, es ist nicht viel Spannendes passiert dort.«

Nervös spiele ich mit meinen Nägeln herum und räuspere mich. »Mom, Dad, darf ich euch was erzählen?« Mom nickt sofort. »Klar, Amelia.«

»Was ist denn jetzt schon wieder? Du musst uns in letzter Zeit ganz schön oft was erzählen.«

»Es geht um etwas in der Schule.« Ich atme einmal tief ein und versuche nicht gleich wieder loszuheulen. Mit zittriger Stimme beginne ich zu erzählen. Von den blöden Sprüchen, von meinem Spind, von den Blicken, den Tuscheleien und von der Lüge, die Aiden verbreitet hat. Ich will auch das von dem Foto erzählen, aber Dad unterbricht mich. »Was soll dieses Rumgejammer? Wir wurden in der Schule doch alle mal geärgert. Das ist doch nicht wert, so ein Drama zu machen.«

Annie will irgendwas sagen, doch ich bin schneller. »Ich bin noch nicht fertig! Aiden hat heute ein Foto gepostet, von Ellie und mir, man kann aber nur mich erkennen.« Meine Stimme wird lauter. »Verdammt, er hat ein Foto gepostet, obwohl ich das nicht wollte!« Ich halte ihm das Foto hin und meine Hand zittert. Gerade so schaffe ich es, das Handy gerade zu halten. Dad schaut es sich kurz an. Ich bin kurz vorm Losheulen, Mom nimmt meine Hand und will etwas sagen, doch dann beginnt Dad loszuschreien. »Jetzt fang bloß nicht an zu heulen. Das Foto ist doch total harmlos, das alles ist total harmlos. Stell dich nicht so an, Amelia. Wenn du wüsstest, was *ich* alles durchmachen musste in meiner Schulzeit. Das ist doch gar nichts, das ist nur kindisches Rumgejammer!«

»Dad! Wenn du wüsstest, wie es ihr geht. Amelia ist total am Ende und du bist da nicht unschuldig. Aber es interessiert dich nicht.« Ich kann den Schmerz und die Wut in Annies Stimme hören, auch sie kämpft mit den Tränen.

»Halt den Mund, Annalie!« Dad erhebt seine Hand, doch Mom kann ihn stoppen. Annalie und ich zucken zusammen. Ich bin total verschreckt und starre ins Leere. Meine Knie zittern und alles um mich herum dreht sich. Ich kann die Stimmen nur noch leise hören. Annalies Stimme wird lauter. »Und dass sie nach Denver muss, weißt du eigentlich, wie kaputt sie das macht. Amelia braucht diese Stadt, sie braucht Elaine.«

»Schluss damit jetzt. Amelia geht nach Denver, fertig. Und wenn sie das alles schon so kaputt macht, dann kann sie mir das doch auch selber sagen, oder?« Mein Vater starrt mich an, als würde er auf eine Antwort warten. Aber ich, ich sitze einfach nur da. Tränen laufen über mein Gesicht. Ich will etwas sagen, aber es kommt nichts raus.

Es geht einfach nicht.

»Ja, das dacht ich mir. So, Ende der Diskussion und hör endlich auf rumzuheulen.« Ich stehe auf, meine Knie fühlen sich immer noch weich an. Weinend gehe ich in mein Zimmer. Von dort höre ich noch die Stimmen meiner Eltern. Mom sagt irgendwas zu Dad und er brüllt etwas zurück.

Schluchzend werfe ich mich auf mein Bett. Jetzt liege ich hier und heule, und morgen gehe ich wieder in die Schule, lächle alles weg und niemand wird je wissen, wie dreckig es mir eigentlich geht. Alle, bis auf Elaine. Sie weiß immer, wie es mir geht. Auch wenn ich von außen glücklich aussehe, weiß sie, wie es in mir wirklich aussieht. Und sie weiß immer, was sagen, damit es mir wenigstens für einen Moment besser geht. Ich werde sie so vermissen. Wie soll ich das denn alles schaffen, wenn ich Ellie nicht mehr sehe? Plötzlich höre ich Schritte, die auf mein Zimmer zukommen. Es klopft an meiner Tür. »Darf ich?«

Es ist meine Schwester, zurzeit die einzige Person in dieser Familie, mit der ich reden will. »Ja.« Ich öffne ihr die Tür, sie kommt in mein Zimmer und legt sich zu mir ins Bett. Wir kuscheln uns beide unter die Decke. »Es tut mir leid, Amelia. Das alles, was passiert ist, Denver, Dad, Aiden.« Ich kuschle mich an Annalie. »Manchmal Annie…« Ich breche ab und seufze. »Manchmal, da wünsch ich mir, ich wär einfach nicht mehr da.« Eine Träne kullert über meine Wange. »Dann wäre so vieles einfacher. Für alle. Wenn ich nicht wäre, dann wäre diese Familie nicht so zerstritten, dann wären Ellie, Lily und Sienna nicht zerstritten, dann…« Ich schaffe es nicht weiterzusprechen und breche in Tränen aus. Annie drückt mich an sich.

»Nein, Amelia, bitte sag sowas nicht, nie wieder, hörst du. Das stimmt nicht. Nichts von all dem ist deine Schuld, okay. Ich brauch dich doch, Lia. Was soll ich denn ohne dich tun?« Ich kuschle mich noch ein wenig enger an Annie und weine, auch Annalie läuft eine Träne über die Wange.

»Es wird alles gut, Lia. Alles wird gut. Irgendwann.«

Als ich das Schulgebäude betrete, geht es wieder los. Das Foto hat alles nochmal schlimmer gemacht. Irgendwie versuche ich, das alles auszublenden, aber es geht nicht.

Ich gehe sofort in meine Klasse, meinen Spind will ich nicht sehen. Dann setze ich mich an meinen Platz und höre, wie ein paar Mädchen neben mir tuscheln.

»Habt ihr das Foto gesehen?«

»Ja, echt eklig. Ich würde gerne wissen, wer das andere Mädchen ist.«

Ein Stich durchfährt meinen Körper. Es schmerzt so, das alles Tag für Tag zu hören. Jetzt geht es auch noch los mit den Spekulationen, wen ich geküsst habe. Na super. Ich will einfach nur, dass es aufhört. Das alles soll endlich aufhören. Ich. Will. Nicht. Mehr.

Die Glocke zur Pause hat gerade geklingelt. Ich mache mich auf die Suche nach Ellie. Sie ist dort in der Sitzecke, so wie immer. Neben ihr sitzt Lily, Sienna ist nirgends zu sehen. Ich setze mich zu ihnen. »Hey Leute.«
»Hi, hast du es gestern noch deinen Eltern erzählt?«, fragt Elaine vorsichtig.
»Ja und mein Vater hat genauso reagiert, wie ich es befürchtet habe.«
»Vielleicht solltest du wirklich mit einer Lehrperson darüber sprechen«, sagt Lily.
Ich nicke. »Ja, vielleicht. Es tut mir übrigens leid, dass das zwischen euch und Sienna jetzt so blöd ist und dass ich irgendwie zwischen euch war. Ihr wart ja richtig gut befreundet und jetzt ist auf einmal alles vorbei.«
»Schon gut, du kannst ja nicht wirklich was dafür. Ja, es ist richtig scheiße, aber Sienna hat einen Fehler gemacht und das alles ist absolut nicht deine Schuld.« Ein kleines bisschen Erleichterung steigt in mir auf. Denn ich habe mich wirklich schlecht gefühlt, wegen der Sache mit der Freundschaft zwischen Ellie, Lily und Sienna, die von einem Moment auf den anderen zerbrochen ist.
Wir sitzen noch bis zum Ende der Pause dort und reden nicht sonderlich viel. Die Stimmung ist zurzeit wirklich am Boden und ich glaube, wir wissen alle nicht so wirklich, wie wir mit dieser Situation umgehen sollen.

Ich bin gerade zuhause angekommen und mein Vater begrüßt mich nicht mal. Das Erste, was er sagt, ist, dass ich endlich meine Sachen für Denver packen soll und ja nicht wieder anfangen soll, so rumzuheulen. Danke, jetzt habe ich gleich schon viel mehr Lust auf dieses Musikinternat in Denver, ich freu mich ja schon richtig.

Ich laufe in mein Zimmer und hole meinen Koffer aus dem Schrank. Kleidungsstücke, die ich mitnehmen will, lege ich auf mein Bett, um sie danach in den Koffer zu packen.

Nach etwa einer halben Stunde habe ich mehr oder weniger alles eingepackt, was ich brauche. Zum Schluss nehme ich noch das Polaroid-Bild von Ellie und mir. Ich schaue es mir nochmal an und streiche mit dem Daumen darüber. Meine Lippen formen sich zu einem kleinen Lächeln, als ich an diesen Nachmittag zurückdenke. Das Lächeln verschwindet schnell wieder, als mir bewusst wird, dass es so einen Moment, wie auf dem Foto, lange nicht mehr geben wird. Mein Herz zieht sich zusammen, wenn ich daran denke. Schließlich packe ich das Foto in die Außentasche von meinem Geigenkoffer.

Ich mache den Koffer zu und werfe mich aufs Bett.
Tausend Gedanken gehen durch meinen Kopf.
Ich kann nicht nach Denver.
Ich kann und will diese Stadt nicht verlassen.

Kapitel 43

Ich sitze im Bus zum Flughafen. Ja, ich sitze im Bus, sie haben sich nicht einmal die Mühe gemacht, mich selbst zum Flughafen zu fahren. Sie haben mich einfach in diesen verdammten Bus gesetzt.

Ich hole das Flugticket aus meiner Tasche.

Aspen – Denver, nur ein Ticket, kein Rückflug. Mit dem Daumen streiche ich über das Ticket. Eine Träne kullert über meine Wange. Dann zerreiße ich es. Einmal mitten durch, dann nochmal und nochmal. In tausend kleine Stücke. Ich werde nicht fliegen. Ich. Werde. Nicht. Fliegen.

Der Bus bleibt stehen, die erste Haltestelle. Wir sind gerade einmal zehn Minuten gefahren. Die Türen des Busses öffnen sich und ich steige aus. Ich nehme meinen Koffer und meine Geige und steige aus.

Der Bus fährt weiter und nun stehe ich da. Kurz überlege ich, ob es vielleicht doch nicht so eine gute Idee war, verwerfe den Gedanken aber wieder. Dann laufe ich, ich laufe und laufe. Es ist ganz schön anstrengend mit Koffer und Geige, aber das ist mir egal. Ich laufe.

Irgendwann sehe ich den kleinen Berg, den Ellie mir gezeigt hat, als wir zusammen auf der Lichtung waren. Ganz schön hoch, aber ich schaff das, ich muss es schaffen. Es ist der einzige Ausweg.

Nach fast zwei Stunden bin ich oben. Ich setze mich auf den Boden und lehne mich gegen einen Baumstamm. Es ist ganz schön kalt hier. Ich verschränke die Arme vor der

Brust, mein ganzer Körper zittert.

Die Sonne steigt immer höher und höher, bis sie irgendwann wieder untergeht. Ich habe fast den ganzen Tag hier gesessen. Ich wäre eigentlich schon längst in Denver, stattdessen sitze ich hier, auf irgendeinem Berg.

Irgendwann stehe ich auf und gehe ein paar Schritte. Würde man mich jetzt fragen, wie ich mich fühle, hätte ich keine Ahnung, was ich darauf antworten soll. In mir ist es leer und gleichzeitig herrscht dort ein riesiges Chaos. Es ist alles zu viel und gleichzeitig nicht genug. Ich verstehe mich selbst nicht mehr. Das Einzige, was ich will, ist, dass es aufhört. Das alles, es soll endlich aufhören.

Ich stehe vor dem Abgrund. Ein kühler Wind weht meine Haare aus dem Gesicht. Eine Träne kullert über meine Wange. Ich bin am Ende, ich kann einfach nicht mehr. Es ist einfach alles zu viel. Ich schaue nach unten. Steine bröckeln vom Felsen und fallen in die Tiefe. Ich erschrecke, es ist doch ziemlich tief. Ich schaue wieder in die Ferne und konzentriere mich auf den hell leuchtenden Mond. Es ist eine kühle Novembernacht, der Himmel ist klar und die Sterne leuchten. Noch eine Träne kullert über meine Wange, ich warte noch kurz, schließe die Augen und plötzlich verschwindet der Boden unter meinen Füßen.

Kapitel 44
- Elaine -

Es ist Samstagmorgen und Amelia ist weg. Ich gehe runter in die Küche und setze mich an den Frühstückstisch. Mit dem Löffel rühre ich in meinem Tee herum, essen will ich nicht. Ich bringe nichts runter. Mom setzt sich neben mich und legt ihre Hand auf meine. »Ach Schatz, ihr könnt doch telefonieren und zu Weihnachten kommt sie ja schon wieder. Und in den anderen Ferien können wir sie doch mal besuchen.«

»Aber das ist nicht dasselbe und Denver ist doch so weit weg.« Dad ist mittlerweile auch gekommen und hat sich zu uns gesetzt. »So weit weg ist Denver nun auch nicht, da lässt sich bestimmt etwas machen. Und jetzt iss erstmal was, danach kannst du ihr ja gleich schreiben und fragen, ob sie gut angekommen ist.«

Ich nicke und nehme mir ein Brötchen aus dem Korb. Dann kommt Lola zur Tür herein, sie schaut noch ein wenig verschlafen aus. »Guten Morgen, Schlafmütze.«
Sie setzt sich gegenüber von mir und schlürft an ihrem Kakao. »Warum bist du traurig, Elaine?«

»Amelia ist nach Denver geflogen und wir werden uns jetzt ziemlich lange nicht mehr sehen, verstehst du?«

»Was ist Denver?«

»Denver ist eine große Stadt, die ziemlich weit weg ist.«

»Aber ich will nicht, dass Amelia weg ist.«

»Sie ist ja nicht ganz weg, an Weihnachten kommt sie wieder und wir können sie auch mal besuchen.«

Lola nickt zufrieden. »Okay.« Sie scheint das alles viel mehr zu beruhigen als mich. Ich mach mir ziemliche Sorgen um Millie, weil ich weiß, dass sie absolut nicht in dieses Musikinternat wollte. Was, wenn es ihr dort dann noch schlechter geht. Außerdem ist Aiden einfach so davongekommen. Jetzt ist sie weg, getrennt von mir. Jetzt hat er das, was er wollte, dass sie unglücklich ist. Und es bricht mir das Herz, es tut so verdammt weh, das zu wissen.

Ich esse die Hälfte von meinem Brötchen und trinke meinen Tee, mehr schaff ich nicht. Ich bekomme einfach nichts runter. Fast fange ich an, zu weinen. Wie kann es sein, dass ich eine Person schon so vermisse, obwohl sie noch nicht einmal seit 24 Stunden weg ist? Ich kenne Amelia gerade einmal seit ein paar Wochen, vielleicht einen Monat, und sie ist so ein wichtiger Teil von meinem Leben geworden.

Ich gehe in mein Zimmer, irgendwie muss ich mich ablenken. Keine Ahnung, ob das überhaupt geht.

Ich lege mich nochmal in mein Bett und versuche zu schlafen, auch wenn ich weiß, dass das definitiv nicht funktionieren wird. Ich liege da und eine Träne kullert über meine Wange. Irgendwann höre ich, wie sich meine Zimmertür öffnet. Lola kommt herein und kuschelt sich zu mir ins Bett. »Ich will nicht, dass du weinst, Ellie.«

»Das ist lieb. Aber manchmal geht es einfach nicht anders, manchmal muss man einfach alles rauslassen.«

»Amelia kommt bestimmt wieder zurück. Ich glaube, sie vermisst dich auch.« Ich gebe Lola einen Kuss auf den Kopf und muss noch mehr weinen.

Die Frage, was Amelia wohl gerade macht, geht durch meinen Kopf und ich versuche sie schnell wieder zu verdrängen. Darüber darf ich nicht nachdenken, das macht nur alles noch schlimmer. Ich muss an irgendwas anderes denken. »Hast du Lust, was zu spielen, Lola?«

»Jaa!« Sie springt auf, nimmt meine Hand und zieht mich in ihr Zimmer. Ich betrete die Playmobilwelt und suche mir ein freies Plätzchen, wo nicht gerade irgendeine Feenlandschaft steht. Lola reicht mir eine Figur. »Du kannst die hier sein.« Ich nicke und nehme die kleine Fee entgegen. Dann fangen wir auch schon an. Lola ist total in ihrem Element und ich bin einfach nur froh, dass ich für einen Moment an etwas anderes denken kann.

Irgendwann höre ich Mom von unten rufen. »Elaine! Amelias Schwester ist hier. Kommst du kurz runter?«

»Ja!« Ich stelle die Figur hin und gehe nach unten. In mir macht sich das Gefühl breit, dass es nichts Gutes heißt, wenn Annalie hierherkommt. Ich meine, warum sollte sie einfach mal so vorbeischauen? Annalie und ich hatten nie wirklich viel miteinander zu tun.

»Hi Annie!«

»Hi Elaine! Hast du etwas von Amelia gehört? Sie ist nicht in Denver angekommen und sie antwortet nicht auf unsere Nachrichten. Ich mach mir solche Sorgen.«

»Was? Nein, ich habe nichts von ihr gehört. Wir müssen sie suchen. Ich zieh mir nur schnell was an und komme.«

»Okay, ich warte hier.«

Schnell laufe ich hoch in mein Zimmer, ziehe irgendeine Hose und irgendeinen Pullover aus dem Schrank. Ich zieh mich so schnell an, wie es nur geht, und laufe sofort wieder nach unten. »So, hier bin ich. Wir können los.«

»Wenn ihr Hilfe braucht, meldet ihr euch, okay?«

»Danke, Mom.«

Wir gehen erstmal zu Amelia nach Hause, um darüber nachzudenken, wie wir vorgehen wollen.

Annie und ich sitzen im Wohnzimmer. »Hatte sie ihren Koffer dabei?«

»Ja, ganz bestimmt, da bin ich mir sicher.«

Ich nicke und versuche weiter nachzudenken. »Wollen wir einen Blick in ihr Zimmer werfen? Vielleicht finden wir ja etwas, das uns weiter hilft.« Annie nickt. »Okay.« Wir gehen hoch in Amelias Zimmer. Ich gehe zu ihrem Schreibtisch. Sie hat unser Foto mitgenommen. Amelia hat mir erzählt, wo sie es aufgehängt hat, aber dort ist es nicht mehr.

Ihr Schreibtisch ist perfekt aufgeräumt. Nur ein Glas mit Stiften und eine Kerze stehen dort. Doch dann fällt mein Blick auf ein zusammengefaltetes Stück Papier. Es sieht ziemlich zerknittert und ein wenig zerrissen aus. Es passt gar nicht zum Rest des Zimmers, der perfekt aufgeräumt ist.

Ich nehme den Zettel in die Hand und öffne ihn:

»Ich konnte einfach nicht mehr. Es tut mir leid. Ich liebe dich, Ellie und dich auch, Annie.«

»Nein!« Ein gewaltiger Stich durchfährt meinen Körper. Ich stoße einen Schrei voller Schmerz aus und falle mit den Knien auf den Boden. Tränen strömen aus meinen Augen und fallen auf den Teppich. „Nein, nein, nein!" Meine Stimme wird bei jedem »Nein« leiser, bis sie irgendwann von Tränen erstickt wird.

Annie läuft zu mir rüber. Ich reiche ihr den Zettel. Sie liest ihn durch und ich spüre, wie ihr Körper anfängt zu zittern. Ihr Gesicht verzieht sich, als würde ihr jemand ein Messer in die Brust rammen. Tränen laufen über ihre Wangen und sie fällt auf ihre Knie. Annie stößt einen erstickten Schrei hervor. Jetzt sitzen wir beide da. Annalie hält den Zettel immer noch in ihrer zitternden Hand.

»Sie hat mir erst gesagt, dass sie sich manchmal wünscht, sie wäre nicht mehr da«, schluchzt sie. »Ich hätte es verhindern können. Ich hätte irgendwas tun müssen, irgendwas. Dann wäre sie noch hier.«

Ich nehme Annie in den Arm. Ich will etwas sagen, doch es geht nicht. Ich bin immer noch wie erstarrt. Der Teppich unter unseren Füßen ist schon feucht von unseren Tränen. Wie konnte das passieren? Ich hätte es merken müssen, dass es ihr so schlecht ging. Sie könnte noch hier sein. Bei dem Gedanken wird mir schlecht, mein Magen zieht sich zusammen und Tränen strömen über mein Gesicht.

Irgendwann höre ich Schritte. Amelias Eltern betreten das Zimmer. Wir stehen auf. Annie gibt ihnen den Zettel.

»Schau, was du getan hast, Dad! Es ist alles deine Schuld, alles!«, ruft sie unter Tränen. Sie will weitersprechen, doch es geht nicht, sie beginnt zu hyperventilieren. Ich versuche sie irgendwie zu beruhigen, obwohl ich jetzt selbst eine Umarmung bräuchte.

Jetzt bricht auch Amelias Mutter in Tränen aus, sie laufen nur so über ihr Gesicht.

Ihr Mann steht wie erstarrt da, die Hand, in der er den Zettel hält, zittert. Langsam zerknüllt er den Zettel in seiner Hand und starrt ins Leere.

Plötzlich fällt mir etwas ein. »Ich weiß, wo sie sein könnte. Vielleicht ist es noch nicht zu spät, wir dürfen keine Zeit verlieren. Kommt!«

Adrenalin durchflutet meinen Körper. Ich habe plötzlich haufenweise Energie in mir, weil da irgendwo dieser Hoffnungsfunken ist, sie könnte noch leben. Ich weiß, dass die Chancen sehr gering sind, aber wir müssen es wenigstens versuchen.

Ich erkläre Annalie und ihren Eltern, wo wir hin müssen, und wir steigen ins Auto.

Nach nur fast zwanzig Minuten sind wir da. Ich bleibe kurz stehen und schaue mir den Berg an, von dem ich Millie erzählt habe. Hätte sie es vielleicht nicht getan, wenn sie nichts von dem Ort gewusst hätte? Nein, daran darf ich jetzt nicht denken. Wir haben nicht viel Zeit. Annie und ich laufen vor. Ihre Eltern kommen nach.

Ich bin total außer Atem, aber ich laufe weiter. Sie muss einfach hier oben sein, sie muss. Und sie lebt noch, das spüre ich. Ich weiß es einfach.

Als ich das letzte Mal hier rauf gegangen bin, hab ich über eine Stunde gebraucht. Jetzt haben wir es in etwas weniger als einer halben Stunde geschafft. Annie und ich zumindest. Cara und Matthew sind noch etwas weiter hinten.

»Wir sind fast da«, keuche ich. Ich bin völlig außer Atem und habe Seitenstechen. Aber das ist mir egal, wir müssen sie finden.

Wir sind oben angekommen. »Da steht ihr Koffer! Und hier ihre Geige!«, ruft Annie. Ein kleines bisschen Erleichterung steigt in mir auf. Wir sind am richtigen Ort.

Annie und ich schauen uns ein wenig um. Schließlich gehe ich zum Abgrund und schaue nach unten. Nichts.

Tränen brennen wieder in meinen Augen. Ich hatte solche Hoffnungen. Ich gehe ein Stückchen weiter, wieder nichts. Doch dann sehe ich etwas. Ich mache noch einen klitzekleinen Schritt nach vorne. Da, das sind ihre Schuhe. Sie liegt auf einem Felsvorsprung.

»Annie! Hier ist sie!« Annie kommt sofort angerannt und wirft einen Blick nach unten. Dann steigen Tränen in ihren Augen auf. Auch ich beginne zu weinen.

»Amelia! Amelia, hörst du mich?«

»Bitte antworte doch!«, ruft Annie mit verzweifelter Stimme.

Da, ihr Fuß bewegt sich. »Amelia!«

Sie öffnet langsam ihre Augen. »Amelia, hier sind wir!« Langsam dreht sie den Kopf in unsere Richtung. Annie und ich atmen erleichtert auf. »Wir müssen dich hier irgendwie hochbringen.« Ich lege mich hin und strecke meine Hand nach ihr aus. »Elaine, nicht! Du wirst da auch noch runterfallen.«

»Aber was sollen wir denn sonst tun?«

»Dad müsste ein Seil im Auto haben, ich ruf ihn an.« Annie holt ihr Handy heraus und ruft ihren Vater an.

»Sie sind noch nicht weit gekommen und noch mal zurück zum Auto, um das Seil zu holen.« Ich nicke.

»Wir können dir gleich helfen, Millie.« Amelia nickt.

Es ist fast eine Stunde vergangen und sie sind immer noch nicht da. »Das war eine dumme Idee. Wir hätten die Bergrettung oder so rufen sollen. Das mit dem Seil wird nie funktionieren. Ich rufe jetzt die Bergrettung.« Annie holt ihr Handy aus der Tasche. »Bis die da sind, dauert es bestimmt nochmal eine halbe Stunde. Deine Eltern kommen bestimmt gleich. Wir können nicht auch noch auf die Bergrettung warten, das schafft Millie nicht.«

»Wo ist sie?«, ruft plötzlich eine Stimme. Sie sind da.

»Hier! Kommt schnell!« Amelias Eltern laufen zu uns.

Matthew hat das Seil in der Hand. Er lässt es nach unten zu Amelia gleiten. »Du musst jetzt irgendwie versuchen, daran hochzuklettern, schaffst du das, Amelia?« Wir vier halten das Seil und Amelia versucht irgendwie hochzukommen. Zum Glück sind es nur ein bisschen weniger als zwei Meter.

Sie ist fast da. Ich sehe ihren Kopf. Jetzt zieht sie sich mit den Armen nach oben. Ihre Hände sind rot und an manchen Stellen bluten sie, aber sie hat es geschafft. Ich nehme sie in den Arm und drücke ihr einen Kuss auf die Stirn. Auch ihre Mutter und ihre Schwester kommen zu uns auf den Boden und umarmen Amelia.

»Ich bin so froh, dass du da bist, mein Schatz.«

»Ich habe mir solche Sorgen gemacht.« Amelia bricht in Tränen aus und ich drücke sie fest an mich. Wir sitzen für ein paar Minuten einfach nur da. In mir geht gerade so viel vor sich. Erleichterung steigt auf, aber auch Trauer, Wut und Enttäuschung. Ich bin enttäuscht von mir selbst. Ich hätte merken müssen, dass es ihr *so* schlecht geht.

Ich mache mir viel zu viele Vorwürfe, dabei ist doch das Wichtigste, dass Amelia noch da ist. Sie ist noch da.
Sie lebt.

Cara und Annie stehen auf. »Wir sollten jetzt am besten ins Krankenhaus fahren.« Amelia nickt. Wir stehen auf und wollen gehen. Aber ich nehme Millies Hand und ziehe sie nochmal zurück.

»Ich liebe dich auch, Amelia. Und ich werde dich immer lieben. Du bist das Beste, was mir je passiert ist und es tut mir so unendlich leid, dass ich nicht gemerkt habe, wie schrecklich es dir geht. Aber jetzt wird alles gut, Amelia. Diesmal wirklich.«

Amelia kommt einen Schritt auf mich zu. »Danke, Elaine. Dir muss gar nichts leidtun. Du bist immer da, wenn ich dich brauche und dafür bin ich dir unendlich dankbar. Ich liebe dich.« Sie kommt noch einen Schritt näher. Amelia nimmt meine Hand und drückt sie. »Jetzt wird alles gut«, flüstere ich.

Wir gehen weiter, um die anderen wieder einzuholen.
»Amelia?« Sie dreht sich zu mir um. »Ich will, dass du dir Hilfe suchst. Es ist vollkommen normal, dass du mit alldem nicht alleine fertig wirst. Und es ist überhaupt nichts Schlimmes, wenn man sich Hilfe sucht. Und ich will, dass es dir gut geht.«

Amelia nickt. »Das werde ich. Versprochen.«

Wir sind wieder am Auto angekommen. Amelias Vater verstaut ihren Koffer und ihre Geige im Kofferraum. Dann fahren wir zurück.

Als wir bei mir zuhause angekommen sind, bleibt er stehen und ich steige aus. »Danke fürs Fahren.«

»Danke für deine Hilfe.« Ich lächle und verabschiede mich noch von Amelia.

In diesen paar Stunden ist so unglaublich viel passiert. Und Amelia ist noch da. Ich würde jetzt nicht sagen, dass es ihr gut geht, aber sie ist noch da.

Und jetzt wird alles gut werden. Diesmal wirklich.

Kapitel 45
- Amelia -

Wir sind gerade vom Krankenhaus zurückgekommen. Dort wurden meine Wunden an den Händen, die beim Hochklettern entstanden sind, versorgt und die Ärzte haben gesagt, dass ich eine leichte Gehirnerschütterung habe. Das sei aber nicht so schlimm und ich solle mich in den nächsten Tagen einfach ausruhen und mich nicht zu viel anstrengen. Aber sie alle wissen nicht, was da noch alles ist und, dass es nicht einfach nur ein paar Tage Ruhe braucht, um es wiedergutzumachen.

Wir sitzen jetzt alle vier am Küchentisch. Niemand sagt etwas. Ich glaube, wir müssen alle erstmal verarbeiten, was gerade passiert ist. Ich weiß selbst noch nicht, ob ich es wirklich realisiert habe. Es ist einfach alles so schnell gegangen. Plötzlich war der Boden weg. Aber ich hab irgendwie keinen anderen Ausweg gesehen. Es war einfach alles zu viel, ich konnte nicht mehr.

Dad hat gerade sein Telefon genommen und ist nach draußen gegangen.

Nach nicht einmal drei Minuten ist er schon wieder da.

»Du musst nicht mehr nach Denver, ich habe meinem alten Freund gerade abgesagt.«

Meine Wundwinkel zucken ein wenig, Lächeln kann man es nicht gerade nennen, aber das ist ja schon mal ein guter erster Schritt. Ich muss nicht mehr nach Denver, ich kann hier bleiben.

Mein Blick trifft auf meine Mutter. »Mom, ich möchte

mir Hilfe suchen. Ich will nicht, dass es so weitergeht. Ich kann das nicht mehr.«

»Klar, mein Schatz. Wir werden alles tun, damit es dir wieder besser geht und du dich wieder wohlfühlst. Ich weiß, dass gerade alles nicht leicht ist, aber wir schaffen das, *du* schaffst das.« Sie nimmt meine Hand. »Was hältst du davon, wenn wir uns gleich morgen früh ein bisschen umschauen und uns zu dem Thema informieren?«

»Danke, Mom.« Meine Mutter drückt mir einen Kuss auf die Stirn und lächelt. »Alles wird gut.«

Dad räuspert sich. »Es tut mir leid, Amelia. Das alles, was passiert ist. Ich habe viele Fehler gemacht. Große Fehler. Ich hoffe, du kannst mir irgendwann verzeihen.«

»Es wird Zeit brauchen und ich weiß nicht, ob ich dir jemals ganz verzeihen kann. Du hast mich wirklich verletzt und es tut immer noch schrecklich weh.«

»Nimm dir die Zeit, die du brauchst. Ich werde mir Mühe geben, in Zukunft vieles besser zu machen.«

Ich weiß nicht, ob ich ihm jemals verzeihen kann. Er hat viele Sachen gesagt und getan, die einfach verdammt weh getan haben und auch immer noch weh tun. Und ich glaube nicht, dass Dad und ich jemals wieder eine normale Vater-Tochter-Beziehung haben werden. Jedenfalls wird es sehr viel Zeit brauchen.

Ich gehe hoch in mein Zimmer, ich bin wahrscheinlich immer noch nicht ganz bei mir. Das alles, was passiert ist, muss ich erst verarbeiten. Und das wird Zeit brauchen, sehr viel Zeit.

Der Zettel, den ich geschrieben habe, liegt auf dem Boden. Die Schrift ist etwas verschmiert, vielleicht von Tränen, vielleicht hat jemand Wasser darüber gekippt, ich weiß es nicht. Ich halte den Zettel in der Hand und sie beginnt zu zittern. Sie zittert genauso, wie in dem Moment, an dem ich ihn geschrieben habe. Eine Träne läuft über mein Gesicht. Es sind gerade so viele Gedanken in meinem Kopf. Was, wenn der Felsvorsprung nicht gewesen wäre? Wäre es dann jetzt besser? Oder wird es *jetzt* vielleicht endlich besser? Oder vielleicht noch schlimmer? Nein, es kann nicht noch schlimmer werden, das darf es nicht.

Ich streiche nochmal über das Stück Papier. Was, wenn sie mich nicht gefunden hätten, hätte ich dann versucht, irgendwie selbst wieder hochzukommen? Oder wäre ich vielleicht von dem Felsvorsprung gesprungen? Ich weiß es nicht und ich werde es nie erfahren. Aber was ich weiß, ist, dass ich jetzt etwas tun werde. So kann und wird es nicht weitergehen. Ich werde mir Hilfe suchen. Elaine zuliebe, ich habe es ihr versprochen.

Und vielleicht auch mir zuliebe. Damit es endlich wieder Tage gibt, an denen es sich nicht anfühlt, als würde ich innerlich zerbrechen.

Kapitel 46
- 2 Wochen später -

Es ist jetzt etwa zwei Wochen her, dass *es* passiert ist. Die Stimmung zuhause ist noch ziemlich gedrückt. Ich glaube, wir wissen alle noch nicht so wirklich, wie wir mit der ganzen Situation umgehen sollen. Annie ist nach wie vor die einzige Person in dieser Familie, mit der ich normal reden kann. Zwischen Dad und mir ist es immer noch so komisch wie vorher, vielleicht sogar noch etwas schlimmer. Sagen wir es so, er interessiert sich nicht sonderlich für mich. Und Mom, na ja, sie interessiert sich vielleicht zu viel für mich. Seitdem will sie die ganze Zeit mit mir reden und sie fragt andauernd, ob ich etwas brauche. Ich weiß, dass sie es nur gut meint und ich bin auch unendlich dankbar dafür, dass sie immer so für mich da ist, aber manchmal wird es mir einfach zu viel. Und ich würde am liebsten einfach mal kurz weglaufen.

Mom und Dad wollen aber noch nicht, dass ich alleine rausgehe, kann ich auch irgendwie verstehen. Sie haben einfach Angst. Ich habe ehrlich gesagt auch manchmal Angst vor mir selbst. Ich habe Angst, dass ich es nochmal versuche. Deshalb bin ich ziemlich froh, dass Mom und ich uns informiert haben, was das Thema Therapie angeht.

Ich gehe noch nicht wieder zur Schule, was wahrscheinlich auch besser ist. Mom hat mit der Schulleitung gesprochen und ich muss erst nach den Weihnachtsferien wieder hin. Die einzigen negativen Seiten, am Nicht-in-die-Schule-müssen, sind, dass mir manchmal echt die Decke auf den Kopf fällt und dass ich Elaine nicht mehr so oft sehen kann. Zum Glück kommt sie fast jeden zweiten Tag vorbei.

Ich bin so froh, dass Dad es erlaubt. Ich glaube, das ist sein zweiter Schritt, all seine Fehler irgendwie wiedergutzumachen.

Jedenfalls tut mir Elaine richtig gut. Wenn sie kommt, kann ich für ein paar Stunden alles andere vergessen. Manchmal kommt auch Lily mit, ich finde es richtig schön, dass wir uns so gut verstehen.

»Amelia, kommst du? Wir müssen los.« Das war Mom. Wir haben heute einen Termin beim Direktor meiner Schule. Ich will endlich alles sagen. Denn ich will auf keinen Fall, dass Aiden einfach so mit allem durchkommt. Ich ziehe mir schnell einen Pullover an und gehe nach unten. Mom steht schon da, in der Hand hält sie den Autoschlüssel. »Bist du sicher, dass du jetzt schon bereit dafür bist? Wir können es auch erst nach Weihnachten tun. Du kannst dir so viel Zeit nehmen, wie du brauchst, Schatz.«

»Ja, Mom, das bin ich. Ich muss es tun und ich will es tun. Und zwar jetzt.« Schnell ziehe ich meine Jacke an und gehe nach draußen. Wir steigen ins Auto und fahren los. Die ganze Fahrt über sagt niemand etwas. Einfach nur Stille.

Während der Fahrt lege ich mir im Kopf ein paar Sätze zurecht, die ich sagen will. Und ich denke mir aus, wie man so ein Gespräch am besten anfängt.

Wir sind angekommen und Mom parkt den Wagen. In der Schule ist es ruhig, alle haben Unterricht. Um ins Büro des Direktors zu gelangen, müssen wir an meinem Spind vorbei. Ich habe ein wenig Angst davor, dort vorbeigehen zu müssen. Ich habe Angst, dass alles wieder hochkommt, ich zusammenbreche oder plötzlich anfangen muss zu weinen.

Wir kommen meinem Spind immer näher. Der Spind macht mich gerade nervöser als das Gespräch mit dem Direktor. Wir kommen immer näher und näher.

Da ist er. Ich atme auf. Sie haben es weggemacht.

Sie haben es weggemacht. Endlich.

Wer auch immer die Idee, hatte es wegzuputzen, ich liebe diese Person.

Wir stehen vor dem Büro. Ich atme nochmal kurz durch und Mom drückt meine Hand. Dann klopft sie.

Mom und ich betreten das Büro, schütteln dem Direktor die Hand und setzen uns.

Er hält kurz eine Rede, wie leid ihm das alles tut was passiert ist und solche Sachen. Ich höre nicht einmal richtig zu.

Dann hole ich tief Luft und beginne zu erzählen. Es tut weh, nochmal alles wiederzugeben, was in den letzten Wochen passiert ist, nochmal über alles genau nachzudenken. Aber ich lasse nichts weg, nicht das kleinste Detail. Ich bin immer wieder kurz davor, in Tränen auszubrechen, aber ich ziehe durch und erzähle alles von Anfang bis zum Ende. Der Direktor macht sich immer wieder Notizen in einem kleinen Büchlein.

Als ich fertig bin, drückt Mom meine Hand und wirft mir ein Lächeln zu. Auch ich lächle und versuche, meine Tränen zurückzuhalten. Ja, es hat weh getan, das alles nochmal erzählen zu müssen, aber es hat auch verdammt gut getan. Ich habe das Gefühl, das ist der erste Schritt in die richtige Richtung. Jetzt kann es nur noch besser werden. Es muss einfach.

Der Direktor hat sich bedankt, dass ich gekommen bin und gesagt, dass er schauen wird, was man da machen kann und, dass Aiden auf keinen Fall einfach so mit all dem durchkommen wird.

Ich hoffe wirklich, dass etwas getan wird. Aber so, wie ich unseren Direktor kenne, wird er wirklich etwas tun. Jetzt heißt es jedenfalls erstmal warten.

Mom und ich sind gerade zuhause angekommen und ich bin zurück in mein Zimmer.

Ich setze mich an meinen Schreibtisch und mein Blick fällt auf meinen Geigenkoffer. Seit es passiert ist, habe ich bestimmt erst ein- oder zweimal wieder Geige gespielt und da nur sehr kurz, dann hab ich sie wieder weggelegt. Ich glaube, es wird Zeit, dass ich meinen kleinen Schatz endlich wieder auspacke. Ich öffne den Geigenkoffer und hole sie heraus. Sie hat mir echt gefehlt.

Nachdem ich sie gestimmt habe, beginne ich zu spielen. Ich spiele einfach drauflos, keine Ahnung, was ich spiele, ich spiele einfach. Und es fühlt sich verdammt gut an. So viele Ideen schwirren gerade in meinem Kopf und ich bin richtig motiviert. Schnell hole ich mir einen Bleistift und Notenblätter und fange an, auszuprobieren und aufzuschreiben.

Das, was ich hier gerade gemacht habe, ist bestimmt noch kein richtiges Lied, aber das wird noch, da bin ich mir sicher.

Ich spiele nochmal alles durch, was ich gerade aufgeschrieben habe, als es an der Tür klingelt.

Unten angekommen, öffne ich die Tür, Elaine ist da.

»Hi Ellie!«, begrüße ich sie.

»Hi!« Wir umarmen uns und Ellie drückt mir einen schnellen Kuss auf die Lippen. »Du hast ja heute mit dem

Direktor gesprochen und das ist ja sozusagen einer der ersten großen Schritte in die richtige Richtung und deshalb hab ich mir was ausgedacht. Zieh dir Schuhe und Jacke an und nimm all die Sachen aus den letzten paar Wochen mit, von denen du dich verabschieden willst. Dinge, die du am liebsten verbrennen möchtest.«

»Ähm, ich bin ein wenig verwirrt. Und ich weiß nicht, was meine Eltern dazu sagen.«

»Mit denen habe ich schon gesprochen, sie sind einverstanden. Lily und Annie sind auch da. Los jetzt!«

Ich laufe schnell nach oben und hole ein paar Dinge, von denen ich mich verabschieden will. Dann zieh ich mir schnell Schuhe und Jacke an und wir gehen los.

Zuerst verstehe ich nicht, wohin wir gehen, weil wir einen Weg gehen, den wir vorher noch nie gegangen sind. »Du verwirrst mich, Elaine. Wohin gehen wir?«

»Das war der Plan und jetzt komm.«

Langsam verstehe ich, was das Ziel ist. Wir kommen dem Wald am Rand der Stadt immer näher. Ich glaube, Ellie will zur Lichtung. Wir gehen weiter. Jep, sie will definitiv zur Lichtung. Von Weitem kann ich sie schon sehen, die Lichterkette brennt und jemand hat Feuer gemacht.

Wir sind an der Lichtung angekommen. Lily und Annalie sitzen schon auf den Baumstämmen rund um die Feuerstelle. Auch Ellie und ich machen es uns gemütlich. Lily holt eine Packung Marshmallows heraus und jede von uns nimmt sich einen.

Wir grillen die Marshmallows und unterhalten uns ein wenig. Was ich an Annie, Elaine und Lily liebe, ist, dass sie mich, seitdem es passiert ist, nicht irgendwie anders behandeln. Für sie bin ich immer noch dieselbe und ich kann bei ihnen so sein, wie ich bin. Und das ist ein wunderschönes und befreiendes Gefühl.

»Und wozu musste ich jetzt diese Sachen mitnehmen?«

»Ah ja, das hätte ich jetzt schon fast vergessen. Also na ja, ich dachte mir, du könntest sie ins Feuer werfen, um endgültig mit diesen Dingen abzuschließen. Jetzt beginnt ein neuer Abschnitt, ein viel besserer. Und ich denke, es wäre irgendwie schön, wenn du dich nun für immer von all den schrecklichen Dingen, die in den letzten Wochen passiert sind, verabschiedest.« Elaine spielt mit ihren Fingern herum und schaut ein bisschen aus, als hätte sie Angst, ich würde die Idee nicht gut finden. Aber ich finde sie super. »Ich liebe diese Idee!« Ich hole sofort die Sachen heraus, die ich mitgebracht habe.

Als Erstes werfe ich meinen Abschiedszettel ins Feuer und schaue zu, wie er langsam verbrennt. Dann hole ich das zerstückelte Flugticket heraus, das ich immer noch in meiner Jackentasche hatte. Nach nur wenigen Sekunden wurden die Schnipsel vom Feuer aufgefressen. Als Letztes hole ich ein Foto von Aiden heraus, das ich aus irgendeinem Grund monatelang in meiner Brieftasche hatte. Damit ist jetzt Schluss. Ich werfe es ins Feuer und beobachte, wie es langsam von den Flammen verschluckt wird und verschwindet.

Annalie und Lily beginnen zu klatschen und Elaine fällt mir um den Hals. »Ich bin so stolz auf dich«, flüstert sie in mein Ohr und ich muss lächeln.

»So, ich würd sagen, das ist der perfekte Anlass, um noch einen Marshmallow zu grillen«, sagt Lily und wir lachen. »Ich bin ganz deiner Meinung«, sage ich, schnappe mir gleich einen Marshmallow aus der Tüte und spieße ihn auf mein Stöckchen. Auch die anderen holen sich noch einen und halten ihn übers Feuer.

Wir sitzen noch eine Weile da und reden, essen Marshmallows und lachen. Ich hab schon ewig nicht mehr so gelacht.

Irgendwann haben wir uns dazu entschieden, das Feuer zu löschen, aufzuräumen und langsam wieder nach Hause zu gehen. Es ist nämlich ganz schön spät geworden.

Wir verabschieden uns von Lily, und Elaine begleitet Annie und mich noch nach Hause.

Als wir zuhause angekommen sind, verabschieden Ellie und ich uns noch mit einem Kuss. »Das müssen wir unbedingt öfters machen.«

»Ja, unbedingt.«

Das war ein schöner Abend und ich bin mir sicher, dass das nicht das letzte Mal war, dass wir vier zusammen Marshmallows auf der Lichtung grillen.

Epilog
– 6 Monate später –

»Du ziehst dieses Top an, fertig. Es sieht wunderschön aus!« Ich stehe vor dem Spiegel und betrachte mich in diesem schwarzen Glitzertop. Lily und Elaine sind gerade dabei, mich zu überzeugen, es anzuziehen. Eigentlich find ich es ja schön, aber ich bin mir eben nicht sicher.
»Wirklich?«
»Ja!«, rufen Elaine und Lily im Chor.
»Okay, ich zieh es an.«
»Na endlich«, sagt Ellie. »Ich dachte schon, wir werden hier nie mehr fertig.« Ich rolle mit den Augen.
Zu dem Glitzertop trage ich einen schwarzen Rock und Converse. Natürlich, Converse gehen immer. Meine Haare hat mir Annie gelockt. Heute ist nämlich ein großer Tag.
Ich tue es tatsächlich. Ich spiele ein paar meiner Lieder auf dem Musikfestival im Snowmass Village Town Park. Auch wenn ich extrem aufgeregt bin, freue ich mich.
Ich hole meine Geige heraus, um sie nochmal zu stimmen. Es ist nicht die Geige, auf der ich sonst immer spiele, ich habe in den letzten Monaten nämlich gespart und mir eine E-Geige gekauft. Sie ist schwarz und wenn man genau hinschaut, glitzert sie. Klar war mein Vater zuerst nicht so begeistert davon, er hält ja nicht sonderlich viel von solchen Sachen, aber er findet meine neue Geige jetzt, glaub' ich, doch ganz toll.
Die Stimmung zwischen Dad und mir ist nach wie vor ziemlich komisch und ein wenig angespannt, aber es wird

besser. Es wird definitiv besser.

Außerdem unternehmen wir jetzt viel öfter Sachen zusammen als Familie. Letzten Sonntag zum Beispiel haben wir zusammen einen kleinen Spaziergang gemacht und danach sind wir zu Laurie ins Café. Es wird langsam wieder immer mehr so wie früher.

Seit Januar bin ich in Therapie und ich habe das Gefühl, dass es mir wirklich hilft. Ich habe zwar noch einen langen Weg vor mir, aber ich bin definitiv auf dem richtigen.

In den letzten paar Monaten habe ich zudem richtig viele neue Songs geschrieben. An ein paar muss ich noch arbeiten. Aber ein paar durfte ich sogar professionell in einem Studio aufnehmen. Da ist wirklich ein kleiner Kindheitstraum von mir in Erfüllung gegangen. Die Songs, die ich dort aufgenommen habe, werde ich heute auch spielen.

Aiden ist von der Schule geflogen und ich habe seitdem nichts mehr von ihm gehört. Die blöden Sprüche und Blicke in der Schule haben auch aufgehört.

Sienna ist zwar nicht von der Schule geflogen, sie hat aber trotzdem gewechselt. Ich glaube, sie geht in dieselbe Schule wie Aiden. Es geht sogar das Gerücht herum, dass Sienna und Aiden jetzt zusammen sind. Aber ich hab keine Ahnung, ob das wirklich stimmt. Ich habe nämlich auch von Sienna nichts mehr gehört, seit sie gewechselt hat. Manchmal sehe ich sie in der Stadt, aber das wars auch schon.

Vor etwa zwei Monaten ist noch etwas Tolles passiert. Ich gebe dem Mädchen, das meine Musik so toll fand, als ich in Aspen auf der Straße gespielt habe, jetzt Geigenunterricht. Es ist manchmal zwar ein bisschen anstrengend, aber es macht total viel Spaß.

»So Leute, ich glaube, wir müssen los.«

Wir stehen auf und gehen nach unten. Mom wartet dort schon mit dem Autoschlüssel in der Hand.

»Tschüss, Amelia! Ich komme dann später nach, ja?« Das war Dad aus der Küche. »Ist gut, bis später.«

Wir steigen ins Auto und Mom fährt Elaine, Lily, Annie und mich zum Snowmass Village Town Park.

Als wir dort angekommen sind, gehen wir sofort Richtung Bühne. Dort wartet schon jemand auf mich. Sie schaut echt nett aus und stellt sich als Alesha vor.

Alesha zeigt mir alles und führt mich hinter die Bühne. Dann bekomme ich auch schon meine Inears, werde verkabelt und fertig gemacht für den Soundcheck.

Jetzt dauert es nicht mehr lange, bis ich auf die Bühne muss. Ich bin extrem aufgeregt, aber ich glaube, ich habe mich noch nie so auf etwas gefreut.

Mom, Dad und Annie sind mit mir hinter der Bühne. Lily und Elaine sitzen irgendwo in diesem riesigen Publikum. Na ja, es ist nicht so groß, aber für mich schon.

Ich werde von einer Moderatorin angekündigt. Meine Schwester fällt mir um den Hals. »Du schaffst das, Schwesterherz, ich glaube an dich.« Mom drückt mir einen Kuss auf die Stirn und Dad wirft mir ein Lächeln zu. Dann atme ich nochmal tief durch und gehe auf die Bühne, ein wunderschönes Gefühl.

»Die Bühne gehört dir, Amelia!« Die Moderatorin verlässt die Bühne. Jetzt stehe ich alleine da.

Ich schließe für einen Moment die Augen, als ich sie wieder öffne, strahlt mir Elaine direkt ins Gesicht. Ich lächle zurück. Was würde ich nur ohne sie tun?

Ellie hat mir gezeigt, wie es ist, geliebt zu werden, egal

wie man ist oder was man tut.

Sie ist immer für mich da. Elaine hat Sonne in mein Leben gebracht, als es gerade am dunkelsten war.

Ich trete ans Mikrofon und ich werde genau das sagen, was ich gerade gedacht habe, denn alle sollen wissen, wie wichtig Elaine für mich ist.

»Das erste Lied, das ich spielen möchte, habe ich für einen ganz besonderen Menschen geschrieben. Ihr Name bedeutet übersetzt Sonnenstrahl. Deshalb hab ich das Lied *Sunshine* genannt. Und ich finde das sehr passend, sie hat nämlich Sonne in mein Leben gebracht, als es gerade am dunkelsten war. Elaine, das ist für dich!«

Ich schiebe das Mikrofon zur Seite. Vorsichtig lege ich den Bogen auf die Saiten und beginne zu spielen. Nach den ersten paar Takten schaffe ich es, die Menge auszublenden. Es ist, als würde ich nur für Ellie und mich spielen.

Als das Lied zu Ende ist, stehen alle auf und klatschen. Es ist ein wunderschönes Gefühl und ich kann gar nicht mehr aufhören zu lächeln.

Ich spiele noch die anderen Lieder, die ich vorbereitet habe. Auch sie kommen richtig gut an. Und ich fühle mich gerade wie der glücklichste Mensch auf diesem Planeten. Es könnte echt nicht besser sein.

Nachdem ich die Bühne verlassen habe, fallen mir meine Eltern und Annie um den Hals. »Das war großartig, mein Schatz.«

»Das war echt wunderschön.«

»Ich bin so stolz auf dich, Schwesterherz.«

Wir stehen noch eine Weile da und umarmen uns. Irgendwann lösen wir uns aus der Umarmung und ich mache mich auf die Suche nach Elaine.

Ich laufe übers Gelände, dann sehe ich sie. Elaine kommt

auf mich zugelaufen. Wir umarmen uns und darauf folgt ein langer, gefühlvoller Kuss. Die Feuerwerke in mir sind immer noch genauso groß wie bei unserem ersten Kuss.
»Das war fantastisch. Echt wow. Ich weiß gar nicht, was ich sagen soll, einfach wow. Du…«

Ich lege meine Lippen wieder auf ihre und wir küssen uns ein zweites Mal.

Mit Elaine zusammen zu sein, fühlt sich an, wie nach Hause kommen.

Ich war komplett kaputt und *sie* hat mich wieder zusammengebaut.

*If you have letters to write,
you have reasons to stay.*

Pass auf dich auf <3

Danke

Hätte man meinem 7-jährigen Ich gesagt, dass es irgendwann wirklich ein Buch veröffentlichen würde, hätte es das niemals geglaubt und jetzt sitz ich hier und schreibe die Danksagung zu meinem Debut-Roman.

Als erstes möchte ich mich bei meiner Mama bedanken. Sie war die erste, die einen Teil meines Buches lesen durfte. Danke für die Unterstützung. Und natürlich auch ein Danke an meine restliche Familie.

Als nächstes möchte ich mich bei meinen Freunden für die Unterstützung bedanken. Vor allem bei meiner besten Freundin Nora. Danke, dass ich dich immer fragen kann, wenn ich nicht weiter weiß.

Ein großes Dankeschön geht auch an meine Testleserinnen. Danke, dass ihr euch die Zeit genommen habt, mein Manuskript zu lesen. Vor allem, danke Pia. Deine Rückmeldung zu meinen Buch hat mich unglaublich gefreut und motiviert weiterzumachen.

Ein Dankeschön geht auch an Bibi Blocksberg, die mich durch sehr viel Schreib- und Überarbeitungssessions begleitet hat ;)

Und zum Schluss möchte ich mich auch noch bei meinen Leser:innen und meiner kleinen, aber unglaublich tollen Community auf TikTok bedanken.
Danke <3

Inhaltswarnung

Dieses Buch enthält Elemente,
die potenziell triggern können.

Diese sind:
*Selbstmordversuch, Homophobie,
toxische Beziehung, häusliche
Gewalt, Mobbing*